嶺南思想家文獻叢書
景海峰 主编

南川冰蘗全集

下

[明]林光 撰
黎业明 點校

上海古籍出版社

南川冰蘗全集卷之八

詩

閲都臺檄催赴省試 四首

烟霞欲遂此生謀，臺檄飛催未肯休。總把流光銷卦畫，更提雙眼到伊周。行藏祇益山靈笑，貧病能忘老母憂？誰爲當權聲一語，且容樗櫟長林丘。

一從幽谷弄雲烟，科業隳來十五年。病骨自知難進取，衰齡誰更爲周全。芋苗催老黄梅雨，豇豆披羅小洞天。剩水殘山人不占，且隨童冠看魚鳶。

官衙嚴切不官書〔二〕，不置山林一散樗。儗赭青袍尋釣艇，那驅老脚又方輿。卑微易拾圯橋履，艱阻難移節孝車。天北天南他夜夢，相看子母欲何如。

〔二〕 羅邦柱先生曰，「『不』，疑『下』字之誤」。（林光《南川冰蘗全集》，羅邦柱點校本，第二八六頁，校記）

行藏空使我懷疑，即鹿無虞事可知。千載風雲看際會，一時機軸轉何誰？苔封僻逕人踪遠，風蕩遊絲日影遲。閒點一雙觀物眼，還將消息認庖羲。

余不閲程試義十五年，今始一閲

纔拈一卷一留神，睡思濃來輒欠伸。汶上投閒應自得，昌黎慚忸可無因？不辭筋力聊供世〔一〕，祇恐輕肥解誤人。一扇葵風清到骨，北窗誰炒葛天民。

將往蒼梧 三首

利前害後兩相咻，世計催人可自由？倚棹長江看暑月，野夫乘興欲西遊。

尋舟欲出更逡巡，香菌初生暑畏人。不識頂湖山下露，風花還有去年春。

自是先生懶出門，豈因殘暑廢杯樽。海山六月還堪賞，紅日升時露未乾。

〔一〕「筋」，原作「觔」，形近而誤，據文意改。

石門

火雲童樹共參差，江水江鷗我不疑。團扇小揮珠汗落，相看只誦去年詩。

喜姪生舟中書寄克明弟

蒼涼紅日欲東生，屋角西頭月尚明。伏枕忽聞添阿買，應門端足慰徐卿。嚴親地下偏含笑，小弟江東合寄聲。欲識天南今日興，一樽携過五仙城。

三江

人烟生雨岸，江潦奪浮沙。矮屋編泥竹，虛簷覆水瓜。波回漁艇疾，風引寨旗斜。蜆子迎舡市，村醪莫肯賖。

宿三水

長風何處起，雨脚散重陰。山月能留照，江流只自深。清宵無酷暑，遠鶴有餘音。未有悲秋意，何如蟋蟀吟。

舟中

邊江不省是何村，老樹交加綠遶門。萬點山尖偏入畫，老夫篷底正開樽。摇風欲借芭蕉扇，坐我思尋若竹根。更買江魚消晚醉，鸞刀飛鱠水晶盆。

再入羚羊峽

何處軥輈隔岸聞，森森榕樹傍江唇。笑看今日羚羊峽，應識當年入峽人。

長利和子翼

雲傍青山影傍溪，落花深處伯勞飛。静團雲日邊江樹，斜掩風烟面水扉。愛踏莎堤移晚履，欲裁蕉葉當閒衣。婆娑竹逕行還住，時聽軥輈對落暉。

羚羊峽與子翼小酌

羅列波光數百峰，一樽何惜與君同。江流恰共詩情遠，山色何如酒興濃。習習和風吹短鬢，蕭蕭涼雨灑孤蓬。尋常一笑非人世，疑是星河有路通。

宿肇慶

晚雨何須不繫舟，櫓聲咿啞尚中流。陰雲未放端溪月，嵐氣先催肇慶秋。也許鑪烟飄卧榻，不教燈影照眠鷗。鼻雷我慣甘雲水，莫遣疎更到枕頭。

小湘峽

江水來何急，江鷗泛自閒。濛濛天際雨，冉冉峽前山。谷樹含秋意，嵐風洒醉顔。何能伴漁子，一枕卧江灣。

掛帆

洪流滚滚日趨東，西上孤舟怯柁公。蕭颯忽回山谷氣，蒲帆高掛小湘風。

大湘峽晚酌

帖帖江如鏡，遲遲舟漸移。都將山餞酒，不管雨催詩。

夜坐和子翼

螢燈幾點亂漁燈，遠鼓時聞變寨更。欲把長江來酒盞，與君聊瀉百年情。

漫興

雲去雲來山自閒，白雲何事更遮山？天生隻眼閒無用，只把雲山仔細看。

再遊三洲巖 五首

蒙茸鷓鴣啼，珠露滴秋曉。攬衣寄幽情，巖風吹料峭。

遲遲曉履移，欲去猶返顧。了了知心人，一笑隔烟霧。

涼生昨宵雨，缺月曉仍掛。不逢葛稚川，盡我今朝話。

曉露愛沾裳，夜遊還秉燭。飄然遺世情，高飛逐黃鵠。

青青岩畔草，點點珠露綴。來是去年人，巖風急吹袂。

舟中晝枕 二首

雲滿青山水滿江，雲自能閒水自忙。一枕篷窗供打睡，任教雲水兩相忘。

白雨跳珠正滿江，初秋一枕得新凉。不知峽内西來水，盡日東流有底忙？

發德慶

千里河山不盡期，黄茆白葦滿江湄。一樽何處逢人易，三伏中流繫楫遲。漁艇來歸雲漠漠，午蟬初奏雨絲絲。如僧怪石蒼江畔，似迓行舟索我詩。

戲題和尚石 二首

童頭坐老碧山稜，欲逐飛仙去未能。點鐵有丹堪點石，憑誰説與水邊僧。

三千公案自纏藤，誰道三乘語足憑。依舊結趺臨野水，今年人笑去年僧。

洗頭 二首

緑鬢斑斑不自由，滄浪又送一聲秋。誰云白髮還堪變，欲挽長江一洗頭。

篷底烟飄一線香，含情無語對秋江。野人慣洗塵頭膩，未洗塵頭幾點霜。

奉謝陳總戎惠壜酒

村醪野酌慣江鄉，未飲元戎碧玉漿。滿目旗旌催晚醉，一江雲水展新涼。荷筒半捲初秋露，竹葉偏回午夜香。從此詩情應更遠，濯纓隨處起滄浪。

與秉之夜話，兼寄時嘉

何處登臨費杖扶，平鋪在眼儘夷途。從教鶴髮催人世，不信牛衣泣丈夫。木榻可疑他夜雨，松燈還照舊時書。乘田委吏都吾事，只把宣尼作範模。

石門留别諸友兼群從弟姪

笑拚筋力出驅馳，潦倒龍鍾任後時。秋水於人還自照，江山對我不須疑。停舟野寺還澆酒，搔首西風忽有詩。偶折芙蓉花在手，别筵吾不作童兒。

入峽

水光搖蕩碧琉璃，正值斜陽倒照時。上峽孤舟偏入畫，看山兩眼欲成痴。林泉富貴終無極，塵世風波總浪馳。四百峰巒吾自有，一杯留嚼萬年芝。

峽山寺

長風兩袖正披披，又上飛來引一巵。山峙水流俱自在，白雲烏帽本無期。尋常影響馳人易，四十烟霞滅跡遲。何事塵頭空搜搜，百年疑是未醒時。

凌江阻雨

欲度梅關更作疑，凌江驛下雨霏霏。不嫌津吏遲夫馬，只恐塗泥染袖衣。庾嶺陰雲還自蔽，湞江流潦疾如飛。三秋餘瘴連朝洗，誰識乾坤造化機。

曲江重九日

夢魂無夜不飛還，只看慈幃笑語間。華髮又添重九節，扁舟已進曲江灣。黄茆瘴静無秋暑，蘇合杯香得晚山。更傍灘頭還擊棹，月明歌枕聽潺潺。

吕梁道中

淮酒騰騰欺量淺，肩輿忽忽入冬深。聊將此日銜寒意，償却平生願仕心。桑棗人間頻數九，輪蹄風土浪披襟。丈夫知遇非容易，懶向行邊出素琴。

將至臨城驛

争先路逕險難量，痴立踟躕對夕陽。身計百年空自拙，馬蹄今日爲誰忙。月當殘臈還留照，鬢看寒霜轉易蒼。誰道臨城能館吏，中宵猶爲倒餘觴。

受教職

風雲斂翮向長安，老恐無才稱小官。花草漸看春意滿，江湖容放酒杯寬。閒情忽忽添詩律，歸夢頻頻傍釣竿。何處青精還一飽，烏紗聊裹弄吾丸。

受教職將之平湖

香茶白飯在東吴，笑領微官出大都。萬里心情關子母，百年風教又平湖。黄雲紫水横孤艇，菱葉蒲梢浴晚凫。囊底有詩樽有酒，昔吾元不異今吾。

留别京師諸友

何許傾心一笑逢，黄金臺下未從容。塵途渴洒三春雨，歸夢頻催午夜鐘。鶴髮任教垂兩耳，絲桐獨抱向千峰。東風莫道無巴鼻，吹得都門緑又濃。

屠秋官席上再疊

飯顆山前亦偶逢，短篇那更用先容。燭花也解含春意，樽酒何妨及暮鐘。孤艇舊回三塔寺，一筇曾柱九龍峰。青天烏帽吴門路，雲水如今興轉濃。

張後府官寓與提學憲副馮佩之夜酌話别

深雲不放月輪孤，展轉方齋酒一壺。士氣西江還易振，斯文赤子更須扶。百川宗派趨彭鼇，兩袖清風過小姑。無限衷情言未了，千年公案在鵝湖。

大塘書屋，爲蔣世欽中書

閒窗面面罩烟雲，剛占人間小洞天。夢裏陶然醒水月，眼中何處不魚鳶。尋春晚履真堪步，拂袖青山是幾年。料理平生端的意，小車何厭百花前。

蓮塘書屋，爲婁侍御

城市塵氛亦厭無，碧雲深樹草堂孤。虛簷白月真堪看，臨屋青山不用呼。午夜星辰瞻北極，深春桃李散南都。閒窗倘有尋歸思，敢獻吴江一筯鱸。

休隱軒

休隱何妨額小軒，深垂白髮看流年。婆娑不了閒滋味，雲在青山水在淵。

留别張後府兼素

土窗茆屋斷知聞，十五年來謝世氛。雲水至今還戀我，江湖何處更逢君？留連細剪方齋燭，潦倒愁看北冀雲。再拜先生無可話，一杯留嚼野夫芹。

自發潞河至郭縣〔二〕，水淺舟膠，聊成短什

村醪何處許深傾，詩思瞢騰喚未醒。天際浮雲終不定，眼邊疏柳爲誰青。漕渠淺淺流春緑，午枕頻頻聒運丁。萬頃玻瓈一輪月，幾時還我弄滄溟。

葉青居

賣韭見村童，推窗正倚篷。浮沙崩細浪，亂絮舞晴空。吏懶陶彭澤，詩催陸放翁。客懷吾欲語，吹斷酒旗風。

土門晚泊

歸袂飄飄舉，輕帆冉冉來。幽花封岸觜，白日照沙堆。曠志酬千古，虚懷貯一杯。平生雙短鬢，何處洗塵埃。

〔二〕 郭縣，當爲「漷縣」之誤。漷縣，明時屬北京通州。

河西務阻風 三首

絮飛沙走幾曾休，歸棹狂南每頂頭〔二〕。自信江湖容我老，不知天意欲誰留。浮名未有毫毛蓋，真樂剛尋十五秋。風土東吴應不惡，擬携妻子作仙遊。

塵氛馳逐行全休，短髮從渠白滿頭。密網沙邊猶自設，冥鴻天際去難留。狂雲無計成時雨，歸路真愁入晚秋。風伯如今誰敢訟，神情空傍斗邊遊。

大塊塵沙滚未休，篷窗痴坐任科頭。酒杯戀我醒還醉，鷗鳥窺人去復留。鏡裏行藏周卦畫，枕邊勳業魯春秋。五風十雨能如願，傍柳尋花極勝遊。

登連窩

俯仰春風禮法場，白衫還作野人裝。終朝亂耳逢驕卒，盡日無詩負錦囊。萬里鄉關天自遠，兩行官柳日偏長。南風每每能相阻，歌枕篷窗也未忙。

〔二〕羅邦柱先生曰，「『南』，似『風』字之誤」。（林光《南川冰蘗全集》，羅邦柱點校本，第二八六頁，校記）

良店道中 二首

堤柳千株擁道傍，南風拜舞不勝狂。篷窗展轉吾何語，一瓣閒燒鐵面香。
北往南來幾許舟，風沙官柳日悠悠。不知一線漕渠水，多少行人白了頭。

下邳

篇詩曾記詠留侯，二十年來亦浪遊。黄石老人今在否，北風吹我過邳州。
丙戌，余過下邳，有《懷子房》詩云：「劍提三尺走貔貅，誰道先生只事劉。讎怨戴天生即報，功名如夢醒還休。萬全計裏降群策，三傑儕中出一頭。今日下邳橋畔過，傷心忍見水東流。」旹甲辰五月十三日舟中，南川小識。

憂旱

半餉飄時雨，轟雷幾夕昏。未酬蘇旱意，也受一涼恩。散步看雲脚，沉吟對麥孫。青青野莙蓬，滿逕爲誰繁。

四月二十八日狂風大作

靡靡千舟廢，嗚嗚萬噭號。人心空自駭，風伯也須勞。黑髮從今變，黄埃逼漢高。閒窗誰氏子，歌枕夢魂勞。

將至德州短述 二首

身在俱爲樂，途窮亦不嗔。南風休滯我，堤柳尚迎人。零亂波翻玉，鬅鬙鬢欲銀。乾雷無雨意，再拜祝江神。

畫鷁來官舫，黄牛守野童。麥苗今渴雨，舟子莫呼風。書役夫催急，流亡室半空。平生憂國意，無語向山東。

過固城

宿雨含千柳，微涼變一川。官衙趨小吏，簫鼓鬧鮮船。烟霧揮盈紙，風雲思滿天。呼童買南酒，不惜杖頭錢。

電火

電火時驚目，雷車正輾空。敢祈連夜雨，且殺逆頭風。麰麥枯將爇，山岡老欲童。天瓢留一滴，搔首向蒼窮。

贈別同官林汝惇

今古奇逢儘偶逢，臨歧欲話不曾終。殘山剩水無人占，薄禄微官與子同。會見冰壺涵夜月，且教桃李醉春風。鐵橋粗識羅浮路，真個期君着一笻。

下呂梁洪 二首

閃閃奔流一線斜，橫波沉石亂如牙。憑誰寄語操舟子，出入艱危莫浪誇。

電走星馳亦駭人，點篙移柁捷如神。細看水手争長技，坐我安流自在身。

彭城漢高廟

石榴花發廟門扃，偶讀殘碑識廟名。香火可能留漢祖，江山依舊是彭城。百年老興還雙履，千古争棋亦幾枰。坐我槐陰新沐罷，涼風淡淡葛衣輕。

舟中小酌，聽寧永貞別駕説武夷

耳邊頻送棹歌音，九曲真源我欲尋。先哲偶談朱仲晦，深杯時瀉密林檎。閒窗一枕天教睡，蓬島諸峰夢亦深。不道凡身是仙骨，拜官還有謝官心。

來溝閒寫懷

金錢不博皂囊詩，盃飯何曾謝乞兒。京酒鮮催遊子醉，年華争謂鬢毛絲。遥遥泰嶽瞻應遠，采采蔞蒿步更遲。萬里親庭天一角，夕陽翹首不勝思。

題寄寄亭

甲辰夏五月十七日，舟渡淮河，同侍御李公暨寧永貞、禮曹宋公訪地曹周公載，因乘月遊寄寄亭，花木森然。地曹索詩，聊賦此律以紀佳致云。

寄寄亭前物，來觀寄寄身。草花應自得，雲水任吾真。白月能留照，深杯别有春。乾坤俱旅寓，何處是天根？

白洋河鱠鯉小酌

萬里東南客子歸，南風無日不吹衣。白洋河内霜鱗美，老瓦盆中雪鱠飛。碧水黄沙晴可浴，大羹玄酒願休違〔二〕。坐高淮北團團月，不把浮雲怨落暉。

揚州郡守招飲同李侍御觀雜劇

紫李黄瓜雜酒巵，南風葛袂正披披。浮生本亦如閑戲，賣械今真駭健兒。潦倒且拚文字飲，輸贏不了古今棋。江山興味元無際，太守殷勤索我詩。

楊子灣偶賦

雜劇喧闐謝耳邊，晚風涼氣正翛然。青茭插劍森依岸，白雨跳珠正滿川。角角水雞初叫處，騰騰杯酒未醒前。分明一段閒滋味，寫入揚州短短篇。

〔二〕「玄酒」，原作「元酒」。作「元酒」，當係避清聖祖玄燁之諱。兹改正爲「玄酒」。此書後文多處「玄酒」，亦依此理據改正。爲免繁複不一一出校説明。

遊金山寺

黄埃不改眼中秋，此日金山又繫舟。地擁長江吞巨海，天教絶景鎮中流。烟雲苾冽嘗龍井，身世依稀在蜃樓。欲話無生真境界，鐘聲不動水光浮。

石門寫懷

晚風吹袂晚山前，久坐松根憶去年。本爲微官輕去就，祗因慈母重留連。還思叔子趨涪日，細嚼淵明飲酒篇。落盡殘花存故實，此生自斷不須天。

平軒 二首

世路崎嶇不作難，將迎未斷是危艱。閒窗暗袖持衡手，只把靈臺一鏡看。

高山休剗海休填，眼界平來恰自然。君若不拘形迹看，鳶魚隨處有天淵。

贈別豐城王節之明府赴京

紅燭青樽不作疑，相逢相別更相期。專城小試栽花手，曾詠江門一老詩。

靈州晚泊，與舍弟克明小酌

杯酒連船看水流，一輪明月照靈州〔二〕。德雲不省今誰是，却憶東坡對子由。

舟次峽山

浮雲不掩洞中天，入畫人撑入畫船。妻具黄鸝澆酒子，兒歌白雪向山巔。風流與可閑燒笋，自在堯夫只弄丸。何處合教塵夢醒，萬株烟樹枕頭邊。

曉發湞陽峽

科頭篷底望江灣，日在東林月在山。風物滿前誰是主，釣船撑上釣絲灘。

過英德

英州城子大如斗，怪石邊流作牛吼。石屏南山索品題，却笑東坡好遊走。南山石屏有東坡題名。

〔二〕「靈州」，原作「靈洲」，據詩題改。

宿太平灘

濛濛黑霧四低迷，纜繫黃茆日正西。何處思親腸欲斷，太平灘下鷓鴣啼。

觀音山

誰揮仙子劍，斫斷過溪山。鐵壁立千仞，丹房隱半閒。懸崖栖老鶻，滴乳蘸洄灘。萬古留奇勝，丹青寫亦難。

上三坂灘

舟子挐舟日叫號，北風吹面利如刀。欲知世路難還易，三坂灘頭看着篙。

五婆城

五婆山下路，不見五婆遊。只有邊城水，常涵一鏡秋。

清溪道中偶述

天地君臣義莫逃，乘田委吏聖躬勞。江流對我何須急，江勢迫人空自高。本乏長才供盛世，寧慚敗絮擁綈袍。千週不厭囊中《易》，懶向西風步楚騷。

彈子磯

何須赤壁對黄州，只欠東坡一夜遊。安得身輕如過鳥，隨風飛上彈磯頭？

濛浬道中 四首

十里五里寒灘，千山萬山灌木。異香處處清流，誰别曹溪一掬？
灘惡石根齒齒，山深樹映婆婆。短景寒霜十月，南船北上風多。
船頭薄暮搔首，野燒不省何山。犬吠村舂乍急，林疏販糴人還。
漁燈乍明乍滅，灌莽無際無邊。識破曹溪水口，何疑虎榜山前。

曲江懷相國

高堂鶴髮正如絲，家近洪州合請時。閲世公應知事早，栽花吾敢怨春遲？開元小試經綸手，韶石堪鐫相國碑。留得欖山香一片，白雲何處是仙祠。

返照

返照千林酒一卮，晚山剛對弄雛時。眼中觸處成真樂，身外浮名總不知。元亮貧來還乞食，堯夫老去只遊嬉。行雲流水無窮意，老樹精應不作疑。

課兒

摇落溪山欲暮時，軥輈聲裏霧迷迷。手中殘卷堪延我，篷底燒燈旋課兒。自古箕裘誰不忝，浮生伎倆總如斯。私情未敢祈天運，笑詠柴桑覓栗詩。

平湖病目有感

言聞萊婦念俱灰，短札憑誰寄玉臺。俯仰一身空自笑，昏花兩眼幾時開。偷閑總道微官好，向老何堪百病催。矮屋頹簷供熟睡，夢中慈母囑歸來。

呼兒扶病過牆隈，百種奇花我欲栽。老鶴亦知棲此地，蟄蟲能不待春雷？回觀不了天機妙，痴坐深存造化胎。外暗只疑天送老，金鎞休傍眼中來。

贈李野雲

官居偏繫海東遥，雲水中人欲見招。千里君能來得得，一氈吾正坐寥寥。磁瓶未醉平湖酒，春雨初肥枸杞苗。却憶秋曹林待用，何時握手話良宵？

題雪梅

陰雲忽忽散溪頭，偃仰寒梢露屈虬。却把幽香埋臈雪，獨留清夢在羅浮。瘦笻又挂千峰月，秃筆初回兩眼秋。仙鶴不來冬夜永，道人何處倚江樓。

平湖官署修補，示督役者 二首

持鐸頻回首，乘桴未有緣。痴兒愁露處，病叟媿多言。井淺泥渾水，牆低樹隱簷。桄榔菴亦好，蘇子樂南遷。

風烟聊顧指，府檄下多時。蚊蚋攻三伏，鷦鷯借一枝。經嚴工土役，法恕魯侯僖。著述非程子，龍門敢索基？

露坐

當湖來暑月，坐我小池邊。欲酌樽無酒，閒吟思滿天。曉荷初貼水，豇豆正垂烟。者樹精應在，林梢奏一蟬。

禱雨

一滴天飄水，雷車仰疾驅。官僚雖有罪，赤子本無辜。忍見苗將槁，翻愁海亦枯。處高卑合聽，萬口正號呼。

奉謝王判府惠米

尋常愛誦后山詩，却笑貧官解忍饑。何處還逢趙郡使，亦留青眼照寒微。

平湖病中思南歸 六首

青銅閑拂拭，照見白髮鬑。浮世催人老，空山滅跡遲。雲林歸倦翮，霜雪悴寒枝。欲問商山路，療饑有紫芝。

掩卷千年不〔一〕，沉吟不作疑。幾看空袖手，未了着殘棋。始復存消息，乾坤有合離。金鎞時括眼，莫受翳瑕欺。

冬卧愁襟薄，跏趺付一盧。難將衰病骨，更聽夜啼烏。地暖思南海，情真有舊徒。飄然決歸策，争只爲蓴鱸。

蕭然茆屋下，雲水自因依。短履穿松去，前村摘豆歸。竹風恬隱几，山月静披衣，胡事驅馳久，塵氛有是非。

不識栽花地，花時解惱人。空留看花眼，閒却故園春。坡老門冬酒，林宗折角巾。逍遥天壤内，吾亦任吾真。

樂土思南海，歸休道未窮。木綿衣亦暖，延壽酒偏濃。細雨扶留緑，薰風荔子紅。兒孫依

〔一〕羅邦柱先生曰，「『不』字不可通，疑爲『下』字之誤」。（林光《南川冰蘗全集》，羅邦柱點校本，第二八六頁，校記）

老母，歡笑一堂中。

和沈別駕元節

採採紅芳步更遲，睡酣塵榻掩荆扉。白頭空有青山債，仰見飛鴻又北歸。
樹杪陰雲看漸消，尚堪扶病到溪橋。道人未有傷春意，却仗蒼龍玉一條。

贈別袁分教

病骨伶俜已莫支，送君扶病更江湄。湖山尚囑他時目，雲樹偏催此日詩。聚笑一堂非偶事，相看兩鬢各成絲。寒梅却有藏春意，雪裏休疑折贈遲。

遊福源寺

南寺烟霞如有待，東湖舴艋偶相催。旋收春色歸吟筆，肯信花枝負酒杯？天氣可人惟此日，風光隨步遍蒿萊。呼兒歌笑僧房月，誰遣羅浮客子來。

吳縉折贈牡丹花，因與覓蓮栽

牡丹花好花端好，蓮子纖花實更妍。欲識春陵培植意，花嬌實美是天全。

奉謝嘉興郡守徐惕齋枉駕見顧平湖官署

門横蛛網逕封苔，卧病俄驚使報來。草芥何人堪接論，雲霄巨眼謝頻回〔二〕。春風淡蕩環衿佩，玄酒氤氲落玉盃。無限陽和恩育意，却慚衰朽是非材。

喜諸生會饌

講罷聲催六撞鐘，青衿冉冉肅西東。大烹本爲賢才設，竊食堪羞我輩同。簞食豆羹皆聖澤，饔人庖吏走春風。權輿莫更添詩詠，一飯須酬一寸功。

〔二〕「雲霄」，原作「雲宵」，據文意改。

乙巳清明日

青鈍聊把伴芳樽，柳葉還將插鬢根。佛子岡頭應聚拜，銀瓶嶺上獨銷魂。糟妻卧病空揮泪，慈母燒香定倚門。南海思歸歸未得，斜風吹雨正傾盆。二世祖葬佛子嶺，先君葬銀瓶嶺。

過平湖沈楷煉二秀才宅

烏紗白葛暮春前，何處烟霞得輞川。清水人家看入畫，羅浮客子笑當筵。名花恰對平生眼，怪石真成小洞天。簫管莫催山閣雨，清樽紅燭愧留連。

賞牡丹

淑氣催人醉未涯，洛陽春色又官衙。三千里外留雙眼，四十年來見此花。慣傍疏梅移晚履，幾親幽菊酌流霞。東風一笑延今賞，坐看遊蜂到日斜。

閩使來聘

平生肉眼非衡鑑，遥枉諸侯走幣書。兩浙官舟催欲發，八閩風物信何如。曾貪白月撈潭底，更覓遺珠到海隅。俯仰乾坤留一笑，夕陽烟樹半模糊。

度紫溪嶺

虹光已燭還東頭，草露凝珠濕未收。翠展晴巒千卷畫，涼催孤鴈一聲秋。肩輿忽忽穿林杪，詩思騰騰逐澗流。山水八閩端有債，他年空作夢中遊。

度分水關

玉笋參天着數峰，清秋留賞興偏濃。東南地脈交分處，閩粵山河控御中。關吏逡巡開野酌，丁夫奔走認衰容〔二〕。望郎石畔無纖翳，不道斯文運適通。

望郎石 望郎石，俗傳宦遊閩中者，過時石邊無雲霧，即可占吉。

望郎身寄鬼門西，郎去頻年望欲迷。心胆已無雲雨夢，手中黃口尚提携。

〔二〕「容」，原作「客」。作「客」，與「濃」、「中」、「通」不成韻。據此詩之用韻及文意改。

舟中初見武夷山

四十年來勞夢想，一杯今始識真容。沿流莫遏窮源興，老我堪尋若個峰。仙子跡深山閴寂，棹歌聲斷翠蒙茸。懷賢適任搜求責，祇恐虛巖有卧龍。

别武夷山

步步移舟步步遲，一回轉盼一尋思。相看此老終無語，抒寫吾心却有詩。樹色蒼蒼含别恨，細柳送送出晴漪。相逢不盡今朝興，莫道天留憶武夷。

過延平，懷愿中先生

未燃精誠一瓣香，官舟催發向茶洋。閩山本爲名賢重，溪水何如道脈長。城面人家臨睥睨，祠前樹色照秋陽。緬懷高弟摳趨處〔一〕，應有神靈護講堂。

〔一〕「摳趨」，原作「樞趨」，據文意改。

經小箬

古榕深樹碧烟凝，小箬山前望眼明。粵客思親原有泪，輈𫐐休送斷腸聲。

到福州

危灘歷盡得安流，十里肩輿向福州。人物權衡空自愧，江山英采共誰收。栽花隻手閒偏慣，閱世雙眸老未休。簫鼓遠勞諸貴迓，一樽同醉玉壺秋。

閩南試院典文偶賦

微官何處盡平生，文字真愁誤俊英。眼底深沉端有分，鏡中妍醜本無情。香風淡淡飄丹桂，白月遲遲照省城。收拾秋光渾未了，更依南斗認疏星。

試院中秋賞月，和章方伯

閱世空驚四十霜，年華如月到中央。褰簾共賞人非少，袖手還容我在傍。眼底毫芒堪遍燭，酒中斟酌豈須忙。八閩詩料元無限，暫借銀蟾一夜光。

遊鼓山靈源洞，因宿鼓山寺 六首

石鼓山前興，經旬念未酬。片雲來倏忽，空翠任遲留。萬象歸杯酒，千峰豁醉眸。不知天壤内，何處是瀛洲。

旋製茆根筆，懸崖欲大書。老懷堪盡展，絶景更何如。雲水真無性，乾坤是客居。僧廬新結構，高枕我來初。

開山誰是祖，拂袖我今來。縱飲寧辭酒，歡書已破苔。懸崖搜古跡，絶澗洗黄埃。羽化疑今日，天風步步催。

愛此靈源洞，真成爛熳遊。名儒書未剥，仙子跡還留。喝水僧何去，棲禪窟自幽。白雲如戀我，飛逐鼓山頭。

何處不堪老，浮生空自忙。石門開洞古，松逕遶雲長。戀戀情何極，看看世欲忘〔二〕。難描今日興，更憩老僧床。

鼓山今夜月，照見宦遊情。僧榻塵稀到，松風韻自清。谷虚疑有守，城遠不聞更。忽憶同

〔二〕「忘」，原作「忙」，與首聯韻脚重，據用韻及文意改。

心侶，朝來合寄聲。

徐方伯、劉大參、沈亞參招飲平遠臺

團團孤石對層巒，小坐堪留半日歡。僧逕曲隨虚閣轉，秋山閒帶夕陽看。行雲流水情何遠，烏帽青天眼自寬。更飲香醪添晚醉，諸公忘己我忘官。

重九日張侍御招飲元妙寺，時董侍御、林大行人泮及弟、僉憲包進士咸在席，酒酣，因和張侍御舊遊韻 二首

筭輿欲盡碧峰頭，翠竹深松景自幽。潦倒共拚今日醉，不知萸菊爲誰秋。

醉來萸菊滿簪頭，況值僧居景最幽。七步何才争出手，興餘書破一山秋。

沈亞參邀華林寺酌別，時徐方伯、劉大參索詩留別，走筆奉答

閩南風物頗窮搜，更爲閩南一日留。方伯忽催言別句，越山難盡滿懷秋。輕陰且莫愁時暮，醴酒還堪話壯遊。聚散從來非偶事，出門剛念倚門憂。

董侍御宿南察院

烏臺清密地，木榻一宵同。愛國心逾赤，憂時話至公。霜威侵布被，月色透簾櫳。失記三更夢，雞聲亂曉鐘。

過壺公山

壺公何物鍾靈秀，更爲壺公一品題。老眼何曾忘五嶽，笋輿吟過木蘭溪。

同安謁朱晦菴先生祠

翻然徒步往忘疲，却憶先生在邑時。他日官銜雖主簿，如今斯道却宗誰？祠前榕葉聊供掃，鑪内楓香逐旋吹。無限斜陽凝佇意，寒蟬猶聽傍深枝。

龍溪李邑宰用劉大參韻見贈，仍和奉寄

雲霄萬里看程期，海内何常乏所知。黄甲聲華君作縣，丹霞聚笈我留詩。牛刀小試經綸手，襦袴終興愷悌思。寄謝參藩劉伯長，海濱深望撫流離。伯長，時雍先生也。

謝龍溪李延信明府惠肩輿

筭輿瀟洒漳南路，却愛君侯樣製工。款段慣曾馱李賀，蒲輪今益愧申公。行邊風日軒窗小，醉裏雲山興味濃。共敝車裘今幾見，可無詩句播閩東？

過惡溪

紅橋東接義安城，俯盼洪流一戰兢。何事鱷魚驅已久，惡溪猶有惡之名？

潮州謁韓文公祠 二首

扶留葉子裹梹榔，欲獻君侯恐不嘗。仰止高山聊展拜，名香一線是心香。

香拈一線傍峰頭，海色山光共勸酬。莫道開元無眼孔，天留聲跡重潮州。

潮州林太守邀金山小酌

烏石參差出鳳城，一樽聊此話平生。磨崖細認模糊字，怕有昌黎刺史名。

别潮州

闔倿兵卒初辭去，刺史漁丁復遣來。傳食如今非孟子，灘聲愁聽惡溪雷。

過程鄉

溪流曲曲入程鄉，蓬底晨吹晚稻香。總道漁翁無一事，持篙猶爲急灘忙。

過龍川

何處逢人話小蘇，黄茆岡遶一城孤。間關回首閩南路，今日扁舟得順途。

河源道中聞秉之兇問

惡聲傳送耳邊來，尚冀流言輟我哀。浮世百年真是夢，壯心今日已成灰。流溪有恨同嗚咽，造化無情故迫催。滿目雲山總愁思，好懷從此向誰開？

惠州阻風　時有哀思，不及遊白鶴峰。

楊風白浪使人愁，兩日歸舟不自由。白鶴峰前慳一顧，却疑蘇子暗相流。〔二〕

銀瓶阡感事　時有侵葬於墓東者。

銀瓶嶺畔剪蒿萊，誰盜墳傍土一坏。榻外豈容人酣睡，眼中剛遇我歸來。青山到處堪埋骨，古墓邊頭忍斫培。慚愧許孜招感事，空垂血淚撫松栽。

次韻張廷實，兼呈白沙先生

酒盞天教酌五湖，浮沉却笑我非夫。絲桐掛壁今成懶，天地知音敢謂無？兩鬢忽隨塵夢改，一腔還照月輪孤。題詩小放風花手，旋製茆根筆可書。

〔二〕　羅邦柱先生曰，「『流』，似作『留』」。（林光《南川冰蘗全集》，羅邦柱點校本，第二八六頁，校記）

次韻白沙先生贈别

詩亦韶音酒亦春，故來江閣坐江雲。鸞和耳孔開三日，海酌磁甌醉十分。短髮催人偏易白，青山留我亦成群。通宵柳渡溪頭話，一棹烟波却謝君。

寒雨

斜斜細雨北風吹，正值春分節近時。緑草貪生偏自得，只愁紅紫損花枝。

湞陽峽舟中偶述，寄白沙、潮連諸友

溪曲山深月影孤，猿聲争亦笑迷途。一官老去愁將母，七尺貧來愧病軀。耳畔怯逢新杜宇，鏡中還是舊頭顱。江門烟水潮連酒，衹欠園田二頃餘。

莊定山先生聞受平湖典教，疊韻贈六律，依韻奉答

冥鴻天際有遺音，指畔寧須弄我琴。流水自存深淺意，白雲應識去來心。五湖春在身堪老，一棹風多力不任。細讀醫方延道侣，門前芳草履痕深。

空中不省是何音，人在烟波指在琴。月白風清能幾夜，雲閒水止若爲心。雙鳧落處興非淺，隻手拈時醉莫任。浦子城邊遺一老，萬花叢裏坐春深。

啼鳥屋角忽傳音，懶向西風撫素琴。棋局未諳浮世裏，馬圖空認聖人心。一鋤曠野還堪把，兩脚青山病未任。顛倒一場春夢醒，出門長笑大江深。

武夷曾聽棹歌音，閩越歸來壁掛琴。丹汞可無留世訣，白雲長有傍山心。平湖風月分諸子，南海烟波釣一任。何處折腰還五斗，淵明詩句酒中深。

從來至樂是無音，會意深時豈在琴？律管候知殘臘氣，梅花描出老天心。何愁病骨醫無藥，祇恐春杯醉不任。痴坐白頭何所有，滿庭芳草雨中深。

誰道東南有賞音，不聞三載定山琴。梅花總落題詩手，春雨偏知種樹心。何處高僧來惠遠，他時好語話周任。指頭江浦平湖路，却恨瓜州一水深。

參軍張兼素輓詩 三首

手翰封緘却寄君，忽傳凶訃到江濱。交情似我空捫淚，真率如君更幾人？赤手扶危陳短疏，丹心愛國是忠臣。芳名自合留青史，豈少封章賁老親？

曾接諸賢坐幾菴，方齋醇美衆交談。三年報政涪兼宿，兩府參軍北又南。故里蓋棺君莫憾，他鄉聞訃我何堪。廬陵忠節諸賢廟，更置羅張亦不慚。羅爲一峰。

江門遥賦憶君詩，正值君亡半月時。昨暮雲山思共酌，今朝烟雨忽成悲。陰陽機括終難識，生死交情更不疑。何日西屯揮老泪，爲君扶起墓前碑？

阻風，留别江僉憲兼呈馮提學 二首

酒醒斜陽睡起時，瞢騰春思尚如痴。揚風白浪摧詩急，却訝詩翁不出司。

春杯一聚未從容，天意分明又北風。廬阜鄱陽他日約，敢將詩債問馮公。

松庄翁輓 錢僉憲父。

病眼摩挲讀墓碑，知君有子立清時。篇詩此日還堪賦，老泪平生不浪垂。新土一邱封寂寂，深松萬個色離離。榮華欲就孤兒養，不恨瑯琊作計遲。

次韻莊定山贈徐僉憲

定山金榜舊同袍，邂逅洪城識俊豪。莫道卑官無眼孔，卑官眼孔或時高。

錢僉憲母輓

教子劬劬未仕初，燈前續紡膝前書。憲臺有禄堪供奉，泉壤無由問起居。錢氏千秋思令母，松庄一老共幽廬。慈烏反哺心何了，也見光榮七十餘。

和顧能

一柱無緣障急流，白雲回首思綢繆。共拚酒盞銷紅燭，懶插花枝上黑頭。鴻鵠心情空自遠，江湖烟浪尚韜憂。憑君會我難言意，更傍青荷買釣舟。

和孫長璧居士

持杯隻手是天生，來向當湖弄月明。詩債未能酬嶺海，斯文何敢説權衡？行窩遇樂家家到，好鳥催歸日日鳴。過眼塵頭真易白，與君那惜話衷情。

如斯亭次韻莊定山

宣父含情佇立時，難言易見却如斯。閒觀宇宙無窮意，似與鳶魚兩物知。活潑潑中那有我，漫騰騰處欲呼誰？鰲峰亭子來何日，笑和雙泉二老詩。

喜徐光岳來訪平湖

幾夜青燈報好花，朝來扶病理烏紗。定山妙筆承傳信，天姥黄精忽拜嘉。違隔仙容剛十載，留連塵榻更誰家。卑官莫道無供給，亦有東湖水薦茶。

放諸生依詔侍親，八月九日鄭提學憲副駁檄至

夢斷丹青指不彈，疏慵關涉事無端。寧親造次容諸子，駁檄分明罪小官。烏鳥私情林谷遠，聖明恩意海天寬。上弦月子中秋近，夜夜呼兒笑共看。

閱諸生課

銖銖兩兩較高低，眼漸昏來意漸迷。弄月吟風程伯子，不知何以學濂溪。

題鵝溪書屋

曾向鵝湖着兩眸，鵝溪書屋又誰修？頻年未了惟詩債，儘日堪看是活流。庭草翠深空閣

雨，夢魂涼浸碧山秋。瘦笻莫厭溪橋僻，朝市塵氛易白頭。

奉别徐郡侯懷柏先生考績之京

老我行藏欲話難，先生麾節别吴門。風雲會處聲光遠，勢分忘來禮數寬。預有忠勤書最績，尚留恩意及卑官。支離不敢秋江餞，却把詩篇寫肺肝。

宿大乘寺

招提昨夢應延我，舴艋今朝却爲誰。松檜形容猶未改，梅花消息尚堪疑。塵菴寂静偏宜睡，僧榻跏趺忽有詩。燒罷黄龍香一線，佛前燈影照琉璃。

舟張涇匯示諸生

蒼田紅樹入霜天，獨立船頭思渺然。諸子欲諳雲水性，試留雙眼看晴川。

丁未平湖重九日

村醪何處亦堪賒，天宇初晴景最佳。黄菊未開重九節，老夫惟對木犀花。狂揮禿筆詩盈紙，步遍青莎月滿衙。却憶去年今日酒，濫陪驄馬醉元沙。元沙，寺名。丙午重九日，在閩南同張、董二侍御飲此寺。

重九疊韻改犬子時表稿

重陽無酒亦須賒，此夕烟雲景最佳。雛菊乍開今日眼，木犀猶放晚秋花。閒觀宇宙逢雙鬢，指點風光坐一衙。不識江門今日酒，許誰同醉白鷗沙？

景菴

名題金榜桐鄉令，何處烟雲寄此菴。六一風流真可慕，端溪山水果無慚。瘦笻短履何曾厭，怪石奇巖自錯參。識破利名關是夢，振衣歸去面澄潭。

贈别李邑宰

我笑思歸未得歸，君今先我上漁磯。韭芽香嫩供春餅，桑棗林疏步夕暉。拍拍千杯延雜劇，酣酣一枕飫輕肥。三竿日上門猶閉，懶與兒曹管是非。

林居魯入京過樵李，往餞不遇，留此識别

春風過眼又芳菲，斗酒追尋願適違。優詔遷官君合處，衰年多病我須歸。新蒲細柳皆詩料，淡霧濃雲信筆揮。白首相期還洗耳，何曾卧病泣牛衣？

題周文都暴日臺〔一〕

剪棘誅茆次第修，百年身計此中收。見成好飯能供子，入望高人正倚樓。炙背三冬仍傍母，蒙頭一枕勝封侯。莫嫌幽僻東涌地，且看南溟晝夜流。

侍御袁德純輓 三首

昨暮長風送客悲，滿庭飛霰雜憂疑。誰催侍御歸長夜，欲叫蒼天一問之。垂老真誠君未改，到頭青白我能知。豺狼未殄身先殞，應有高人解勒碑。

徒傳嶺海净妖氛，搔首西風哭暮雲。二十年來心共照，三千里外訃初聞。君明大義曾期

〔一〕「周文都」，原作「周文郁」。周京，字文都，築曝日臺，修學習静其中。周文都爲陳獻章弟子、林光同門。因改。

我，我有狂言亦囑君。掩抑烏台他日意，幾時和淚滴孤墳？

西屯幽壤可曾扃，又報龍川墜德星。浮世塵頭偏易白，皇天老眼爲誰青？愁生瘴海風聲改，夢斷烏臺雨泪零。不獨嶺南公論在，太平人口是碑銘。西屯，張兼素所居名。兼素、德純訃音相繼。

聞有上薦剡者

微官成懶散，薦剡孰開陳。亨泰逢清世，支離笑病身。雙眸回宇宙，千載幾君臣。舒卷床頭易，空庭草自春。

讀冬曹林居魯薦疏有感

貧貪微禄養，展轉未能歸。經史頻留眼，行藏愧炳幾。春回花自笑，天遠鶴孤飛。讀罷虞衡疏，林風蕩葛衣。

輓林從信僉憲先爲御史，蒲田人。居魯父也。

八壺山下信多賢，何處瀧岡覓舊阡。夜月啼烏仙有疏，春風南國士無緣。難將拙筆描真像，欲置生芻到墓前。莫問百年修短事，鳳毛霄漢正翩翩。嘗爲嶺南提學。

福源寺偶賦

不嫌荒寂南禪寺，斜日肩輿偶獨來。古樹迎人僧逕僻，秋光如水稻花開。尋常薄酒留真偈，三兩青衿恰侍陪。識破華嚴無一字，更容何物入靈臺？

題包翁雙慶卷 郎中鼎之父也。

人間稱意事難逢，六十年來却受封。甲子又添新日月，烏紗聊飾舊形容。間尋二仲開醇酎，笑引諸孫弄瘦笻。李逕桃溪春似海，更留青眼看長松。

郡守沈元節招飲當湖，和沈剛夫秀才

笑把當湖作故鄉，話投諸阮總賢良。氤氳春色催人醉，夾雜汀花入酒香。幾許扁舟來我輩，滿前生意爲誰芳。湖南一點星浮水，安得層樓揖太陽？

德藏寺和嘉興徐郡守題壁

佛子堦除處處幽，一涼如水入深秋。林花欲放堪澆酒，身事無端更倚樓。青草蒙茸隨雨化，白雲飄渺自天遊。蒲團試問安禪老，可識人間半點愁？

法鏡留將法眼觀，松風細細動波瀾。僧床佛閣聊供睡，龍馬圖書掩不看。杯飯尋常忘我老，匣琴容易向誰彈。知心却有東籬菊，不擇先生是小官。

中秋當湖文廟賞月

平分秋一半，步入聖宮牆。心照中天月，杯銜碧玉漿。木犀薰湛露，蟾闕暈祥光。羽化疑今夕，飄然上彼蒼。

壽湖隱方翁 鑑之父也。

科頭向南畝，七十四回春。不信烏紗帽，能榮白髮人。稻苗看正熟，村酒釀來醇。又見諸孫子，幽居各買鄰。

戲題當湖山月池

他時誰捧土，蕞爾便名山。陳迹浮烟没，先生一笑看。雨餘蛙吹滿，秋霽鶴忘還。却有當湖月，頻過水石間。

遊德藏寺 四首

頻年來德藏，莫發老夫詩。秋興乘今日，禪林索舊碑。荒池空偃月，雜樹屈虬枝。欲話無生事，圓機却是誰？

好景多魔在，僧貧寺半荒。逕深蒿艾密，牆矮薜蘿長。僻地成痴坐，秋林正夕陽。難窮清氣味，一瓣廣南香。

緩緩紆吟步，青莎疊砌間。官無文案累，身似老僧閒。蟬奏冬青樹，雲藏薜荔關。心源端解了，何處覓深山？

大隱留斯地，喧中寂本佳。雨肥蒼耳色，秋老決明芽。佛了三生幻，僧防一念差。經函千萬卷，苦海浩無涯。

泛當湖 八首

青青湖畔草，泛泛波中鳥。杯酒入烟雲，斷隔秋天杳。

閒持一杯酒，移艇傍疏竹。白鳥忽飛來，湖田雨初足。

數聲採蓮歌，秋波杳如海。不遇種蓮人，安得蓮堪採？

湖水蕩漁舟，漁舟戲湖水。烟波日相尋，何時清見底？
白雨亂跌珠，汀雲散還聚。鳧鷺出菰蒲，迎船飛故故。
遲遲遊子舟，點點波心雨。沿流入迴溪，坐當秋竹舞。
烟火幾漁家，邊湖夾疏樹。扁舟三五人，坐入秋天暮。
細雨洒深竹，輕烟罩孤嶼。倏然坐遲暮，欲語不能語。

自慶五十，和顧能見贈 五首

百年今已半，天與一官閒。名忝師生分，恩同骨肉間。黄花親壽斝，歌鳥祝南山。老負斯文托，如今更厚顔。

百年今已半，弘治適時雍。豈厭儒官小，均陶大化中。乾坤春未老，魚鳥思何窮。圓轉天機活，吾今亦尚同。

百年今已半，天意苦栽培。地僻人過少，春深花自開。光韜雲裏月，香淡雪中梅。此意神仙會，王喬鶴不來。

百年今已半，身外總浮雲。開逕延三益，飛觴醉十分。皇天回斗柄，南極照斯文。無限難言意，逢君欲告君。

百年今已半，更作萬年期。且了男兒事，寧求舉世知？秋林初返照，籬菊正開時。滿引杯中酒，還吟自慶詩。

偶述 三首

木犀香亞幾枝低，盡日花邊坐欲迷。何處棹歌聲轉急，緩尋幽草更前溪。

乘田委吏不辭低，五百年來幾醒迷。一脈還尋洙泗水，異香流處是曹溪。

坐入深更月向低，天靈一點照群迷。何人不奈秋光好，時送歌聲過北溪。

題兩浙句宣卷

天心仁愛聖明朝，陰沴頻年未盡消。眼底名藩參浙水，馬前春意遍童謠。潛鱗涸轍需甘澤，赤子窮簷望使軺。何處覆盆光未照，紫薇花下更逍遥。

除夕自勉 戊申歲

我來當湖濱，坐閱五除夕。年光倏流電，半百過瞬息。俛仰疇昔時，撫景恒自惜。遑遑若追忘，萬里摇鞭策。聖途雖云遠，壯心如鐵石。仰鑽日復日，寸累仍銖積。晨飧未及飽，夕寢寧安席？云胡遠今時，自恕還自適。頽顔無復少，短髮日向白。天衢浩無涯，進寸殊退尺。古來聖賢人，未免遭窮厄。顧肯當塵途，擲此千片璧。念我意中人，耿耿明寸赤。持此一杯酒，自訟還自責。丈夫志千古，詎忍爲形役？百年能幾時，逆旅棲過客。煌煌照紅燭，感此歲除迫。杳然興遐思，四顧樊籠窄。晴露有佳花，狂風無健翮。儉德勤自修，舒卷床頭《易》。乾坤重擔子，知上誰肩脊？

奉寄彭從吾亞卿乞致仕養親

曾持寸赤達公文，允領微官本爲貧。七十年餘慈侍下，三千里外夢歸頻。遺羹直欲嘗君食，刻木何如事活身。九萬誰云天聽遠，海濱今日遇名臣。

鐵佛寺次夏大卿見贈韻

來過鐵佛寺，風雨半旬餘。僧閣鳴琴籟，蝸牛走篆書。雲霞雙眼在，天地一舟虛。未盡他年語，還尋長者廬。

寓鐵佛寺，時奉藩檄總修《兩浙實録》

佛子軒窗隔翠微，微官何地更相宜。梅花月照杯傳處，塢竹烟深屐步時。閒裏風光描不盡，静中魚鳥看成痴。凡才未悟《春秋》旨，却與名藩管是非。

承彭亞卿從吾顧纂修局

節聲恬不到雲隈，松徑肩輿忽一來。盡日喜聞經濟話，如今真識棟樑材。僧廚也解供蔬食，屬吏何妨捧酒杯。燕語鶯啼春似海，百花猶待幾時開。

承陳、謝二侍御顧纂修局

松檜森羅一逕斜，繡衣聯轡入烟霞。儘教春意回枯槁，未遣秋霜着早花。喜傍雲山開眼孔，細烹泉乳泛茶芽。僧軒半晌非容易，無限風光被物華。

次韻張太守述懷見寄 三首

史館依僧寺，三春謝市囂。翻然來好句，端足慰無聊。濟世君心赤，貪山我興饒。崇卑各有分，期不負當朝。

萬慮日忉忉，偏能變二毛。閒官聊自適，大冶任甄陶。千里寄非小，諸侯位本高。雲龍終有會，應不續《離騷》。

小荷擎雨蓋，正是夏初時。日日看雲脚，行行傍野池。花前聊引酌，興在輒題詩。無限悠然意，升沉問不知。

竹間偶賦

春去禪林緑已肥，竹間杯酒亦相宜。漆園本是逃名吏，懶向琅玕刻小詩。

鐵佛寺偶成

三逕五逕疏竹，千株萬株喬松。遊子貪看鐵佛，忘却南北高峰。

遊南屏偶題雨菴卷

君菴偏愛雨，我却喜晴來。晴雨休相泥，朱顔一笑開。

送吴方伯入京

宿雨塵途洗更清，洽逢方伯入神京。千年共祝今明聖，四海歡呼頌太平。流水有情催畫鷁，青山無數導霓旌。微官久在春風裏，不用臨期敘別情。

遊西湖 二首

眼傍西湖忽有詩，湖山應訝我來遲。十年倏爾成何事，一笑茫然似故知。細柳新鶯迎畫舫，丹樓碧閣漾清漪。憑誰爲秉王維筆，貌出閒官酩酊時。

千首西湖合與詩，東風花信任遲遲。陶然雲水三春意，似有鳧鷗幾個知。鏡面湖光含曙色，佛頭山子醮清漪。何能卜築孤山下，一日頻遊十二時？

重遊虎跑寺 二首

塵鞅無緣脱俗羈，肩輿一笑任行遲。緑肥晴日浮光暈，涼淡晨烟罩碧漪。泉韻又添今日興，松陰猶記昔年詩。繁花過眼開還落，只有青山似舊時。

駿骨從來不受羈，蹉跎真愧燭幾遲。松風尚憶吹殘夢，泉影還看弄碧漪。澗鳥静聽遊子

語，林僧争乞老夫詩。摩挲松逕尋碑迹，却憶東坡撫掌時。東坡《虎跑泉》詩，有曰「龍作浪花供撫掌」。〔一〕

涵碧亭爲陳侍御

邊池亭子搆來新，水色山光入夢頻。伯氏閒情呼仲氏，後人高致紹前人。春隨魚鳥看何厭，景幕烟霞寫未真。惟問三山賢柱史，幾時凴檻看絲綸。

〔一〕「供撫掌」，原作「與虎掌」，據蘇軾《虎跑泉》詩改。（蘇軾《蘇軾詩集》，北京：中華書局，一九九二年，第二册，第四七六頁）

南川冰蘗全集卷之九

詩

楚使來聘 二首

斯文衡鑑愧多賢，雲水天催未了緣。衡嶽風光勞夢想，洞庭秋色可誰專？直期心醉千山景，不用詩留萬口傳。何處明珠偏照乘，試留吾網白重淵。

三千里外幣書來，老眼湖南又一開。遊走自知山有債，搜求誰道世無才。微官薄禄終何補，大地名花本欲栽。半幅秋帆乘遠興，洞庭江漢夢相催。

宿嚴州天寧寺

官閒我亦何拘碍，又向天寧一借眠。風雨净除三伏暑，夢魂凉浸萬山烟。窗臨木杪宜仙枕，地隔溪流斷俗緣。寄語頻遊嚴少府，幾人參破野狐禪。時鄺時用爲嚴州别駕。

浮生半日閒難得，已借僧床十日眠。建茗幾烹嚴子瀨，牙香初散富春烟。諸侯傳食端堪愧，山水嬉遊是夙緣。杯酒未將疑老衲，醉中元亦有真禪。

子陵 次石齋先生韻四首。

羊裘大澤器深藏，雲物終難掩瑞光。今古幾人空愧畏，乾坤此老尚軒昂。安劉祚漢心情遠，剩水殘山姓字香。描出白雲舒卷意，誰家詩筆妙追唐。

同袍禮教未須疑，回首青山是故知。迢遞幾來塵裏眼，摩挲還讀廟前碑。長竿自作江湖主，寸舌誰爲帝者師。莫問榮華風燭事，棹歌留詠子陵詩。

桐江老子持竿手，旋轉乾坤一氣還。欲識江湖關係處，試看星宿盪摩間。難同劉漢論心曲，合與夷齊議輩班。仰止高山千載下，身閒元亦是心閒。

羊裘坐老葛天民，物色何心到海濱。鄉曲心情須長幼，璽書名分是君臣。千年公案留詩詠，七里灘頭艤棹頻。無限青山溪一帶，水雲何處盡天真。

次韻石齋先生贈姜仁夫進士 三首

茆筆新題卷一通，又留雙眼浙之東。湘湖秋色休催我，且緩蒲帆半日風。

暑雨初晴瀫水浮，相看握手話中流。陶然一醉江門景，却羡仁夫解遠遊。時仁夫進士以吏事使貴州，自貴州至廣州訪石齋先生。

嚴子名存舊釣臺，宦途看去復看來。乘田委吏風塵裏，無分山中久閉齋。

七夕過懷玉水南寺，遇丁玉夫索詩，走筆奉答

七夕無緣一盡歡，水南秋月愛誰看。眼中豈少歐陽子，却羨夷陵舊判官。

過鉛山有懷韓介之

掩亂溪雲感我思，鵝湖山下雨來時。九原一去無消息，何處逢人問介之。

行行烏桕傍江湄，曾記當年共步時。欲識九崖超拔處，盛年堅謝一官微。九崖，韓介之號也。

舟次潯陽

景物新歸眼界中，潯陽城下倚孤篷。不愁館吏輕人客，自有廬山作主翁。江潦欲浮東上月，蒲帆争趁北來風。琵琶懶話當年别，擬向濂溪覓舊宗。

遊赤壁

平生赤壁慕黄州，夢想坡翁一夕遊。老眼欲窮今日興，西風吹動滿江秋。山川未稱文章妙，糟粕空令畫筆求。望斷英雄横槊處，楚雲汀樹思悠悠。

寓武昌憲臺

危然三日坐蓬壺，十覽分明盡楚都。千里雲山來几席，萬家烟火傍江湖。情濃小放吾詩筆，天遠長開此畫圖。覓記高臺無一字，先生真個是迂儒。

人間何處有蓬壺，老眼西來又北都。已覺江山雄大楚，懶將花柳話西湖。夕陽紅處添詩料，南斗低時數象圖。多謝烏臺今夜月，清光猶復照吾儒。

將登黄鶴樓

此樓勝槩傳今古，此日須誰共一登。秋氣轉清山自好，篇詩欲賦我何能。眼前絶景應相候，夢裏危欄久已憑。樽酒倘逢仙子約，西風雙鬢任鬅鬙。

登黄鶴樓

危樓千尺勢嵯峨，黄鶴仙翁舊此過。鐵笛横時江水闊，夕陽紅處楚山多。漢陽樹帶前朝色，鸚鵡洲添粤客歌。倚遍欄杆無一語，白雲秋色滿蒼波。

題五殿下棠梨三喜扇面

人間何處可忘情，三喜飛來共一聲。莫道時禽無意趣，棠梨枝上祝皇明。

登黄鶴樓用崔灝韻

仙乘黄鶴去千秋，觀壯湖南是此樓。山勢北來青個個，江流東去碧悠悠。雲隨過雁離城市，帆帶斜陽傍蓼洲。南望鄉關歸未得，白頭應動倚門愁。

湖廣試院閲卷次劉憲長韻

濫持文柄屢宵興，每倩中秋月作燈。匣裏誰將龍劍拂，斗間時見瑞光騰。尋常肉眼終何補，僻寂心潭祗自澄。翹首鳳凰山下路，笑看仙侣盡飛升。

慎菴殿下招飲，次提學憲副沈中律韻

喜遇王孫笑口開，又將雙眼洗黄埃。紫霞杯向三秋酌，茉莉香從百粤來。山拱朱門成偉觀，天生護國總奇才。風光滿座催萸菊，一會斯文豈偶哉？

重九日登洪山寺 己酉在武昌

怪石牙牙佛塔孤，肩輿一笑出城隅。誰家重九堪看菊，此日洪山却愛予。返照千林醒醉眼，秋光萬頃對南湖。悠然未盡登臨興，更覽青華逸老居。

訪莊定山先生

面面青山面面佳，人間何處覓仙家。身閒盡日無多事，天與雙泉灌萬花。自在枕邊啼谷鳥，逍遥亭子落烟霞。我來未敢揮狂筆，坐看冬梅到日斜。

喜平湖三子領鄉薦兼策諸生

陸淞發解上青雲，沈煉吴紳素出群。天下何嘗無吉士，老夫端亦賀斯文。三元偶爾還遭際，一貫從來不易聞。分付平湖諸後進，年光遮莫蹉毫分。

仙居學關文

仙人居士頗搜奇，關子移來乞挽詩。哀死弔生情合稱，吟風弄月我何辭。江山總落閒人手，文字空傳太史碑。三尺孤墳在何處，軥輈聲裏草離離。

鳳沱别業爲蹇判府

何處瀧岡索舊碑，鳳沱仙景我能知。好山滿眼分重慶，活水頻年灌謝池。月在梧桐村釀熟，春催布穀稻苗肥。主人每有西歸念，識破浮生幾局棋。

次韻朱太古太尹述懷兼致贈别之意 以下庚戌作。

禄仕何能不厚顔，千金難買是身閒。浮生莫問妻孥計，華髮先催案牘閒。花縣春杯猶滿引，劍江魂夢已飛還。竹村門巷桑麻長，我亦能來一扣關。

送柳貳尹

利名真個有危機，簫鼓頻催少府歸。莫道南川無意緒，贈行詩卷也留題。

奉提學廣川吴先生試賦此求教

化雨初沾萬物滋，人間秋暑正炎時。微官伎倆知無取，半百行藏每自疑。兩浙斯文端有托，西川夫子到何遲。試看光霽難言處，桃李枝頭緑漸肥。

問月樓

團團壺嶠月高時，笑倚東樓一問之。精魄本來無欠缺，神光何事有盈虧。每憑杯酒傳深意，更著詩篇扣大疑。萬古升沉看未了，不知造化主張誰。

梯雲樓

聳壓西林勢漸高，諸峰眼見似兒曹。天階緩步何愁到，詩眼寬來不尚豪。黄石村庄添偉觀，壺公山景自周遭。主人頭白歸來日，霄漢聯翩數鳳毛。

賞中秋月

獨憐庚戌中秋月，還照平湖酒一杯。爛熳寧辭今夕醉，清光如見故人來。平分秋色真堪賞，緩轉冰輪不用催。高步能忘扳桂念，不知丹桂是誰栽。

閱事有感

桃溪李逕緑參差，争妬南枝勝北枝。抱甕疲來空自笑，栽花老去欲成痴。人逢利害偏堪識，俗到澆漓不受醫。留取一樽延壽酒，秋風黄菊在東籬。

重九日

重陽風致落誰家，晚雨疏疏點物華。粤客能無泉石興，陳山虚聳海天涯。詩眸自合評秋色，籬菊何爲未放花。最愛碧空雲盡後，月明香薦木犀茶。

有鄉僧自錢塘來訪，詩以贈之

萬種塵缘坐未消，山僧何處覓根苗？消磨日月惟林谷，斟酌乾坤看斗杓。尺幘尚堪韜黑髮，夷途終見悟清宵。欲知吾道難言妙，試向虞廷聽鳳韶。

送沈剛夫偕吴紳赴南監 七首

霏霏烟氣散還遮，把酒當湖認港汊。忽憶去年今夜月，卧林亭下看梅花。

國子師模遇好官，摳趨休厭一冬寒。春秋本是吾儒業，莫遣人將異類看。

淺傾蘇合香丸酒，細詠南川老子詩。小雨寒江難進步，留君須到大晴時。

浮生歲月易消磨，歲月官階積貴多。惟問上元程主簿，官階資級昔如何。

爛熟思來寢已安，白頭那厭一氊寒。送君翻有留君意，更把長江仔細看。

興盡床頭草當茵，坐來還有一腔春。乾坤不朽兒男事，懶把斯言囑别人。

浦子城邊幾日程，送君南望不勝情。逢人欲問栽花事，祇恐希夷睡未醒。

承莊定山和答過訪之作七律，再用前韻寄意 八首

拈弄風情老更佳，恍然珍寶落貧家。沉吟三日頭蒙被，爛熳經旬燭吐花。脱换蘇黄凌鮑謝，絶除烟火總雲霞。茫然翹首湖天晚，月子初生一片斜。

奇書正正復斜斜，驚雁群飛逐晚霞。老眼何時忘北斗，東風今夜到梅花。舞低壇杏三更

月，傳及東吴幾百家。莫道南川知味淺，天然風味果然佳。

源泉那似定山佳，學種平湖十里花。天地何嘗無雨露，春風原不擇貧家。詩篇到老貪明月，酒盞尋常酌晚霞。誰謂卑官無好況，風前烏帽幾回斜。

曾傳仙子酌流霞，頗識天廚酒味佳。風翮忽罹塵世網，夢魂空繞欖山花。還將雙眼窺千古，却怪浮言亂百家。何日與公重握手，中宵閒看斗杓斜。

一環青帶九溪斜，小小當湖景亦佳。雲影天光千萬狀，夕陽茅屋兩三家。桔槔盡日分來派，壇杏何年始放花。痴坐東吴氊任冷，春風留得臉邊霞。

乾坤何處不堪家，欲買當湖十里霞。陰剥陽回看碩果，朝開暮落總浮花。湖分震澤流還止，山到東吴小亦佳。安得孤峰青插漢，西來看盡一江斜。

官冷偏羸一睡佳，浪移雙脚到誰家。木棉被擁三更後，寶鴨香消一線斜。易透真源惟月夜，難描生意是春花。思君却有無窮話，書破東吴十幅霞。

少拈詩筆少栽花，静養天根策最佳。腔手恢恢閒貯月〔一〕，童顔盎盎自生霞。尋常世總談斯道，千百年來得幾家。笑捧公詩無以報，臘梅聊折一枝斜。

〔一〕羅邦柱先生曰，「『腔手』，當做『腔子』」。（林光《南川冰蘗全集》，羅邦柱點校本，第三二五頁，校記）

侍御彭憲卿出示過處州次却金亭韻一絶，依韻奉答

沉香曾見一亭孤，何處東萊又此夫。影響前頭覷未破，敢論天宇半塵無。沉香亭，在廣州石門。吴隱之爲廣州刺史，既滿任，經石門，搜籠中得沉香一塊，棄之。好事者爲建沉香亭。

代東答吴方伯

星芒垂戒向天津，仁愛天心見十分。唐介偶諧交彦博，漢昭終辨霍將軍。心懸南極看珠斗，目斷青山隔暮雲。風景八壺堪日醉，爲君聊寄一慇勤。

挽張僉憲父

白楊何處送殘悲，挽筆狂揮又不辭。跡滅彭城哀此老，風觀西浙羨誰兒。鸞章舊匣存封賁，杯飯比鄰起夢思。戲馬臺前千古月，知他留照幾人碑。

連珠池，諸生欲構亭其上，詩以促之

池邊何處着吟窩，春意催青已滿莎。接木栽花成活計，五風十雨自中和。子由剛被東軒

笑，歐九其如畫舫何。好事幾人真喝采，酒杯應不誤烟波。

連珠池旁與屠大理酌别

連珠池内水，照見别離心。且酌當湖酒，聊歌粤客吟。春花時欲暮，庭草意中深。話柄添今日，龍門跡未沉。

静觀亭抛梁

亭子抛梁亦與詩，東西南北正相宜，乾坤剩有三春意，花鳥那容一老私。瀟灑東吴新様製，殷勤多士見心知。塵埃催得人頭白，點也何拘不浴沂。

哭舍弟克明 三首

滴盡他鄉泪，愁雲慘不舒。書來剛閲月，死别忽冥途。心苦空縁夢，天高何處呼。無情花底月，衰影照來孤。

欲報生前信，泉臺莫寄聲。江湖千點泪，兄弟百年情。義重哀難遣，愁多夢不成。何時麥家逕，歸奠爾佳城。

衰年催我老，右肘屢風麻。短景那能久，浮生未有涯。春風懷寸草，暮雨損荊花。兒輩那堪倚，狂塗紙上鴉。

静觀亭雨中

風雨瀟瀟坐一亭，凝香寂寞對遺經。燕鳩結舌頻窺樹，蘭蕙藏春不放馨。活水遊魚偏自得，滿庭芳草爲誰青。凭欄更有難言意，淡淡波光著數萍。

重泛當湖 四首

當湖寬積雨，天霽忽來遊。風蕩漁舟舞，波翻旭日浮。溪花紅蘸水，岸竹冷含秋。迴棹依菰渚，深杯送急流。

新水豁空碧，薰風催舊遊。草青平野合，雲盡遠山浮。荷蕩盤中露，波摇鏡面秋。櫓聲休聒耳，自在坐安流。

折柬來何處，招邀事勝遊。閑情追范蠡，遠意屬羅浮。桂酒三吴味，蒲風五月秋。頹然供一醉，萬物與同流。

移船穿竹外，傍藻看魚遊。雨足川源滿，天青物色浮。波揚千頃雪，山露一痕秋。淫潦休傷稼，三農泪欲流。

避暑

火雲亭午欲銷金，一枕移來傍緑蔭。蕲竹簟鋪松榻矮，池荷香泛水波深。犬垂倦舌眠幽草，蟬帶新聲過遠林。我有閒情向誰寫，無言空看壁間琴。

偶書

遺編三絶十年餘，俯仰乾坤只自如。何處更逢人憤悱，且將詩句寫心圖。

題林大參訥齋

辯捷誰能不喪真，齋頭一字當書紳。坐忘直欲方前哲，辭寡由來是吉人。静掩虚窗聞百舌，閒搔短髪對靈椿。佩韋多少藩參意，風景閩南入夢頻。

寄林待用憲長 三首

微風動池波，片月來相照。悠然南斗間，寂寞展清眺。

采采青荷盤，吸此中秋露。滴露入詩杯，離情不堪賦。池水涵清風，魚兒散還聚。安得意中人，邊池縱幽步。

冬官林居魯謝病歸養，來訪平湖，賦此贈別

清秋歸棹艤江潯，何事蓴鱸忽上心。風雨花枝聊共惜，雲霞杯酒向誰斟。行藏在我求無忝，道義如君契亦深。舞罷斑斕真自得，乾坤應不乏知音。

靜觀亭奉餞屠元勳少大理

搆亭新著靜觀名，別酒逢君兩度傾。魚鳥自循飛躍性，湖山應識滯留情。花知愛客偏含笑，蟬爲催詩巧送聲。醉墨淋漓吾合賦，漢徵廷尉豈徒行？〔一〕

〔一〕「徒行」，原作「徙行」。「徒」，平聲；「徙」，仄聲。據詩律改。羅邦柱先生亦曰：「『徙』，疑作『徒』」。（林光《南川冰蘗全集》，羅邦柱點校本，第三二五頁，校記）

送諸生往杭州，時吴提學檄選諸生聽講 三首

燕語鶯啼又半年，金針繡手問誰傳。扁舟試向西湖去，畫本烟雲别有天。

墜緒茫茫五百年，古人糟粕古來傳。静觀坐我池亭上，魚躍鳶飛鏡裏天。

無言夫子教當年，不道無言是妙傳。千古路頭須問訊，浮雲消盡見青天。

牡丹忽枯悴

此地空苔砌，誰家絢早春？始知花富貴，亦厭我清貧。恩育乾坤大，榮枯夢幻頻。歲寒松竹在，試爲問花神。

重九日 三首，辛亥歲。

自笑官閒歲月忙，西風吹過七重陽。衰顔每愧逢佳節，黄菊何曾負此觴。鄉思暗隨飛雁遠，詩懷清浸碧波光。春花又逐秋花發，造化憑誰作主張。時紅海棠俱放花。

擾擾浮生空自忙，一杯誰不負重陽。芙蓉且莫嗔籬菊，琥珀從教泛羽觴。池水三珠含晚照，秋林一帶弄晴光。天機眼底無窮妙，織就雲霞錦數張。

雲邊飛雁去何忙，小剥重陰別有陽。謾把新詩催晚菊，笑携諸子引流觴。風迴舞燕窺秋色，萍散遊魚戲日光。坐我閒亭無一語，歌人何處忍聲張。

何子完來訪平湖，用白沙封子完廬墓卷韻贈別

七年弄影笑何功，握手逢君又孟冬。詩味直從江浦醉，墨痕須固玉台封。休疑美玉棲頑璞，幾見繁花舞亂風。坐我池亭看鏡水，白雲何處覓高峰。

承柳郡侯檄請修郡志，過慶嘉亭賦此辭謝 二首

强隨郡檄走嘉興，外史才華本未能。文獻一邦公合主，是非千載我何憑。昌黎史札還堪信，柳子龍門豈易登。多少鎮嘉山上景，許携冬酒醉瞢騰。

轉盼人間幾廢興，惟將故紙別賢能。乾坤直筆應難秉，富貴浮雲未足憑。檇李風光深此會，慶嘉亭子幸容登。硯池幾欲揮風雨，滿壁蛟龍任舞騰。

鎮嘉山 在嘉興府治中北，柳侯因徐侯所聚石疊而成之，余因以鎮嘉名之。二首

五老攢廬阜，三洲隱薜蘿。雲霞深晚樹，逕路入青莎。異獸雄如鬥，群仙舞欲歌。人間天

上景，會意豈須多。

遲遲醒醉眼，稍稍傍烟蘿。曝背看拳石，開樽藉短莎。崆峒人到少，松檜鳥長歌。杯酒忘賓主，悠然得亦多。

觀山 四首

山在烟霞景在詩，神施鬼設可勝奇。蓬萊飛落宫牆内，祇恐人間也未知。

撥破紅塵透此關，天機落在片言間。也知虚費閒心力，争似抬頭一看山。

宛轉虚崖縱步時，一回着目一沉思。阿誰解領吾人意，却有黄花在短籬。

冥鴻聲落海天微，何事鶺鴒戀一枝。昨夜寒霜催落葉，看山吾且一題詩。

題石棋盤

人間勝負幾盤棋，袖手旁觀着每遲。留得石枰方一片，不安棋子也相宜。

泛鴛鴦湖

童冠相隨弄碧漪，玻璃十頃畫船移。那知今日鴛湖水，亦與吾人作酒巵。

愛人冬日暖如春，鳧雁相忘鏡水濱。細浪輕風催晚醉，中流一笑任吾真。

書楊藩宗郡侯事

走卒兒童口是碑，六書吾豈厭煩辭。翻疑槜李多豪傑，尚欠楊公血食祠。

嘉興郡齋與馮憲副蘭、柳郡侯琰小酌聯句 三首

老眼蒼茫醉欲花，（蘭）海東高士忽臨嘉。（琰）雲深晚雨催長句，（光）日遠騷壇愧大家。（蘭）牆角倚寒梅正萼，（琰）樽前留賦臉初霞。（光）分明坐我春風裏，（蘭）此意何妨日易斜。（琰）

雪意漫空欲散花，（琰）山園松檜可勝嘉。（光）高風合著滁州守，（蘭）美句猶傳杜老家。（琰）真率杯中深夜話，（光）風流胸次淡秋霞。（蘭）鄉書忽度湖天雁，（琰）嘹唳衝寒幾字斜。（光）

夜雨松窗對燭花，（光）便無山水亦情嘉。（蘭）疏才此地慚爲郡，（琰）老句如公是作家。（光）再咏鳧鷖從歲晚，（蘭）獨抛塵土卧烟霞。（琰）升沉已破浮生夢，（光）一榻寒歌瘦竹斜。（蘭）

一柳雙鷺，與馮柳二公聯句

柳州堂上畫圖新，（蘭）摩詰詩中爲寫真。（琰）老眼暫看心欲醉，（光）高懷相對咏何頻。（琰）想

當落筆風情別，（蘭）幸得開樽物意春。（琰）烟雨十枝初入柳，江天雙鳥最宜人。（光）偶來並坐空繒弋[二]，（蘭）忽著高飛遠俗塵。（琰）淑氣謾催回百囀，閒情容與轉相親。（光）碧雲聲落千門曉，（蘭）別墅巢深萬樹勻。（琰）淡墨依稀何處得，（光）李生往事與誰陳。（琰）

郡齋夜坐，與馮柳二公聯句[三]，有懷屠少卿

青霄一別動經年，（蘭）詩卷猶傳舊咏篇。（琰）共撥紅爐看醉墨，（光）坐銷孤燭費吟箋。（蘭）江湖風雪懷人遠，（琰）歧路音書別思懸。（光）春意省中千柳直，（蘭）夢回闕下五雲連。（琰）法星此夜昭河漢，（光）駟馬他年耀市廛。（蘭）伐木再歌秋髮短，（琰）停雲獨立越江偏。（光）涓埃無補慚予老，（蘭）鼎鼐能調羨子賢。（琰）何處風光還握手，（光）幾人恩寵似登仙。（琰）未逢驛使梅孤發，（蘭）應念親庭草自妍。（琰）南極未應虛夢想，（光）白頭長見彩衣翩。（琰）

[二]「繒」，原作「繪」，據文意改。羅邦柱先生亦曰，「『繪』，當作『繒』」。（林光《南川冰蘗全集》，羅邦柱點校本，第三二五頁，校記）

[三]「二」，原作「工」，據文意改。羅邦柱先生亦曰，「『工』，『二』字之誤」。（林光《南川冰蘗全集》，羅邦柱點校本，第三二五頁，校記）

謁陸宣公祠有感

塵埃不放廟門扃，唐相忠魂恐未寧。孤月此心應自照，空堦碧草爲誰青。經綸一代須王佐，艱阻千年仰景星。莫道障魔消未盡，祠前今復舐延齡。

贈蕭天章還荆州

短軸淋漓洒墨香，春風一笑問蕭郎。鶯花盡日催人醉，客子扁舟底事忙。眼界東來吴海闊，夢魂西遶楚江長。行邊莫厭歸裝薄，也有吾詩在錦囊。

訪當湖書屋 吴縉、吴紳藏修之處。

小結當湖屋數椽，肩輿一扣水雲邊。園林花卉開天趣，伯仲書聲韻管絃。旋罩溪魚供晚酌，坐看湖艇破秋烟。深懷取次占巢鵲，扶醉歸來踏夜船。

將遊陳山 三首

八載官垂滿，三春花又深。人偏多係累，天未定晴陰。越海頻飛夢，龍湫擬洗心。傳詩訂佳侶，誰謂少知音？

逸少談岷嶺，平生負一遊。東吴山更少，我輩願何酬？僻地棲成懶，餘生習易浮。古今言脱屣，誰復步瀛洲？

看山勞作夢，細雨果今晨。詩思空泉湧，狂心自鳥馴。盤蛇先洗石，龍母信通神。暗惜繁花落，春光過七分。

承莊定山先生垂訪平湖，喜而有作

新水湖天注活流，歡迎千里訪醫舟。江山風韻詩全别，骨肉斯文話素投。喜洽禽魚俱欲舞，情親花木也扳留。從來樂地因人勝，一景須君一唱酬。

題畫

磵水清何極，山雲本自深。茆亭終日坐，誰識此翁心。

次韻定山遊南寺

老樹交加蔭小舟，數聲啼鳥寺門幽。湖山此日無窮意，都付先生一倚樓。

題藏有源靜學卷

鳶魚在在領天機，恍惚虛亭獨坐時。何處湖山真托跡，晚風涼□□□□。

定山來訪再贈

倚棹飄然退急流，真成天地一虛舟。春風滿座人何厭，玄酒開樽轄再投。花鳥共催諸子醉，湖山增重幾詩留。荷衣舞爛梧桐葉，八載東吴願始酬。

静觀亭次定山韻 三首

地僻人來少，春回花自深。風光拈不盡，一物一天心。
岸幘虛亭晚，林風一洒然。微酡詩懶賦，寂寞對湖天。
水月來相照，雙眸老更清。人間無限事，吾且坐吾亭。

賞牡丹

春風何處不繁華，宦況蕭條媿此花。暖日烘來嬌欲語，淡烟霏處醉籠紗。生成只見天機妙，吟賞翻疑酒量加。諸老洛陽題品後，風光今日又誰家。

渡江 二首，時因欽取爲順天同考。

潮聲洶湧傍山眉，萬里江流海吸之。兩眼未諳風節候，片帆低掛日中時。雲藏瓜步偏疑畫，景會金山忽有詩。衡鑑斯文能不愧，天機地軸果誰知。

八字金焦豁兩眉，江中風景盡歸之。尋常過往如今日，飽飫遊觀是幾時。老去一官催白髮，興來千首欲留詩。蒲帆小趁南薰力，明日陰晴未可知。

發高郵湖

晨風淡淡抹湖波，水色天光一鏡磨。細柳菰蒲村落遠，數聲何處採蓮歌。

寶應湖

微茫新水漲洪波，南北行人感慨多。何似西湖風景好，近山青擁數堆螺。

遊清河，經黄河，感而有作 四首

黄河之水入清河，滚滚渾成一樣波。評註水經推陸羽，試分清濁果誰多。
雲帆一片駕長波，茱黍村庄瞥眼過。回首夕陽添泪詠，清河今已混黄河。
中天一派淡無波，海瀆精華耿此過。爲報尋源高着眼，天河元不是黄河。
欲張吾網向流河，定有遺珠在碧波。鼓枻中流情不淺，水雲風景晚來多。

經白洋河 二首

浮生踪跡笑奔波，百歲升沉夢裏過。凝望郊原意無限，晚風吟過白洋河。
長牽直北遡漕河，柳色青青蘸碧波。淮酒尚堪供一醉，葛巾斜日定風多。

舟中苦熱

兩耳何堪近俗譁，急流牽遡幾灣斜。孤舟亭午蒸炎暑，崩岸迴風落細沙。堤柳濃陰空著日，星河深夜憶浮槎。瓊漿滿口澆詩渴，謝得邳州一片瓜。

沙河道中

青衫何日澣黄埃，老眼于今又北開。兩脚忽從天際起，山光仍傍馬前來。亂蟬高柳臨官道，古塚殘碑枕土坏。返照揚鞭意無限，暫投村店瀉磁杯。

伏中由沙河舍舟而陸，三日至開河

水雲三伏正煎熬，暑汗沾裳不謝勞。驛路驅馳疲僕馬，閘河開閉任官豪。臨棋祇恐迷當局，袖手還輸不著高。未識新蟬意何謂，緑楊陰裏日呼號。

漕運兵 三首

閘河初放鼓田田，辛苦挨幫拽幾船。惟願漕渠春水滿，任官來索賽神錢。

年年休嘆往來頻，屈指深冬又早春。慘目寒膚歸未得，三邊猶有枕戈人。

風塵飛捲酒旗輕，盡日惟聞打號聲。自顧無錢堪買酒，夜涼交枕月華明。

連窩舟中偶述 四首

扁舟如箭下中流，何處風烟更可留。詩思亂撩官柳色，櫓聲摇碎閘河秋。湖山有夢回青眼，歲月無情易白頭。北往南來覷未破，人間富貴是雲浮。

韶光去我疾如流，費盡詩辭莫挽留。袍葛未離三伏暑，雁聲遥送一天秋。還憑白月開心曲，懶把焦桐上指頭。慘目風塵醒復醉，鐵橋高步憶羅浮。

推移何日到安流，笑把新題處處留。舒卷未諳周卦畫，支離空抱魯春秋。閒將醉墨開醒眼，寬着烏沙裹白頭。泡沫風燈容顧惜，此身天地任沉浮。

慈闈飛夢淚交流，苦被微官久絆留。玉食誰爲天下計，斯文聊寄眼中秋。黄花準擬供南酒，白髮相將遍黑頭。半醉半醒吾欲賦，柳風吹動野烟浮。

銅鼓 二首

銅鼓鼕鼕聒耳頻，世機紛擾正愁人。官夫又撥民夫輳，剥盡衣衫哭水濱。

銅鼓扶胥舊飽聞，數聲催轉海門春。閘河處處聞銅鼓，愁殺夫差忍餓人。扶胥南海神祠中有銅鼓，其徑四尺，來自異國，工製甚巧。予舊讀書扶胥。

入京

羞傍雙眉著片紗，鞭羸無計避塵沙。秋風漸掃人間暑，老眼徐看帝里花。山水週遭留玉氣，樓臺縹緲出烟霞。觀光我有無窮意，且放幪頭破帽斜。

寓京兆北堂，將赴試院，用舊韻呈諸同事 四首

不爲斯文浪皺眉，鑑空毫髮莫欺之。誰從混沌開端倪，頗學支離到此時。風雅未回中古製，僕臣羞對晚唐詩，諸君道眼相料理，何事還堪答所知。

斷隔塵沙不上眉，一堂高坐更何之。閒同釋子安禪日，靜到希夷閉閤時。閱世且留雙眼孔，遺懷添得幾篇詩。平生坎止流行意，怕有清秋白月知。

天閑十二近山眉，駿骨吾將一顧之。大府虛堂淹此日，白雲高帽去何時。文衡有旨慚公剡，秋興無端寄小詩。聚首傳杯休謝醉，酒中真味少人知。

不學娉婷老畫眉，小拈枯筆亦羲之。斯文衡鑑聊今日，平地風雲笑此時。觀國未忘心裏易，綠衣閒詠意中詩。如何一覺蒙頭睡，祇有圖南老子知。

寓京兆府聞寧永貞別駕凶問

偶此逢人道訃音，吞聲揮涕夜堂深。中都亦是棲賢地，別駕空懷濟世心。老去功名真似夢，別來書問幾浮沉。長安舊識何蕃面，無限芳聲在士林。

試事已畢，呈畢嘉會少京兆

自拜天顏入棘闈，斯文曾不乏瞻依。從知忠信堪憑仗，何處榮華免是非。秋月普來心裏照，晨星誰道眼中稀。提携京兆逢賢佐，未許權輿詠落暉。

戲題小録

雜劇風情共一書，三年人事又乘除。郎當舞袖誰收拾，展轉寒窗愧老夫。

出京，舟次潞河

久速那能見事機，西風吹逐馬蹄飛。紅塵十丈應饒我，緑水三秋更澣衣。淺渚輕鷗時泛泛，淡雲疏柳晚依依。漕渠湍急人争渡，閒看歸樵對落暉。

潞河發舟

塵埃清一雨，屈指問程期。水急船流滑，天空鳥去遲。寒催霜降節，興負菊花詩。拂袖翻然意，沙鷗恐未知。

秋興次杜工部韻 八首

紅棗香梨綴近林，古槐高柳漫蕭森。三秋時節過重九，一晝陽剛對五陰。雁影遠空繒弋計，笛聲寒寫別離心。行人黑髮今無幾，怕遇荒村一夜砧。

霜葉紅飄幾樹斜，西風争欲掃繁華。持衡本是南人手，傳食來乘北使槎。母子他鄉元有泪，夢魂深夜思悲笳。摩挲莫放歸程緩，老眼青山尚未花。

輸贏人世幾枰棋，夢破浮生我不悲。布被温存秋睡思，鼻雷酣到日紅時。涼生玉露山偏好，瘦傍東籬菊每遲。日飯兩杯聊自足，了無閒事可尋思。

返照千秋對落暉〔二〕，秋風不動晚風微。撩人詩思那能遏，傍枕沙鷗故不飛。宇宙千年俱可鑑，塵氛十事九相違。李膺莫謂知機早，一筯鱸魚膾本肥。

羅浮失却夢中山，一笛西風落世間。丹汞未離新火候，鐵橋空憶舊仙關。畫圖不用描凡影，沆瀣聊將洗醉顔。何事斯文遠相絆，也隨秋色到鵷班。

談笑誰收百戰功，老懷增感寂寥中。金臺未泯燕昭迹，駿骨猶傳國士風。人事秋霜催短鬢，世機緑葉變新紅。晦明因革堪先定，懶把前朝問塞翁。

不向青銅怨白頭，一涼如水却宜秋。清風明月開詩卷，紫酒黄花遣旅愁。天際翺翔須老鳳，沙邊自在幾眠鷗。微酡小發行邊興，迤邐緘題寄廣州。

詩尋老步更逶迤，野菊秋含十頃陂。鳩杖衝寒扶短履，酒杯和露滴南枝。烟浮木榻香風細，影落松梢日色移。何處歸來深閉閤，坐窮清晝一簾垂。

〔二〕羅邦柱先生曰，「『返照千秋』不可通。『秋』，疑『林』字之誤」。（林光《南川冰蘗全集》，羅邦柱點校本，第三二五頁，校記）

次韻答吴居士

老去青氊不怨寒，閒將鏡水静中看。幅巾何處來斯老，西席哀然對冷官。鉛槧未嗟身計薄，烟霞聊放脚頭寬。太平八十身長健，懶逐飛塵聽八鸞。

得白沙先生柬

天空南斗望沈時，半幅書來慰我思。何處烟波堪指擬，此生妻子免寒饑。移居近洛依康節，沾禄歸山愧杜詩。謝得端溪賢別駕，雷聲薦福敢多疑。

和一菴，贈別王廷秀 一菴常遊康齋之門〔一〕。以下癸丑作。

晨興敞虛閣，何處來清吟。悠然一讀之，感慨鍾吾心。滚滚盱江流，胡爲釣一任。念昔小陂老，滅跡窮山深。丹壁立千仞，遺踪杳難尋。聖途千萬里，暮景來駸駸。玄酒賒真味，掃杯誰

〔一〕「康齋」，原作「康齊」。吴與弼，字子傅，號康齋。因改。羅邦柱先生曰，「『齊』，『齋』字之誤」。（林光《南川冰蘖全集》，羅邦柱點校本，第三二五頁，校記）

與斟。綢繆出情素，展轉來予欽。紛哉求備子，是古而非今。太虛自寥廓〔二〕，白日生層陰。遂令幽隱士，曠代微知音。

次韻姜仁夫秋官過訪平湖 四首

細雨池亭晚，凭欄水鏡寬。西風傳信息，一舸獨衝寒。

寂静湖邊水，何人此繫舟。歡聲迎夜楫，驚散幾眠鷗。

何處桃源路，當湖也自深。東風吹畫舫，春早一相尋。

初更催縣鼓，倒履迓仙槎。細雨銷紅燭，連床語白沙。

贈别姜仁夫秋官

紆遲畫舫趁溪風，却喜斯文氣味同。一鏡湖光杯酌裏，百年心事雨聲中。疑人節候寒還暖，照眼花枝白間紅。老我孤懷如未寫，更將詩白爲誰工。

〔二〕「寥」，原作「廖」，據文意改。羅邦柱先生亦曰：「『廖』，當作『寥』」。（林光《南川冰蘖全集》，羅邦柱點校本，第三二五頁，校記）

題蕉池積雪圖

長梢羅展翠雲屏，曾聽慈山夜雨零。何處蕉池添雪色，也留詩句落丹青。筆端造化宜裨世，眼底風光浪肖形。誰寫西湖春氣味，一枝香雪浸銅瓶。

桃花 四首

笑倚東風醉未醒，籠烟間雨不勝情。道人不用描真影，倒照邊池水自清。

食桃唾核長桃栽，又見桃花此日開。雨露既深還食實，不妨終歲事栽培。

一機紅錦織天章，戲蝶遊蜂日日忙。坐我池邊詩懶賦，只將杯酒對斜陽。

桃花初放柳絲絲，傍柳看桃履屢移。淑氣熏人濃似醉，隔花啼鳥忽催詩。

對紫荆花有懷亡弟克明

花開花落太無情，春信何緣到紫荆。夢斷重泉揮老淚，人間時節又清明。

癸丑三月十三日，劉生玘邀爲陳山之遊，以事不果，賦此呈胡伯雍明府 二首

浪説陳山已九年，陳山何事久無緣。鶯花未遠清明節，雲水誰撑乍浦船。越海且留雙眼孔，龍湫欲試一名泉。多情却被無情誤，笑聽東風怨杜鵑。〔一〕

弄影浮沉過幾年，障魔應未了塵緣。空留乍浦看山眼，誤却當湖載酒船。平地風波翻越海，通宵牛斗照龍泉。白頭工部真何意，顛倒詩辭詠杜鵑。

宿陳山，時陪胡伯雍明府祭神龍

碑殘寺古不知年，懶向山僧話夙緣。杯酒未忘心裏景，春風來放畫中船。神龍巧送深更雨，天籟如聞絶壑泉。豐樂預占明府賜，天津何敢亂啼鵑。

〔一〕「杜鵑」，原作「杜鵑」。「鵑」字，與「緣」、「船」、「泉」不成韻，蓋形近而誤。因改。又：此詩第二首之「杜鵑」，原作「杜鵑」；《宿陳山，時陪胡伯雍明府祭神龍》詩之「啼鵑」，原作「啼鵑」，亦依相同理據改正。羅邦柱先生亦曰，「『鵑』，當作『鵑』」。（林光《南川冰蘖全集》，羅邦柱點校本，第三二五頁，校記）

遊陳山遇雨

軋軋肩輿冒曉寒，霏微空翠溼層巒。山經宿雨偏堪愛，樹帶飛雲更耐看。睥睨西環城廓小，烟波南去海天寬。陰晴未定天公意，錯訝神龍洗酒壇。

雨霽復登陳山

宿雨初收露氣寒，又移雙履出層巒。三回命駕俱成誤，幾點青山可易看。盃酒笑談春意遠，潮聲吞吐海門寬。巉巖歷盡扶鳩杖，招手何人入社壇。

遊陳山，議搆亭龍湫之上 二首

晚風占得勃鳩靈，又理肩輿及曉星。九點青山凝夙露，百年雙眼寄滄溟。林花處處俱含笑，卯酒騰騰尚未醒。幾酌龍湫清到骨，是誰來搆插雲亭？

淑氣偏鍾海嶽靈，吴山幾點落晨星。巉岩緩步輕千仞，浩蕩于今識八溟。渺渺烟雲詩裏畫，陶陶春酒醉中醒。當湖多少閒風景，不爲龍湫著一亭。

賞牡丹 二首

萬事都教落酒巵，東風又遇牡丹期。深春花樣殊無匹，割手金杯且莫辭。造化源頭觀邵子，翠雲藪處舞西施。天機巧妙誰收拾，寫入南川幾句詩。

洛陽城裏聚金巵，數百年來負賞期。穀雨節催花正好，静觀亭下醉何辭。天然絶品難描畫，造化憑誰爲設施。一詠一觴看未厭，堯夫添得打乖詩。

龍湫

侵曉凌巔崖，長風掃陰晦。龍湫僅盈尺，脈透千丈内。潛流出崀崿，淑氣罩烟靄。源深却露淺，極小能藏大。層巒勢初止，斷石巧相對。洞門掩龍宫，石罅浮漦瀨。翻凝海勢雄，噴漱山骨碎。砱礲不可遏，氣透青嶂外。泡沫隱天靈，禋祀來旌斾。深源杳難窮，遠竇接餘籟。靈踪今幾時，幽賞發我輩。洞然虚谷中，一叩了無礙。蘇枯濟旱功，且看風雲會。

與處州吴千兵索金盤露

磁瓶千里貯瓊漿，一滴金盤露未嘗。楊柳風偏吹醒眼，牡丹花不入愁腸。閒吟莫助詩懷壯，静坐寧須舞袖長。春景滿眼催晚醉，大書吾笑爲誰忙。

題扇面

兩岸蘆花夾釣舟，輕風不動水光浮。主人已醉金盤露，閒坐船頭看白鷗。

擲下長竿及短蓑，又將横笛弄烟波。竹枝聲斷雁飛去，不奈江天好景何。

議搆陳山龍湫亭

泉亭花鳥預相催，老眼看船更幾回。斗水冷清涵日月，白龍變化有風雷。遊人到處添詩話，勝事逢誰笑口開。我本愛山山愛我，不辭重掃白雲堆。

題當湖别意 二首

擲下磁杯對緑陰，雨添新碧爲誰深。寧知滿鏡當湖水，不照離人此日心。杳杳醉鄉收别泪，齁齁睡意帶吴音。婆娑莫怨歸期早，雲在青山鳥在林。

白髮愁驚幾簿書，歸途今已謝迷途。且看詩筆難描景，也入當湖送别圖。萬世到頭俱幻夢，一杯叉手是真吾。烟波滿眼催人醉，明月飛雲隔緑蕪。

送歐員外還京，時彭從吾亞卿兩浙賑濟

凶年誰爲變豐年，陰冷潛消浙水邊。入幕共瞻雙節鉞，覆盤分照幾顛連。夢魂已捧中天日，簫鼓頻催入畫船。追送平生那憚遠，荆州欲識愧無緣。

承許憲副昌世、沈大參元節過訪，留飲静觀亭。既别，大參留詩示教，依韻奉答

碧玉斜連水半環，一亭剛占百花間。投壺小醉三春景，解組新逢二老閒。白雨跳珠供酒盞，黑雲堆墨擁湖山。激昂後進須先輩，不用横渠寫《訂頑》。

癸丑六月之望，立秋後一日，胡伯雍明府邀泛當湖二首〔一〕

爛熳當湖送酒頻，移船剛占一秋新。主賓傾倒夜初半，天水交輝月兩輪。煮茗臨荷收玉露，買鮮舉網見漁人。清風兩袖難言意，誰遣丹青爲寫真？

〔一〕　此所謂「二首」，其實僅有一首。

題使淛還朝卷

送別湖山一振衣，使君曾不與心違。竹頭木屑存經濟，走卒兒童識是非。萬里歸心連淛水，五雲深處望京畿。畫船不載江南物，却許吾詩滿卷題。

嘉興柳郡侯輓

四郡翺翔鬢未侵，鴛湖忽見一星沉。簿書未是文翁志，譽毀難移子産心。鶴夢已隨秋氣化，月華空照夜堂深。吞聲我有衷情泪，不爲兒孫少橐金。

雪窗

此心愛雪此窗知，雪意偏容貫四時。梅蕚香飄春信早，月華光照夢醒遲。扁舟剡曲誰乘興，斗帳羊羔酒滿巵。莫遣塵埃侵素壁，老夫還解一題詩。

給由赴杭，楊玘、曹魁、楊燧三子在侍

癸丑人間八月秋，三生侍我又杭州。摳趨漸了微官債，俯仰終懷竊禄羞。世味共傾今日

酒，山光還記昔年遊。明朝拂袖紅塵外，更買西湖一葉舟。

發錢塘 二首

何處尋真景，湖山正夕陽。秋波含佛塔，城市隔林塘。衣振風迴舞，帆開鳥共翔。沿流住溪曲，舟子未須忙。

西湖天下景，屈指近重陽。老眼明秋水，歸舟傍野塘。枯桐存古調，倦翮厭高翔。無限難言意，題詩空自忙。

官滿平湖留別 二首

九年尸素我何功，眼似添花耳似聾。暫解樊籠如脱兔，便將風翮逐溟鴻。秋深籬菊猶含笑，老至吾詩未送窮。分付静觀亭下景，莫隨霜散誤天公。

羞論瑤琴指上功，鍾期耳孔未應聾。翱翔閲世慚靈鳳，南北隨時羨翥鴻。萬事蒼天元有定，百年吾道豈終窮。題詩大笑開船去，更把行藏問舵公。

官滿南歸，吴汝儀、沈元式、孫吉夫送至姑蘇，飲別於虎丘寺

寒江千里送歸程，骨肉斯文念匪輕。鄉夢已隨南海月，風光還醉闔閭城。晴波曲遶僧居静，返照斜空野樹明。安得劍池來作酒，留連傾盡百年情。

石谷爲吴提學憲副先生

擇勝千峰認此奇，足音何日到山眉。無言對景堪忘世，有響傳聲却是誰？每見白雲生几席，幾番時雨及花枝。磨崖寫盡平生興，我亦能歌石谷詩。

紀別 二首

塘船衝破虎丘雲，杯酒同傾四五人。誰遣孫逵來差晚，至今啼鳥怨黄昏。

一樽移對嵌泉頭，三五忘情醉虎丘。浮世風波回首處，十分忙雜九分憂。

次韻石齋先生見贈

聖途看日遠，老夢睫難交。短髮真愁改，靈根尚可澆。洞雲留晚履，山月照空瓢。欲盡難

言話，江鷗不可招。

用韻留别諸友

江門今别我，何地托神交。花木年年計，源泉處處澆。湖山樽裏酒，身世浪中瓢。失却邯鄲步，漁樵總見招。

承吴獻臣明府、王日雨進士、張廷實地曹餞别東山寺，用地曹韻留别 三首

陰晴何敢測天公，野寺深杯一笑同。小雨可能消伏暑，竹林留納水邊風。

行止還將問舵公，物情宜異定宜同？陶陶小醉東山酒，且看漁舟蕩晚風。

東山追餞謝諸公，海色山光興味同。晚霽豈須愁急雨，更移烟艇逐溪風。

題盧居士小像

夢斷華胥像此傳，山林風韻尚悠然。丹青不寫心中影，誰識斯人是葛天。

石門西華寺 三首

遠水接長堤，疏松遶斜谷。入寺不逢僧，一犬吠深竹。
手把芙蓉花，笑坐西華寺。香風吹白蓮，十年今一至。
滚滚復滚滚，百年如一瞬。秋色入西華，笑嚼新燒笋。

過峽山寺

懸崖青絶不知名，崖樹株株弄晚晴。門掩溪流僧舍静，片帆衝破緑波輕。
白雲輕罩樹高低，溪遶青山山蘸溪。篷底卧看山兩面，懶携樽酒入招提。

七月十七日將至韶州

瘦病篙師撑急灘，雨添新潦轉愁難。天公正布新秋令，肯把南風送冷官。

南園草屋

偶閣蓬茆向草萊，何人指點百花開。春風吹送梅關雨，曾寄南川一榻來。

金陵浦潤少爲僧，既長，棄僧歸依父母

醉舞萊衣樂似仙，人間何處是西天。且將尺幘韜陀髮，却委袈裟付老禪。骨肉思情離復合，宗先支派斷還傳。沙門怕有回頭者，試誦吾詩一兩聯。

哭時褒 四首

愁來欲寫不成詩，哭盡寒冬眼似痴。魂夢不交垂死後，聰靈空憶在生時。雲山有限來何遠，天地無情叫豈知。四尺沙棺歸萬里，空餘血泪寫童碑。

少年隨侍白頭親，何物天災濫殺人。瘖累豆麻攻半月，語聞絲髮話經旬。牛醫應解生黄憲〔一〕，端愨何如誤伯淳。慟倚京城揮老泪，西風黯黯起寒雲。

老者偏存少者亡，化機顛倒斷人腸。商南誰識昌黎苦，東魯愁催子夏忙。遺語每思童孝

〔一〕「黄憲」，原作「王憲」。據《世説新語》、《後漢書》記載，黄憲，字叔度，汝南慎陽人也。世貧賤，父爲牛醫。（余嘉錫《世説新語箋疏》，北京：中華書局，二〇〇九年，上册，第四頁；范曄《後漢書》，北京：中華書局，一九九三年，第六册，第一七四四頁）林光此處之用典出於此，因改。羅邦柱先生亦曰：「『王』，應作『黄』」。（林光《南川冰蘗全集》，羅邦柱點校本，第三二五頁，校記）

子，捷才堪見舊詩囊。兩行珠泪何時竭，山作江湖海植桑。

慟哭長安泪眼枯，幽冥骨肉已殊途。渥洼無計醫龍種，丹穴愁看瘞鳳雛。官絆遠方憐我蹇，櫬歸萬里倩誰扶？歸囊舟買南安便，宗葬千年得遂無？

贈王敬止行人使朝鮮，次定山韻

大明日月華夷照，命下朝鮮得獻臣。净掃糠粃須大手，撐持天地屬何人。居庸關擁雲中騎，鴨緑江浮眼底春。欲盡臨歧無限意，千峰含笑振衣塵。

直沽阻風 二首

日日南風故打頭，北風何事亦維舟。狂風舞亂河邊柳，多少行人不自由。

白頭花鳥本無心，黄霧遮天午日陰。斷岸孤舟聊一繫，閒愁争似海潮深。

奉新偶述 二首

擾擾復擾擾，浮塵飛不了。回首望京華，雲邊過一鳥。

順風不開帆，逆風牽遠浪。平居見瞭然，臨事忽然喪。

挽黄良貴郎中父省菴卷

瀧岡何處表新阡，教鐸分持二十年。官秩兒能高死後，丹青誰解判生前。蟲聲唧唧悲朝露，塚木團團鎖暮烟。一代光榮過一代，幾人無恨抱終天。

時褒柩得便舟先發 四首

飛旐嗔人眼，舟師諱莫言。但求歸骨肉，寧復吝行纏。百歲終同死，他生更結緣。惟應謝浮世，父子見重泉。

晝夜同生死，達人垂大觀。彭殤均此氣，天地一圓棺。老境成痴夢，浮生過急湍。此心遠相送，長夜路漫漫。

長途歸短柩，默默托諸侯。節照千山暮，帆開五月秋。鄱陽趨鏡水，章貢奪灘流。去去休驚恐，梅關近廣州。

回生空袖手，送死謾題詩。腸斷南城外，舟催鬧鼓時。鄉心飛野馬，身計絆殘棋。知汝英靈在，能無念父慈？

送高大用尹邵武

誰伸赤手拯顛連，黄甲頻年令選賢。世味總成催白髮，鶯花聊爾共青天。南閩宰績君須顯，東魯儒官我未便。景仰平生朱憲副，好將民瘼問從前。

與楊居敬大尹敘别

漕河誰遣此舟連，旅次相看豈乏之賢。閘水正添催麥雨，酒盃頻送熟梅天。除書分領千山遠，侍御携行一水便。説别偶來經汶上，滄浪歌動晚風前。

登太白樓

何處登高望眼明，天風催送上任城。千年未聽知心話，二老空餘後世名。汶泗遠交襟帶水，丹青難會古今情。除書愧捧仍東魯，野服逢人更問程。

面面虚窗借日明，層樓高壓濟寧城。偶來此地捫碑跡，却喜無人識姓名。麟鳳他時空在野，江山千古未忘情。鄉關南望來時路，何日歸舟促去程。

野麥青青野日明，漕河一線遶孤城。乾坤磊落思賢哲，人世分拏總利名。觸目烟雲皆是畫，無心花鳥更多情。登高一望一回首，及聖宫牆路幾程。

鳳凰臺上望分明，白鷺洲連白下城。好景未忘崔灝句，此樓誰扁謫仙名。一樽留醉任人里，千載來歌越客情。縱步危欄雖百尺，天階猶有未趨程。

兖州到任

陰晴天意未分明，策馬胡爲又魯城。禮樂雖能扶聖教，文章吾甚愧虚名。深杯未易消魔障，老眼還能識世情。白飯羹魚南海上，夢中何日定歸程。

謁孔廟 二首

教鐸何緣又兖東，聖鄉今古共推崇。仰鑽瞻忽千年下，富貴功名一瞬中。泰嶽試登天下小，秋陽初拜萬方紅。宫牆數仞堂堂在，頭白誰收入室功。

步趨洙泗認西東，聖道天階本自崇。麗日常懸霄漢上，浮生空老夢魂中。林瞻孔木千年秀，爐炷心香一瓣紅。再拜擬酬平素願，此生陶鑄是誰功。

曲阜道中 二首

到處茆簷借隙光，共瞻晴日上扶桑。緩沿泗水尋真脈，老愧斯文在聖鄉。心醉陽和疑卯酒，夢回花鳥忽宫牆。庸知人事非天意，百尺竿頭道路長。

暮林無意趁風光，戴勝飛鳴只在桑。薄宦我何堪遠郡，白頭親老在窮鄉。陳情北極那無表，失學今吾愧面牆。百拜孔林還百禱，心香飛遶白雲長。

謁孔子墓

晨烟初散百花明，端木牆邊感慨生。山擁翠屏俱有意，雲蟠封樹不知名。乾坤更拜何人墓，翁仲真含萬古情。勢入浮雲今幾見，百王争似素王陵。

孔子手植檜

稜稜老榦傍庭臺，傳自宣尼手自栽。翡翠枝條深雨露，蟄龍鱗甲照堦苔。枯榮自寓隨時意，古怪中含造化胎。三匝遶欄殊未厭，却疑天遣此身來。

登兗州城西樓

城頭過片雨，風急袖披披。山勢開鄒魯，河流會泗沂。行雲摩塔頂，遠樹没天涯。懷古思鄉意，交加點入詩。

嶽雲樓 即城南樓，杜甫所登之處，又名杜甫樓。

景色爲誰好，新愁入我深。白雲空望斷，老病更侵尋。睥睨開青嶂，郊原鎖暮陰。行藏今古異，同地不同心。

東魯門 四首

貪拜貧官不療貧，脚根還踏魯東門。題詩試問門前客，魯叟何緣也在陳。

東魯東周跡已陳，古人風致又今人。遶城桑柘蒼烟外，依舊青山問白雲。

曲曲河流遠遠山，參差臺殿百花間。天機滿眼誰收拾，太極圈中着語難。

沂泗交流一派斜，輕烟籠罩萬人家。靈光古殿無尋處，惟見黄槐幾樹花。

顔樂亭 三首

千秋顔樂許誰尋，亭址依然廢井陰。看盡浮雲無一片，只留明月在中心。

真樂人間何處尋，閑驅我馬過松陰。那知欲識顔回面，不在斯亭祗在心。

陋巷之中操一瓢，人間貧賤不相饒。如何千古如愚意，縱有丹青不解描。

尼山

泰嶽東南一脈分，五峰羅列一峰尊。誰知元氣當交會，也用精誠感厚坤。

承少參孫拙菴、僉憲王恥齋二明公枉駕茶園

道夷荆棘剪蓬蒿，父老歡呼導羽旄。十里風光瞻使節，一川雲水醉人豪。裒衣博帶籌閒運，野鼠夭狐跡已逃。看盡青山一回首，幾人揮破簿書勞。

王僉憲同孫少參枉駕敝廬，留詩見贈，奉答兼呈張少參先生 四首

幾點秋山落照邊，白頭相對共茫然。塵氛且莫催人別，清話真窮太古先。

浮生南北本無期，老眼相看更幾時。回首金牛空墮泪，先生高處許誰知。
逢人何處話先天，夢落烟霞二十年。相見相期應未淺，木根終透石盤堅。
隨花傍柳出孤城，望拜肩輿我亦應。莫道窮鄉供奉少，晚山秋霽景天成。

和羅一峰贈王樂用侍御 二首

金牛他日意，問訊欲潸如。至樂無窮味，誰知不在書。秋波雙眼碧，夜月老懷虚。何日車溪路，能來問起居。

年衰還仗禄，頭白更憂時。御史平生志，金牛絶代期。放身歸自在，與世共推移。霄漢長松樹，天風一任吹。

次韻孫少參見寄 二首

小隊戎行列晚晴，窮鄉猶自説人英。如何剡曲飄然興，千載能留雪夜名。
斯文久矣厭虚名，忽枉高軒是寵榮。何物敢留公一醉，白雲香裊篆烟清。

銅仁太守輓孫少參祖也。

青青離離木拱時，誰鐫太守墓前碑。銅仁德澤知深淺，却有賢孫索輓詩。

孫少參父母輓

閲月初更甲乙年，雙親相繼入重泉。慈烏夢裏音容隔，杜宇聲中血泪連。直筆至今揮此輓，荒碑何處鎖寒烟。莫嗟榮養遲三釜，已見鑾章下九天。

南川冰蘗全集卷之十

詩

過韶州

芙蓉驛下雨霏霏，山色留人纜解遲。城廓爲誰穿瘦馬，東林老樹有精知。青青簇簇水逶迤，丞相祠前欲雨時。自笑自歌誰會得，送人韶石俯江湄。

過扯

欹斜千百嶺，宛轉十三扯。雲氣穿山罅，灘流倒石坳。澄潭没烏鬼，怪壁斷羲爻。最愛懸崖下，疏松着幾梢。

宿狸溪口

薄暮投何處，移篙就淺灘。孤篷飄雨急，細浪拍舟寒。詩浸千山氣，風傳萬竹竿。旅懷殊不惡，高枕入更闌。

過新婦潭 二首

新婦立潭邊，亭亭不記年。知他潭外水，送盡幾人船。
新婦背潭立，潭深不肯看。還嫌潭内水，風起亦生瀾。

上金匙銀筋灘

謾向灘頭插紙錢，金匙銀筋險相連。人間自有安流處，笑煞南來北去船。

經南安吟風弄月臺

幾點奎星久聚天，斯文誰假此因緣。人間有子還須父，天下無師孰與傳。風月會歸心醉後，雲山高在筆頭邊。崇卑品秩今休問，日在晴空水在淵。

過大庾嶺

南連滄海北長江，庾嶺分明迫上蒼。唐相爲誰開此道，澗松猶自領年光。貨通南土誅求盡，泉界紅梅去任忙。丁巳肩輿又南至，羞將短鬢犯寒霜。

南安偶題 七首

長笑梅關不見梅，肩輿扶我幾低徊。却疑冰玉閒恣態，厭見風塵日往來。

潦倒何心過嶺來，暖風晴日一陽回。水邊籬落頻經目，細看天機認老梅。

長風暫掃瘴烟消，屈指陽和又一朝。紅樹白雲山四面，可人詩景自相撩。

面面青山送積陰，南安城子落鍋心。舊遊每憶程兄弟，真樂人間何處尋。

弄月吟風舊有臺，臺中誰爲掃浮埃。浪遊曾見芭蕉樹，幾卷芳心展未開。

霽月光風只此心，程家兄弟感來深。如今欲識濂溪面，只把光風霽月尋。

鐵漢樓邊舊有臺，白雲紅樹擁成堆。行人莫訝南安小，曾見三賢講道來。

夢羅一峰先生

湖西兩馬過金牛，屈指星霜二十周。山斗英靈還接我，共將文字了春秋。

題婁武庫洪都東湖小樓

小樓湖北借清漪，湖水分來又小池。寒月留人還照夜，晴波對我得無詩？南音喝罷漁家傲〔二〕，醉眼看醒孺子祠。惟問登臨今日意，輪赢參破幾層棋。

和子翼敘别

笠影江湖習已忘，雪花遥見數峰藏。殘年有興惟搜句，老病無醫自檢方。千古英雄悲歲月，一時師友易參商。隆冬試把天機看，消却重陰又一陽。

〔二〕羅邦柱先生曰，「『喝』，『唱』字之誤」。（林光《南川冰蘗全集》，羅邦柱點校本，第三六五頁，校記）

和子翼喜予至南昌

孺子亭前懷孺子，滕王閣上弔滕王。羞將南海雙蒲屨，又蹈燕京萬里航。步進竿頭成脱洒，踐那叉頂未倉皇。湖山造次還携手，百詠須教醉百觴。

彭蠡舟中 二首

握手真誰話兩忘，官卑還愛一身藏。雲龍天地回雙眼，弧矢男兒更四方。山着烟雲皆畫本，櫓摇湖月自宫商。匡廬尚有無窮意，欲起千秋朱紫陽。

人世千年留老眼，乾坤萬化起天王。春秋未秉傷麟筆，魯叟真成泛海航。已覺升沉皆夢寐，誰將幽渺更張皇。廬山滿目添詩料，且盡行邊酒一觴。

鄱陽舟中對匡廬小酌 四首

薄霧挾山光，推篷盃在手。湖風忽南來，空翠落盃酒。

返照在湖波，冉冉見山影。安得挾天風，飛上山頂嶺。

船頭一盃酒，嚼碎匡廬峰。湖波添硯水，盡日舞蛟龍。

層崖削蒼玉，長薄鬱佳氣。頽然一揮杯，拂面風細細。

阻風 二首

顛狂盡日捲洪濤，機軸誰操莫大勞。夢裏每疑身計左，險中方悟華門高。江深似有蛟龍鬬，夜静如聞鳥獸號。小港偷安眠未穩，且將村酒醉酕醄。

入夜長江駭萬艘，畏途欹枕夢魂勞。彭城震動來韓信，赤壁喧呼破老曹。誤怪江豚迎浪拜，幾看鷹隼入雲號。中和位育吾人事，却笑寒氊坐不牢。

舟中和子翼雪茶

玉碗閒揮撥玉塵，梅花烹就臘前春。龍團點化元無滓，沆瀣餐來更迫真。鐵鼎青烟回別鶴，瓦甌玄酒勸何人。雲山儻入周南夢，更話雲山未了烟。

舟中遣悶

五日維舟傍漲沙，剛風吹落凍雲斜。琵琶厭聒蘇州曲，蝦眼新烹雪水茶。謾撥紅爐披敗絮，擬沽村酒到誰家。年光便作匆匆別，不候東君管物華。

客中小年 四首

歲月不肯住，看看又小年。詩窮殘臘後，杯引大江前。樂事思南土，閒情寄短篇。夜來風勢惡，驚徙五更船。

遠客無佳節，狂風又小年。江吞湖嶺外，舟避漲沙前。閲世慵雙眼，題詩更短篇。迷途還買醉，高枕贛州船。

老境無多日，明年耳順年。天風還自逆，舟楫敢求前。遠道幾千里，窮愁數百篇。吾能悲杜甫，來往蜀中船。

蕭蕭雙短鬢，忽忽渡流年。心遠空鞭策，窮途自不前。鶯花聊歲計，糟粕謝陳篇。柔櫓輕烟裏，朝來理我船。

歲暮

歲暮瀕瀕酒，長江處處詩。誰能憐子翼，吾亦愛廷儀。宦轍幾千里，鄉心十二時。行邊頻數九，花鳥及京畿。

客中除夕 二首

一日光陰盡一年，雲帆穿破小姑烟。雖無異饌供除夕，亦有長風送我船。膝下懷深兒女念，眼中天假故人緣。屠蘇入手何妨後，更擲同安買酒錢。

甲子書窮丁巳年，無端身計過浮烟。思家心斷屠蘇酒，守歲宵連客子船。老句未工猶有債，衰顏欲換笑無緣。長風果協篙師願，晚向沙汀插紙錢。

余既出湖，狂風夜作，舟阻三日，形於聲律矣，今復大雪遣懷

造化小兒顛倒顛，誰知堪恨是堪憐。狂風已破迷途夢，瑞雪今占大有年。柳絮積深蘆荻岸，梅花堆重老夫船。黨家安識羅浮味，坐擁羊羔醉玉筵。

和子翼湖中對匡廬小酌

山如廬阜眼中稀，笑挽長江入酒巵。翠壁丹崖烟淡淡，洞雲巖樹晚依依。心非到處真成夢，畫不能如更着詩。歌罷滄浪一回首，湖鷗故故傍人飛。

舟次南浦

南浦橋邊水，還來泊我船。江深寒雨足，山遠暮雲連。賈客波波市，帆檣簇簇烟。浮生俱物役，誰復惜流年。

戊午元旦試筆

元旦新揮筆，元雲洒墨香。乾坤初換景，花鳥未須忙。帆掛南風穩，江浮旭日光。夢中行草勢，吾愛皂衣郎。

寄莊定山

三宿淹留去本遲，乞身容笑未知幾。明夷偶見傷垂翼，大雅寧教變綠衣。老去江山終得計，本來花鳥是忘機。流行坎止平生意，不道先生與世違。

吏部候選

晨鐘初罷起隨群，偃仰簷前幾欠伸。殊色已無西子夢，欲將眉宇效誰顰？

步步衡塵步步迷，振衣回首日斜西。疎槐仰見深春鳥，幾度驚飛不肯啼。

贈熊士選進士尹平湖 二首

舊遊曾此去遲遲，拈弄風情托幾詩。赤手看君扶此道，白頭閒我浪憂時。東南賦斂財應竭，閭里征差力已疲。奏最他年徵宰績，了將民瘼入丹墀。

金榜知名識面遲，贈君仍賦弄璋詩。新鶯細柳供詩酒，暖日和風囑别時。興趣雅憑山水助，精神休爲簿書疲。牛刀小試經綸手，曾有旌章降玉墀。士選將之任，生子。

和石齋先生贈景熙主事

自對江雲醉白沙，五湖風韻更誰家。都城杯酒鶯聲裏，纔見開花又落花。

屠亞卿索次周司徒分獻星辰二壇韻

邕邕天樂協和鑾，裊裊心香肅禮壇。珠斗艷藏蒼玉罍，露華清潤紫雲冠。三斟秬鬯神應格，九奏登歌夜未闌。君動臣隨皆至禮，天人何以不交歡。

次韻慶成宴

御筵排擁帝星高，五彩雲邊列俊髦。昭代君臣歡此會，百年禮樂寵誰叨。春藏御醞傳金斝，椒賫諸伶傍節旄。咫尺天顔恩似海，任教仙臉醉緋桃。

次韻宴歸喜雪

醉眼看飛六出瓊，老臣歡忭若爲情。慶成宴徹當今夕，大有年初兆此徵。燦爛名花誰點綴，參差臺殿玉堆成。都門擊壤還來我，清韻追賡頌太平。

望西山 十首

蒼翠擁成堆，塵中眼忽開。涼颸吹雨散，清氣迫人來。勝處豈易到，浮生更幾回。狂心似孤鶴，飛入白雲隈。

青玉削芙蓉，雲邊數百峰。弄晴芒種雨，吹面石尤風。景色詩難狀，騫騰勢本雄。千年留王氣，深護紫微宫。

何處尋真境，橋過遠見峰。烟消魂欲斷，風定興偏濃。巖轉應藏寺，潭深或卧龍。會携青竹杖，高步翠微中。

江左誇廬阜，閩南羡武夷。塵氛俱自累，真境可誰知。王氣開天府，降龍抱帝畿。人間如未見，聽誦老夫詩。

世計妨吾懶，名山識面遲。峰巒新宿雨，花草入誰詩。梵宇三千界，泉聲十二時。何能脱塵鞅，邊澗弄晴漪。

小旱偏宜雨，塵空見遠山。丹青藏佛閣，花鳥隔人寰。澗道穿吟屐，松風洒醉顏。無由避煩暑，悵望薜蘿關。

聞道西山裏，僧居面面佳。雲根穿石竇，泉影照巖花。松月門堪打，荷花路未賒。鞭嬴無限興，含笑指烟霞。

金銀宫闕地，西北勢來雄。萬馬從天下，群龍豁眼中。壯圖基帝里，勝景渴詩翁。指點巖花去，雲邊若個峰。

烟霞塵夢醒，日月大丹還。玩弄應無厭，儒官我亦閒。□□□□□，□□□□□。□□□□□，□□□□□。

群峰青不了，冉冉勢參天。耳寄松風裏，心懸澗月邊。百年真夢境，萬事過浮烟。安得圓機士，深論易外傳。

壽三原王冢宰

扶植斯文最有功，誰教大老老關中。春延鶴算應無極，天駐仙顔老更童。萬姓每思文彦博，三邊猶憚寇萊公。千鈞何處逢烏獲，吟望青山話未窮。

將之嚴州寫懷，留別京師諸友八首

塵緣三月住京畿，去傍桐江一釣絲。三沐三薰揚葛袂，半醒半醉詠鴟夷。備嘗世味心灰後，拈弄風花景暮時。涼雨幾番思到骨，賣書争恐買舟遲。

拜望都門别帝畿，南薰拂面鬢絲絲。官如捷舉叨祠禄，山到嚴州似武夷。世路怯逢秋暑惡，漕渠争趁雨涼時。卑官自笑無多福，閒弄金丹得老遲。

東風策馬出郊畿，鶯囀千回柳萬絲。送我嚴陵惟釣瀨，何心魯叟欲居夷。斯文頗入支離後，至樂深於寂淡時。山水天留奇絶處，更將何事怨衰遲。

問柳尋花出帝畿，新題留别寫烏絲。何愁浙水無薇蕨，真信嚴光是伯夷。去棹快經霖雨後，計程剛到暮秋時。烏紗白葛嚴州路，衹恐山靈訝到遲。

海内英豪滿帝畿，斯文常欲辨毫絲。閒因舊學窺千古，何用虚名慕四夷。剩水殘山皆樂地，乘田委吏乃吾時。陽關幾曲都門酒，肯放深杯入手遲。

疊疊新聲寫舊𰀹，别情端似繹吾絲。真源會處忘饑渴，世路經來識險夷。直把斯文供職業，更將何事答明時？宅南宅北春風動，貪種名花豈厭遲。

千年麟鳳幾郊畿，道脈悠悠寄一絲。詩筆未能忘大雅，羲爻端恐忽明夷。蘇湖振起文衰後，濂洛開當宋盛時。無限懷賢今日意，三千里外鐸聲遲。

老眼南畿又北畿，幾人傾倒不留絲。廟堂何患無韓范，邊境今應掃貊夷。溟海屢瞻鵬化後，朝陽真聽鳳鳴時。諸君總有匡時策，莫遣封章入奏遲。

贈吳道夫侍御

烏臺風節動京畿，兩鬢何曾白一絲。赤手正堪扶社稷，高才還擬奠華夷。觀風屢試繁難地，奏最方當簡拔時。進退行藏俱未問，愛君真悔識君遲。

懷竹，爲孫志同稽勳

何物人間可上心，此君此老愛能深。圓通每恐忙邊失，虛直還於静處尋。挺實正堪留鳳鳥，截筒真擬奏韶音。籜龍變化雲烟外，自有清風動古今。

題陳明之郎中四像

冠袍分四像，同是一明之。金榜名題後，鶯花酒半時。彤墀端步武，冰雪肅容儀。無限胸中蘊，丹青恐未知。

白巖，爲喬希大考功

西北高峰有太行，白巖奇秀在何鄉。横山喜見雲龍變，三晉回看道路長。誰許陳摶眠華頂，天催諸葛起南陽。平生仰止無窮意，又逐風花入錦囊。欒平之境多山，最高者曰白巖，傳爲太行絶頂。横山，鄉名。

次韻内翰劉可大贈别 名存業。

道眼看來透幾層，斯文未語意先承。詩傳肺腑慚康節，病對膏肓得子陵。交誼話深連日雨，旅懷書破幾宵燈。醫人醫國吾何敢，自笑從前三折肱。

贈北京王端館主

帝城南去更東尋，又有人間一卧林。莊定山搆亭，始竣工而余至，即名「卧林」。庭宇潔除無俗態，絲桐留掛待知音。英豪屢過神皆爽，花木無多趣自深。豆飯杯茶何以報，南川詩是筆頭金。

次韻答任國光侍御過訪

清曉乘驄此賦詩，風清穆穆更熙熙。從遊却愧相知晚，瀟灑端推抱負奇。涼浸晨烟聊薦酒，静看庭樹小支頤。未知他夜嚴州月，肯送清光及泮池。

次韻陳學之郎中與客談詩

語到安排便不符，人間空自費錘爐。蝶穿花草春光滿，魚戲江湖月影孤。廊廟簫韶終自别，仙家烟火本來無。阿誰一笑回風雅，不落陶韋及李蘇。

舟中偶述 四首

滚滚洪流瀉運河，垂楊兩岸緑陰多。行人無處逃秋暑，欲借清風消幾何。

千尺長牽泝逆河，清流偏少濁流多。孤舟小憩濃陰下，更奈秋蟬聒耳何。
推篷一枕看銀河，秋入新涼夜更多。翻憶長安騎瘦馬，塵埃兩眼奈悲何。
戊午初秋別潞河，雙眸空笑閱人多。濃陰也愛河邊柳，争奈秋風欲送何。

平湖舉人吴紳輓

舊憶青矜列講幃，片言先已識君奇。鄉闈果慰雙親望，國器曾因一策知。風折名花秋黯黯，日啣孤塚草離離。含情季仲過携我，載掬清流寫輓詩。

平湖御史曹瓊輓 字玉夫。

一從飛躍出泥塗，往往逢人問玉夫。舊學語來醒似夢，虚名身後有如無。官榮柱史終何忝，病反當湖更不扶。身計浮雲過轉瞬，百年何事是良圖。

寄謝陳天錫明府送紙墨

百物窮途致匪輕，文房兩寶拜兼并。元雲洒處香風遠，素楮攤來雪色明。虎豹縱横驅筆陣，蛟龍飛舞逐心兵。行邊剩有閒風月，禿盡茆根寫未勝。

臨清候閘偶成

伏暑閘頭候幾時，官船過盡白船遲。斜風送雨空驚夢，高柳鳴蟬似訴誰。篷底笑看河滾滾，天邊痴慕鳥微微。詩成亦有閒滋味，安得南音詠學之。學之，工部正郎陳公綬也，南音詠詩最可愛，以公幹往沂州，後余將至。

舟中有懷陳學之冬官因寄

漕河引領望多時，畫舫何因到尚遲。鏡裏年華空自笑，詩中風韻契阿誰。風添流潦來偏驟，秋入新涼覺尚微。杯酒烟霞休負約，石羊騎逐古成之。

經濟寧新聞

湖水汪汪没曉汀，遠山幾點列晨星。雲黄黍粟秋風滿，雨洽蝦魚水浪腥。流潦漫堤奔破閘，孤舟瞥眼走驚霆。避蛟不遣船燈照，一枕疎更到谷亭。

戊午七月，訪清江浦冬官席文同、地曹劉用熙，飲于園亭賦此

潦倒青江興忽催，紫薇花好爲誰開。亭孤剛聚三人話，逕僻還容二仲來。共把浮雲看世計，更將淮酒引磁盃。斯文一會殊非偶，返照秋光滿草萊。

過姑蘇，贈鄺廷瑞明府

杯酒殷勤話兩投，斯文何負眼中秋。甘霖净洗吴門暑，活水初停越客舟。霄漢會看孤鶚起，竹枝閒聽萬人謳。白頭多少忙邊恨，不爲姑蘇一日留。

武林中秋遇雨，遂阻西湖之興，賦三律以紀 三首

絶景人間認未真，六橋花柳幾回新。那知戊午中秋月，不照嚴州典教人。湖水湖山空悵望，天晴天雨未須嗔。明朝再有撩詩景，横海湖頭白涌銀。

談笑西湖未寫真，老懷秋半爲誰新。回峰曲澗多藏寺，細雨濃烟更可人。湖艇有情還欲泛，中秋無月底須嗔。西來一脈桐江水，照見先生鬢脚銀。

何處逢人話迫真，浮雲過眼日相新。蒙頭晚雨愁孤旅，屈指晨星見幾人。有口舊嘗龍井

美，無錢剛被酒家嗔。容知他日嚴灘月，不瀉天河一帶銀。

戊午八月十七日，出錢塘江頭看午潮

江頭細雨棹初迴，潮傍中秋亦壯哉。水底暗疑雷鼓動，海門驚駕雪山來。雄吞衆水期如約，急送行舟去似催。引領篷窗興無限，白雲遮破萬山堆。

舟中望富陽

晚山新一雨，緑水漾秋霞。孤鶴來何處，低飛傍釣槎。

入嚴州境

山亦有緣水有緣，天公供我浩無邊。峰巒翠濕深秋雨，瀑布看飛絶澗泉。霄景忽開孤鳥外，片帆高掛晚風前。虚巖試問羊裘老，不着羊裘有幾仙。

經釣臺 二首

層差積雨怯攀緣，老眼頻回釣石邊。已裹烏紗來白日，更將塵袂濯飛泉。人歌人頌巖灘上，花落花開漢老前。千古江山風自動，尚憐文叔不知仙。

萬里心藏一瓣香，布帆飛趁午風狂。好山似汝真難動，流水如人空自忙。崖樹株株新宿雨，巖花在在笑輕航。我來未買嚴州醉，試把桐江一味嘗。

初至嚴州官寓

平生談浙水，今日坐烏龍。壇杏沾微雨，芹香趁遠峰。十分秋意思，千里翠蒙茸。喚醒嚴州夢，城頭散曉鍾。

嚴州聞三子中式

廣寒仙桂吐相將，笑觸天機發異香。飛報忽傳三子捷，老懷還逐少年狂。風雲際會殊非偶，山水鍾靈豈易量？莫道無錢堪買醉，深杯直欲挽桐江。

勉諸生習《小學》四首

汗牛充棟博文餘，善學能消幾卷書。老我無才敷至教，且將《小學》勸吾儒。

搜窮經傳幾年餘，誰把神明信此書。除却尋常倫理外，更將何事稱爲儒。

紛紛競巧鬬妍餘，誰復留情向此書。莫道陳言没巴鼻，晦翁元是宋名儒。
只惜工程一月餘，六經百子豈無書。他時會到難言處，糟粕還將問漢儒。

嚴州重九日登思范亭，用節度推官院逸竹閣韻 二首

景色推重九，人誰笑口開。烏龍山自好，僧閣我初來。返照明松逕，閒花落砌苔。景佳心已醉，未接野人杯。
遠岫還虚宇，幽深一徑開。應聲秋谷静，招手白雲來。立馬吟看菊，攀松步破苔。晚山誰共醉，更引紫霞杯。

戊午冬至前一日，承趙提學先生免試，退而賦此

墜緒茫茫覓一絲，半生科業已全虧。支離未破千年惑，疎拙慚爲一郡師。照影幾臨丁字水，振衣羞讀子陵碑。天心喜見陽來復，仰賴司徒轉化幾。

建德縣庠菊與芙蓉初放，林分教邀賞

秋色遲遲故入冬，芙蓉花對菊花蕵。含情不作春姿態，撫景真憐造化工。斜日總和杯酒

醉，晚烟輕著絳紗籠。老夫不謝投壺飲，潦倒風前興頗濃。

嚴州迎春 二首

雜劇爭喧鬨，泥牛又散春。東風初著物，玄酒未沾唇。馬舞山根鼓，花簪鬢脚銀。欲將新甲子，再拜問芒神。

未及王正月，春光逐臘來。兒童紛戲舞，簫鼓鬧相催。山色看人醉，梅花向我開。陽和徧巖谷，更上子陵臺。

小年遣懷

記得去年當小年，避風舟枕長江邊。雪飄浪打牛屎港，蛟翻鼉吼那能眠。曉來掃雪向篷面，鐵鼎煮茗吹寒烟。老夫情懷亦不惡，詩思洶湧來如泉。今年嚴州小年日，寒氊痴坐烏龍前。文字之官頗閒雅，案牘未許來相煎。門生知我術業淺，兔魚入手忘蹄筌。官規厭苦循舊例，葛藤自爾相牽纏。功名喧嚇垂竹帛，文章磊落追前賢。後生敢謂無斯志，執經孰與深窮研。義理入口本芻豢，天機何處尋魚鳶。斯道朝聞可夕死，卓哉憤悱誰堪傳。吾年六十向衰謝，濟時行道知無緣。天靈一點幸不滅，眼中了了那容言。好山無數列四座，碧流千里來涓涓。時闌歲暮新釀熟，磁杯滿引心悠然。昨宵歸夢踰嶺海，兒女萬里心相懸。

元旦試筆 四首

年編新己未，六十一回春。細雨妨佳節，微官絆病身。疎慵嫌忤俗，起倒輒隨人。烏馬驕難制，翻愁酒醉頻。

騰騰元旦酒，盎盎滿懷春。弄筆風生紙，看山雪照人。桃符新泮水，爆竹閙比鄰。雲蓋烏龍頂，連陰亦不嗔。

春王又正月，元日雨絲絲。未識天公意，頻添宦旅詩。倦愁還客拜，拙欲倩人醫。厭聒嚴州鼓，鼕鼕入夜采。

泥濘酥小雨，人向節中忙。雪蕊翻春茗，雲根裊篆香。瞢騰淹卯酒，疲憊戀康床。一盞屠酥酒，何愁醉後嘗。

新年謁烏龍廟偶成 二首

半山殘雪半山雲，裝點烏龍到十分。幾樹梅花開笑口，曉風時有暗香聞。

烏馬斜穿嶺脚雲，騰騰卯酒醉三分。背城哦得梅花句，笑恐山神遠亦聞。

新年雜興 八首

篆封官假一旬閒，身領儒官未是閒。閒裏尚多忙裏債，愛人多少未遊山。
偶傳通報到儒扉，誰信榮華有是非。昨夜南溟落歸夢，白雲遮斷釣魚磯。
轆轤剛訝井乾時，甲子春占雨不宜。未識陰晴天意思，更將《周易》看明夷。
飄飄細雨掩官衙，墻角携鋤欲種花。轉眄清明時節近，馬蹄堪復到誰家。
紅白株株更間黄，也憐顔色也憐香。道人不是栽花手，春雨年年此際忙。
燈下磁杯淺淺斟，紅爐漫撥到更深。西風吹滿烏龍雪，還解尋詩到碧岑。
黑雲遮斷四山青，不放新年幾日晴。我有心香藏一瓣，扁舟還作釣臺行。
山禽屋角唤東風，曉枕何堪睡思濃。暮雨欹門無過客，官衙清任白雲封。

往釣臺祭子陵先生，阻風，示諸生

白雲催發釣臺舟，何事剛風故打頭。崖樹飄摇迎客舞，灘聲狂吼帶烟流。事當好處魔仍在，心到誠來倦未休。留得俚文祝千載，諸君陪我豈嬉遊。

至釣臺

瞻望嵯峨欲壓舟，釣臺高在兩峰頭。笑持鳩杖臨磐石，坐看崖花蘸碧流。富貴到頭誰復在，酒杯入手豈宜休。自憐老脚還無恙，猶逐諸生日一遊。

送郎黄門上京 三首

司諫歸來未半年，胡爲又買北京船。人間母子恩難割，天下君臣義兩全。鳳烏雲霄非寂寞，鶯花杯酒更留連。陽城未許昌黎論，數有封章到御前。

霹靂聲沉又幾年，片帆今掛北趨船。文卑賈誼徒流涕，璧有相如定保全。天入春來晴復暗，山隨人去斷還連。送君直欲輕千里，江水江花興滿前。

畫舫頻催館吏迎，振衣應爲救時行。雲連浙水風濤壯，春入都門錦綺明。城社鼠狐終未凈，郊原豺虎尚縱横。莫愁天下人無耳，會聽西周老鳳鳴。

送郎黄門，代張司訓

新晴天宇正和融，畫舫飄然背浙東。最績備書南闕下，封章先貯皂囊中。一樽别酒醒還醉，幾樹飛花白間紅。多少諫垣堪論事，貯看明主賞孤忠。

遊石佛寺 五首

漸近烏龍頂，山盤作小窩。劖崖新佛像，接澗到壇那。花落僧初定，春回鳥自歌。古宗今入滅，誰復了諸魔。

烏馬穿松得得來，白雲封寺逕封苔。閒官莫道無閒趣，也傍泉聲弄酒杯。

山徑崎嶇策馬來，笑扳崖樹破莓苔。道人不惜頹然醉，恰有春花照酒杯。

誰將巨石鑿如來，何恨遊人拜蘚苔〔二〕。一曲山泉清到骨，醉來仍欲引流杯。

花時我馬遠能來，踏破松根幾處苔。一樹山茶紅點翠，諸君何苦謝深杯。

遊清涼寺

折簡招邀出午城，東風淡蕩布袍輕。高低山色催人醉，紅白花枝照眼明。老脚步嫌僧寺淺，深杯喞傍鏡池清。莫愁我馬歸來晚，天畔諸峰正弄晴。

〔二〕　羅邦柱先生曰，「『恨』，似『限』字之誤」。（林光《南川冰蘗全集》，羅邦柱點校本，第三六五頁，校記）

過王氏庄小酌

長薄微微帶暮城，飛絲摇蕩午風輕。雲生膚寸天應近，山破模糊日漏明。壺矢酒催花亦醉，童音詩叶律偏清。老夫頗有尋芳意，莫遣重陰石晚晴。

次韻答陳石翁

老脚年來陟兩畿，南溟空仰一輪絲。考亭舊學曾稱僞，嚴子灘聲也未夷。壇杏坐忘春雨後，湖山看到晚晴時。含情細和江門句，不怕燒燈下筆遲。

飲邢將軍宅，時牡丹未放，席上賦

東風將及暮春時，何事名花放獨遲。暖日和風深長養，遊蜂戲蝶謾相闚。醇濃久貯將軍酒，點化還須我輩詩。百倍精神看蓓蕾，莫教延賞到離披。

弄筆示諸生

卑官竊禄久埋頭，語及才能便合羞。畫足添蛇多見左，東床捧腹笑何求。誰無動念因黃紙，醉解頤人是白鷗。欲識閒官閒富貴，萬山清界兩溪流。

和韻答吴泌處士

詩辭謝子過推尊，身病還來夢裏親。無欲便爲醫病藥，有言聊寄寫心琴。浴沂想見千年興，執手誰憐十二春。惟問山扉終日掩，足音空谷是何人。

和陳石翁寄題嚴子陵祠壁

釣魚心在魚，無魚安用釣。釣魚不食魚，争恐旁人笑。試問羊裘翁，此心了未了。剗却桐江碑，山水更絶妙。

議鄉飲圖，代柬呈胡府尊 己未

堂有明倫兩字懸，斯圖誰後復誰先。朝廷據分惟尊爵，鄉黨推情只論年。三老五更天子讓，西賓東主有司權。且看闕里宣尼教，謙退恂恂退不言。〔二〕

〔二〕　羅邦柱先生曰，下「退」字，「似『食』字之誤」。（林光《南川冰蘗全集》，羅邦柱點校本，第三六五頁，校記）

送桐廬縣博林秉愚還莆陽

及門諸子雅推崇，衆口碑存九載中。世路從來多險阻，斯文那更論窮通。照人嚴瀨千年碧，過眼春花幾樹紅。歸去閩南丹荔熟，深杯滿引對壺公。

過龍泉宋氏庄

墓山剛到暮春時，老眼吟看却似痴。諸子偶來依此地，幾人真解浴乎沂。肴燒野笋初穿逕，魚戲新荷已貼池。莫遣烏龍山笑我，醉中詩墨又淋漓。

題金陵折桂圖

昔年曾記金陵遊，衣冠文物稱神州。千年王氣凝鍾阜，萬里襟帶長江流。東梁西梁闢門户，三山驅逐江天浮。龍蟠虎踞没天險，中原形勝那能儔。大明神祖掃區宇，江淮百萬驅貔貅。西望鄱陽東震澤，群雄接戟咸殍囚。百年宇内混腥穢，天戈一洗無停留。攘夷綏夏功莫比，普天率土同歌謳。遂開明堂宅斯勝，巍巍大業過商周。金銀宫闕插星漢，祥雲瑞靄深龍樓。宫墻遶護松百尺，屈鐵偃仰蟠蛟虬。琉璃閃爍争臺殿，鳳闕掩映羅罳罘。南都豈止天一柱，儲養俊乂資旁求〔二〕。詞官典領在桂籍，鹿鳴三載歌呦呦。藍袍濟楚誰氏子，手持仙桂歡遨遊。酒酣欲過石橋去，馬蹄踏碎臺城秋。少年我亦狂如此，至今語亦猶含羞。是誰好事貌此幅，操筆欲語倦還休。六朝文物今何在，俯仰不覺生閒愁，烏衣巷口白鷺洲。古來文士添語柄，長江滾滾風颼颼。

嚴州名宦九首

梁任昉

新安太守梁任昉，出自秘書爲郡長。爲政清省少繁苛，不事邊幅人咸仰。郡有蜜嶺及楊梅，絶除冒險休供餉。卒然不帶新安物，四十九年剛屬纊。浣衣爲斂雜木棺，武帝聞之慟悲賞。百姓追思久不忘，舊祠立在城南上。

宋璟

宋公在唐鮮匹儔，開元胡事刺睦州。監杖杖輕亦細故，朝堂執法那容優。御史大夫遂落

〔二〕「俊乂」，原作「俊叉」，據文意改。

職，天教賢牧茲來遊。當時政績必可紀，史家脱略難搜求。范公詩詠宋開府，乾坤仰止何能休。

杜牧

牧之豈止詩家流，池州改刺來睦州。經圖史册失稽載，善政美績知無由。侍郎裴公理鹽鐵，江淮民隱歸諮諏。公爲致書白其事，積弊侃侃明珠求。忠言激切對官長，州政安肯容奸蝨。花前中酒有遺句，至今人士還歌謳。

田錫

宋有遺直田表聖，立朝侃侃司諫諍。官由補闕知睦州，興國八年州甫定。斯時禮教猶未興，公來振鼓斯文柄。詩書俎豆覺斯文，學廟巍巍美兼并。聖經賢傳請成均，特旨依然來帝命。風化從來在所先，案牘何勞亂心鏡。

范仲淹

范公昔任司諫時，歲逢蝗旱江淮饑。于時上疏遣巡視，遂命安撫公親之。開倉振乏患不給，折役丁口咸蠲施。條陳救弊十數事，用度不節民應疲。忽聞郭后又遭廢，上書伏闕諍非宜。

朝廷遂下睦州命，十口迢遞向天涯。子陵公案久未判，天教來竪桐江碑。節高器大兩推極，無乃欲吐胸中奇。公云重父必重母，正邦先正家爲儀。糟糠之妻尚變易，貧賤之交從可知。子陵雙眼光耿耿，夫豈不解知幾微？我曾弔祭陳數語，操戈敢傍公藩籬。烏龍山色尚清絶，仰公遺跡唱諸詩。

趙抃

鐵面御史衢州英，立朝赫赫揚芳聲。糾彈那復避權倖，國本未立殷憂形。披肝露胆向仁祖，朝言夕有睦州行。睦州正在家鄰境，況復水媚而山明。市羊歲且爲民患，栽茶無地税還征。移文抗疏獲蠲免，至今遺愛人猶稱。

胡寅

致堂胡公字明仲，侍御徽猷名已重。紹興六年刺睦州，政教兼興民載頌。文定衡山遠寄書，父子之間相諭諷。一年作郡怠易生，宜作三年勤御衆。遠大之業積累成，莫謂未遷生怠縱。學宫改作實自公，建寧人物稱群鳳。

張栻

南軒先生魏公子，平生理學究淵旨。有爲無爲看幾微，天理人欲分彼此。晦翁東萊俱托交，講磨歷歷窮疑似。官直秘閣本清要，乾道五年州刺史。不疾而速不嚴威，丁鹽錢絹奏蠲止。淫祠簡斥旅名山，學門改創因公始。華陽伯爵景定封，從祀千年應未已。

呂祖謙

東萊先生生婺州，金華人物誰與儔。早年英發志斯道，經史百子深窮搜。發爲文章根至理，縱横宕激磨清秋。朱陸諸賢咸友愛，知公挺拔非凡流。乾道五年州運轉，公持木鐸兹來遊。道傳何必論官爵，員外博士非公侯。庠序翻然士丕變，擔囊負笈來相求。春秋筆底宏著述，斐亹繁穠開揚裒。南軒相繼爲州牧，主賓協贊漆膠投。芝蘭本不殊臭味，力扶政教民歌謳。人生遇合事非偶，兩賢秩祀相匹休。我來未暇尋枝葉，深探欲問公源頭。

承葛司訓邀飲，聞門生鼓琴，席上賦

暑雨初消五月涼，柳風吹面酒盈觴。瑶琴幾曲聞方仰，别鶴雙飛舞篆香。縱飲且拚今日醉，新詩催賦爲誰忙。衰翁莫道無雙耳，指不煩君更抑揚。

聞梁侍講叔厚先生暨王文哲黄門使交南，將過富春，賦此二律以候〔一〕，兼致贈別之意

花邊立馬候官舟，山遶桐江翠欲流。内翰素閑專對學，黄門剩有撫綏籌。口銜天語經銅柱，服賜麒麟過廣州。南物南人應見慣，肯將薏苡累兹遊。

問程遥迓使君舟，少滯桐江看活流。解纜緩牽丁字水，揮杯延換富春籌。光騰北極雙龍劍，恩蓋安南小越州。海角天涯雖僻遠，錦衣仍傍故鄉遊。

剡城任侍御東庄八景

馬陵春遊

興來何處杖鳩藤，春思飄飄傍馬陵。蒼羽夾臨青嶂合，沐沂飛遶碧波騰。鷽花競逐風烟

〔一〕「候」，原誤作「侯」，據文意改。

醉，蜃氣遥連海市凝。東望危樓高百尺，未知魯叟幾回登。蒼、羽，二山名。

蠟臺晴望

邊村舊築一臺牢，騁望堪來月幾遭。蒼耳逕迴祠廟古，鵓鳩聲引白雲高。晴峰點點紆屏畫，曠野微微涌翠濤。一度登臨一吟弄，主人詩筆已降騷。

古城夕照

古城城古舊誰居，郯子千秋此故墟。閃閃夕陽銜遠樹，蕭蕭故壘帶平蕪。尋芳酒倦和雲睡，弔古詩成摘葉書。多少眼前難狀景，等閒揮入輞川圖。

孝塚寒烟

巍巍孤塚出郯東，孝婦千年有此封。官府每因讒口誤，皇天終是血誠通。寒烟幾换清明節，老樹空摇花信風。華表摧殘碑剥落，行人還解説于公。

南畝耕雲

人間時節傍清明，曉枕驚回布穀聲。百畝會看烟雨足，一犂穿破壠雲平。芸苗甃帶逡巡酒，嘗稻匙翻骨董羹。多少田家歡樂事，莫愁翁主厭躬耕。

龍門釣月

郯城勝迹幾龍門，此水聊堪一試竿。釣餌頗嫌沂沐洩，釣絲閒引月星寒。苔磯坐煖湍仍急，鐵笛聲沉夜已闌。何處投綸堪盡興，東溟長笑海天寬。

竹窗讀《易》

瑯玕森列碧窻虚，萬事人間已破除。爻畫洞觀成象後，吉凶看到未形初。静中生意兼抽笋，閒處天機見躍魚。太極元來無一字，竹風吹掩讀殘書。

槐院鳴琴

兩株黄間一株青，任氏三槐又此庭。雷雨幾番添秀氣，絲桐聊爾寫心經。濃陰匝地蟬聲細，翠色浮烟鶴夢醒。能使智愚心盡死，指頭宫徵最分明。

己未秋上丁祭

涼飈散餘暑，霽景開嚴城。仲丁祀甫臨，感兹歲律更。交神靡他道，夙夜寅直清。廟廷肅涓潔，星漢斗標横。雍雍奏雅樂，侃侃陳芳馨。玄酒注在爵，太羹供在鉶。犧牲既肥腯，肴蔬亦潔精。禮備而樂和，默然想音形。斯道貫古今，達者如夢醒。誰能分彼此，豈復異神明。聖靈雖在天，昭格惟一誠。洋洋俎豆間，似悉登降情。

過方生克寬行寓看共蒂雙瓜

秋風消息到誰家，天意分明見此瓜。並蒂巧垂雙碧玉，娱賓還放一黄花。尋常草木靈皆在，冷淡門墻兆已佳。俯仰乾坤無限意，懶將詩筆向人誇。

贈蘭溪董遵道

貢選歸來暫艤舟，十年相别話還投。秋光滿眼休辭醉，世計催人易白頭。己未疊經新甲子，重陽又迫舊嚴州。東陽壽酒樽封遠，笑把篇詩爲子酬。

己未重陽日遣懷 四首

酌此東陽酒，吟催九日花。興濃詩思捷，風細篆烟斜。雀啅鷄冠舞，鴉争烏桕譁。山峰留遠興，剛被暮雲遮。

對景那無酒，黄花不肯開。尚拚來日醉，更著小詩催。緩步虚簷晚，揮杯紫翠堆。登高還有興，鳩杖倩誰陪。

點綴西齋景，雞冠幾樹花。何須催晚菊，聊爾酌流霞。盎盎醒還醉，騰騰樂未涯。鄰衙烏柏樹，遮莫打慈鴉。

洒洒重陽雨，何愁菊未開。老夫今日醉，何處白衣來。兒女鄉關遠，星霜鬢脚催。明朝差屈指，六十一年來〔一〕。

登雲居寺

己未九月二十四日，登嚴之雲居，拉同官偕行。既涉山腰，鄭、王二君以勞辭去，獨司

〔一〕「來」，與頷聯「來」字重，疑誤。

訓張君守敬同予至寺。布席獅子石旁，觴酌遊賞盡日而還。嗚呼！不涉其勞而欲尋其樂，難矣，直遊山一事乎哉？因賦以紀。

曾因南嶽笑昌黎，下馬巑岏路未迷。紅樹半遮幽逕晚，白雲回視衆山低。崖蹲獅子天生獸，徑轉烏龍石作梯。勝處莫言容易到，幾人能不避艱危。

登嚴州北高峰圓通院

巉巖歷盡到山門，萬木叢邊酒一樽。霜葉步穿僧逕滑，松香烟遶谷雲屯。富春山擁螺千點，丁字溪蟠線一痕。勝處未經歐九眼，欲將佳致與誰論。

嚴之北高峰奇絶處，擬搆亭其上，詩以代疏

一亭端合搆烟籮，剪棘誅茆費幾何。山到富春終自别，地分僧寺可須多。迴流幾葉浮烟艇，返照千峰浸碧波。如此風光如此景，巔崖碑板爲誰磨。

東田草屋，爲張鳳舉明府

東田田上結茅茨，插柳牽蘿護短籬。秔稻熟來餘歲計，水雲深處落吾伊。牛刀出試調元

手，莎逕翻思曝背時。閒煞輞川尋樂地，欲將真境問王維。

題雲津書院，爲劉敔縣博

西江何處是雲津，分得匡廬白鹿春。庭草易沉先輩跡，書香仍繼後來人。品題山水誰留識，變化雲龍自有神。珍重斯文今日意，篇詩聊復寫吾真。

贈何宗源分教東莞

楊柳風飄葛袂輕，烏紗新領出都城。爲貧莫道非經濟，閱世阿誰是鑑衡。壇杏春回深化雨，南溟秋老變鯤鯨。薰風一醆榴花酒，更聽黄鸝三兩聲。

贈周仲鳴進士四首

歲晏相看古睦州，金蘭氣味幾人投。情深杯酒陽初復，興寄烏龍跡更留。浮世未誇新甲第，春陵元有舊箕裘〔二〕。知君雅志存經濟，百尺竿頭進未休。

〔二〕「春陵」，原作「春陵」，據文意改。

契合斯文共九州，偶來山閣話深投。境非真見醒如夢，形到忘來去復留。蟹熟更澆娘子酒，官貧須典木綿裘。贈君却有無窮意，坐對烏龍詠未休。

馳逐塵氛十二州，何如良話幾宵投。可人佳境終難寫，過眼韶光去不留。庭草共沾誰雨露，江山清重漢羊裘。浮生老覺知心少，三復留君話未休。

斯文曾未識荆州，多少明珠惜暗投。畫舫莫隨流水去，白雲多被好山留。掃除俗慮新茆筆，披過寒冬老布裘。未了乾坤男子事，幾宜擔負幾宜休。

陪周進士仲鳴謁思范亭小酌成詩 二首

山色空濛晚益奇，看山兩眼欲成痴。梅梢已露春消息，松葉先經雪陸離。馬足未須愁曲逕，鵲巢猶解占高枝。登堂不盡懷賢意，三復留情拂斷碑。

文落湘江范語奇，我來何敢發狂痴。賢聲一代堪尊仰，世運千年幾合離。山擁思亭連佛閣，春藏太極在梅枝。前朝宦跡多淪没，誰爲荒山續舊碑。

天台陳晦光别余二十年，今得舉領官之清流，過嚴，詩以送之

山城入暝問行踪，二十年來是夢中。紅燭喜親今語笑，烏紗新飾舊形容。官卑却有綱常

寄，地僻堪成久大功。無奈相逢又相別，送君清借子陵風。

元妙觀陪張淳安明府、周仲鳴進士諸公夜話

四州萍聚一嚴州，紅燭燒殘話轉投。寒漏未須催夜永，禁門剛好爲詩留。庸言了悟皆甘旨，玄酒温存勝敝裘。歡會莫辭今夕醉，塵氛羈絆幾時休。

得平湖沈楷秀才書

嚴城迫殘臘，客星過我堂。欲語欲不語，手持書一緘。開緘見元式，疾讀下數行。何啻獲珠貝，目過心不忘。我跡烏足數，鴈鳧隨稻粱〔二〕。吾子獨何見，亹亹過推揚。斯學若聚寶，寶積山自光；斯學若浮海，海闊須舟航。遲遲嗟抱璞，渺渺空望洋。孰與登彼岸，孰與發其藏。年馳力不逮，兩鬢忽已蒼。寄語當湖子，何時來我傍。手掬桐江流，共漱千年芳。〔三〕

〔二〕「粱」，原作「粱」，據文意改。羅邦柱先生亦曰：「『粱』，當作『粱』」。（林光《南川冰蘖全集》，羅邦柱點校本，第三六五頁，校記）

〔三〕「芳」，原作「方」，據文意改。羅邦柱先生亦曰：「『方』，當作『芳』」。（林光《南川冰蘖全集》，羅邦柱點校本，第三六五頁，校記）

嚴州再遇迎春 二首

不飲勾芒酒，春空兩度來。寒雲偏吝雨，輕雪欲欺梅。歌舞從兒戲，疏慵任老催。筆端含造化，生意已胚胎。

春到那無酒，情濃却有詩。泥牛占歲事，淑氣轉花期。鳳鳥來何日，鷦鷯只舊枝。未須愁百草，膏雨正絲[絲]。〔二〕

除夕

儺鼓鼕鼕數百家，旱餘山喜暮雲遮。桃符筆底藏春意，簷雨聲中剪燭花。身事暗隨殘臘改，年華都付後生誇。老懷何以過除夕，蟹眼湯烹雪水茶。

新年試筆 庚申

年更新甲子，已未及庚申。雪粒寒飄几，瓊花爛照人。微醺心裏酒，漸放筆頭春。忽憶疎

〔二〕「絲」字原缺，據文意補。羅邦柱先生亦曰：「脱一『絲』字」。（林光《南川冰蘗全集》，羅邦柱點校本，第三六五頁，校記）

頑子，無書慰老親。

新年 二首

雨雪雜飄飄，泥深馬更驕。年高愁客拜，香妙看烟消。陽已逢三泰，詩終愧九韶，何人堪一語，招手唤王喬。

瓦縫珠雪跳，重陰氣尚驕。梅藏香不放，琴凍韻難調。儺鼓聲還鬧，屠酥酒未消。直須風日好，驅馬遍山腰。

賞雪 四首

誰散天花落地來，坐看人世變蓬萊。乘風緩愛虚簷舞，映座偏宜矮屋堆。凍硯頻呵揮老興，紅爐謾撥送深杯。詩翁對此情無限，坐擁羊茸看欲呆。

紛飛正正復斜斜，壓絶喧囂數百家。我得無詩供此景，人誰揮手落天花？堦前屐齒妨穿玉，簷底冰條已露牙。償却明朝清賞興，馬蹄争欲遍天涯。

諸祠遍禱致無由，農事先貽玉食憂。倏忽瓊花鋪地遍，庸知天意爲誰謀？貪看未許堦前掃，凍壓翻疑瓦屋碚。三尺立深供一暝，程門斯道許誰求。

銀星堆擁萬人家，侵曉巡簷興未涯。欲斫瑤臺殘璧玉，更將陶鼎煮瓊花。衝寒不怕山驚馬，忍餓時聞樹叫鴉。莫遣東風便消釋，上元留對月精華。

偶題

拱戟都忘兩手間，平生定力久知難。尋常吠犬無巴鼻，蜀日團團正出山。

再雪 八首

晨風尚霏微，轉盼積如許。陟增數日寒，堪洗六月暑。瓊花爛滿山，玉屑高填土。翻翻惡口鴉，餓死誰憐汝。

寒氣迫窗牖，西風度遥岑。欲作悠揚陣，先開瑣碎音。詩成還擬賦，酒醉仍一斟。元宵屏燈燭，華月照瓊林。

兒童燃新火，喜作元宵遊。寧知三白瑞，可免一歲憂。天機本難測，山好吾何求。緩步尋詩去，回看屐齒留。

飄弄元宵雪，光華十二州。鋪平浮世跡，白盡衆山頭。凍樹還驚馬，春鞭已著牛。期尋赤松子，更語話留侯。

堦前見鵝鴨，飱雪如飡藥。隆冬枯旱餘，渴弄吾矜若。天花萬物喜，吾亦引杯酌。斷可占豐年，不用假龜灼。

烏龍山聳處，便合借一區。上忘空中鳶，下忘溪中魚。頹然依木石，杳杳雜猿狙。對此萬山玉，照我胸中珠。

何處來三益，鄰居無二仲。亂落見天花，清興空自動。剪裁皆六出，巧手知誰用？賦此寄粵人，未見如説夢。

愛此元宵雪，紛飛如蜜群。驚跳時漏瓦，密洒似穿雲。山近寒威重，天低目送勤。誰分春與臘，萬壽祝吾君。

三雪和東坡效歐陽體，限不以鹽玉鷗鷺絮蝶飛舞之類爲比，仍不使皓白潔素等字

揮毫十日手欲龜，雪來惟有手先知。寒雲滚滚飛不盡，況乃獵獵西風吹。斜飄密洒觀未厭，巡簷伏几掀吟髭。積陰未散日復日，簷溝塊磈生冰澌。寒林粘積凍欲折，巢散幾恐傾高危。未容層峰露蒼翠，光照老鬢明絲絲。喧囂静壓似太古，棄置紛冗吾何爲。堦前松柏氣猶傲，虯枝鐵幹相撐持。賣薪買米村落子，褐破未足遮肌膚。窮簷忍餓凍欲死，那得戲弄如市兒。人言

雪本爲祥瑞，在臘可喜春非時。我疑元宵景最好，嫦娥亦欲張簾幃。八方遮蓋塵土净，萬寶映照仙容姿。浩然作詩寄清賞，凍硯呵液光淋漓。聊揮幽興落小草，獻賦未擬趨彤墀。雲牋書破數十幅，蛟龍戲舞風披披。群山小霽景殊絶，我馬未駕心先馳。登高如出渾沌世，呼酒安肯辭深巵。頹然一醉忘物我，魚鳥下上應相隨。未信嚴城少佳似，會須折簡一招之。

尋梅 四首

尋梅向何處，步入晚山稠。澗曲香風細，峰迴逕路幽。疎枝明雪霽，落日帶烟浮。廢寺空遺址，逢人問未休。

遠樹人知少，新晴我獨來。扳崖時繫馬，解帶欲揮杯。玉蕾還藏艷，冰魂未染苔。孤山終是淺，安得此胚胎。

出郭亦未遠，香風傍馬來。英華浸山靄，蓓蕾照溪苔。竹近遮還露，蜂忙去復回。安閒無限意，秖恐被春催。

山近雲常覆，林疎竹半遮。幽香和露滴，瘦影蘸溪斜。細認天機妙，翻愁卦畫差。何人還賣兔，試與問東家。

嚴之天寧寺舊有瀟洒亭，今廢。偶讀志書，見錢公可則詩，因和之

亭廢逢僧未問因，後人誰復繼前人。我來景物還瀟洒，不解行春且醉春。

和東坡日日出東門

萬物春已動，吾心亦天遊。我遊宣我樂，出門復何求。萬事如一夢，空懷百歲憂。梅花已露萼，雪汁流未休。春風一盃酒，何必萬户侯。遲遲信我馬，歷歷隨山丘。安能出層峰，數盡十二州？

相盧吴浩然居士過訪

不踏州塵三十年，爲誰扶杖過山巔。墓廬免服形還瘦，城市逢人禮未便。叉手春風應得計，撒花亭子豈論錢。明朝仲氏詢行迹，曾假南川一榻眠。居士久不到城，今來見余。其弟亦欲來見，以足疾不果。又余擬搆亭嚴之北高峰，居士欲助其小費云。

遊玉泉寺，用杜工部登四安寺鐘樓韻

西北參天著諸峰，山門未入已聞鐘。步窮石拂三千界〔二〕，心醉林花幾百重。欲向巔崖揮老筆，更窺泉影認衰容。年來萬事俱灰滅，祇有看山興未慵。

陪仲藩幕暨别駕公遊玉泉寺，座中賦

重馳我馬度雲屏，醉眼看山又一醒。玉乳源頭皆入酒，仲家兄弟總忘形。頹然坐石從林泛，莞爾逢僧話性靈。無限風光吟不盡，夕陽低照萬山青。

陪二仲遊天寧寺，席上賦

薄暮肩輿索翠屏，東巖誰復問惺惺。三春花鳥催行樂，大地山河總露形。笑把新詩參佛偈，休將雜劇惱山靈。宦遊敢謂無知己，伯仲相看眼最青。

〔二〕「石拂」，疑應作「石佛」。

贈别仲與正

春半千峰列畫屏，别君宜醉豈宜醒。偶來此地非無謂，共話天機到未形。對景欲隨仙鶴舞，唤晴須信鵓鳩靈。塤篪吹滿嚴城月，傾盡淮南竹葉青。

僉憲仲與立以織金青紵絲團領留别，詩以奉謝

换却綈袍坐冷氈，青絲金譜尚鮮妍。留衣今日昌黎子，笑把南川作大顛。

贈别駕仲與立陞廣西僉憲歸省

相逢斯道正忘懷，天語飛傳下玉階。汗血神駒終遠到，夜光龍劍豈沉埋。嚴城轉盼留聲迹，西廣行看掃瘴霾。祖母白頭須令伯，先馳憲節照江淮。

舟中餞送仲僉憲，用前韻 二首

送君何處盡吾懷，瞻望天衢未有階。畫舫却嫌流水急，好山多被白雲埋。已教酒裏傳真意，未許胸中著寸霾。趨餞莫言來未遠，此心先已傍清淮。

送送桐江欵老懷，七龍七里級如堦。崖懸象鼻山全瘦，灘漱狼牙石半埋。峽雨黑來催晚句，船燈紅燃破雲霾。還家試把萊衣舞，莫放吾詩播兩淮。

石壁月夜餞邢揮使之東甌把總

兩峰高拱月團團，蕩漾金波弄急湍。未許東甌催劍戟，更依嚴瀨倒杯樽〔一〕。情鍾故里舟難解，威制倭夷膽合寒。山色空濛花氣滿，送君知上幾重灘。

次韻贈分水何軾秀才

著眼迂疎有幾人，投詩拜我子情親。立門莫問雪三尺，慰旱初沾雨一新。舒卷風雲心裏易，酌量杯酒意中春。翠交不盡庭前草，歸去應須會入神。

〔一〕「嚴瀨」，原作「嚴漱」。嚴瀨，即嚴陵瀨，在浙江銅陵縣。相傳東漢嚴光隱耕於富春山，後人將其釣處名爲嚴陵瀨。因改。羅邦柱先生亦曰，「『漱』，似『瀨』字之誤」。（林光《南川冰蘖全集》，羅邦柱點校本，第三六五頁，校記）

輓詩

憐君不識面，操筆若爲情。載誦閩賢誌，還爲楚些聲。掛冠終爲母，辭禄豈要名。更問生前事，知非是亦醒。

次韻周仲鳴進士題便面見寄

春婦還聞戒老萊，江山亦未厭凡才。春陵道脉毘陵子〔二〕，又送清風入手來。

輓詩

誰置生芻到墓前，夕陽芳草漫浮烟。無情尚有天邊月，空照毘陵水一川〔三〕。

〔二〕「毘陵」，原作「昆陵」，形近而誤。周仲鳴爲毘陵人。

〔三〕「毘陵」，原作「昆陵」，形近而誤。

鄧林芳意八首，爲鄧侍御

涿鹿鍾靈

亭亭獨鹿峰，涿水巧相敵。何能生偉人，試與問銅狄。

桂筵稱壽

桂影照三秋，親齡連甲子。不用舞斑斕，象笏拜朱紫。

三晉望雲

驄停太行上，心繞獨鹿下。遥遥見飛雲，徘徊泪沾洒。

兩浙觀風

浙山高崔嵬，浙水清繚繞。廓然霽風霆，孤月生夜照。

錦誥貤恩

雲章落霄漢，煌煌賁天語。存没俱銜恩，龍鸞翔棟宇。〔一〕

書香衍慶

大雅久荒蕪，伊誰事編劖。承家有正傳，光輝生蠹簡。

宦譜馳聲

宦轍三名邦，休聲殊未已。大書又特書，他年問青史。

蘭舟惜别

秋光畫不如，别舫還堪繫。歸期啟皂囊，天高紅日麗。

〔一〕「棟宇」，原作「凍宇」，蓋以音、形相近而誤，據文意改。羅邦柱先生亦曰：「『凍』，當作『棟』」。（林光《南川冰蘗全集》，羅邦柱點校本，第三六五頁，校記）

陳僉憲嫡母呂氏輓

瀧岡重打墓前碑，想見高堂屬纊時。八十八年休便問，至今明月詠螽斯。

題偃薰樓

小架層樓敞兩扉，南薰無日不吹衣。北窗高枕今陶令，不似他年夢裏歸。

題聚遠樓

試問桐陽聚遠樓，浮雲身計幾宜休。主人争恐青山笑，解組歸來未白頭。

送詹秀才還鄱陽

含情千里睦州來，郡伯堂西帳小開。讀禮投閒還講《易》，望雲揮淚幾登臺。山涼夜露舟剛發，溪滿秋宵月共陪。百尺竿頭須進步，不愁平地不風雷。

吴少參繼母武氏輓

德門歸配已愆期，四十孀居節未移。心貯夫君垂絶語，力扶兒輩未逢時。懸燈機織秋蟲怨，傍月砧敲極影欹。欲識龍章褒善意，虎頭山下讀遺碑。

靖安尹吴翼之輓

少年鄉榜解争魁，京國擔囊幾往來。日月階梯探吏部，雲霄步武謝風雷。專城已把牛刀試，枕塊空驚鬼録催。弔屈何愁無賈誼，楚雲湘水自生哀。

嚴州試諸生

西漢淳龐有古風，文衰八代孰稱雄。滿庭烟雨滋芳草，何處江湖起卧龍。兩袖長來終善舞，一源參透自能通。靈丹袖手空慚我，點鐵誰收造化功。

承巡按鄧侍御旌奬檄至 二首

臺書旌奬及儒官，鼓舞斯文聳衆觀。捧檄未同毛氏喜，向人羞擬貢彈冠。雨餘庭草還無恙，秋霽雲山尚耐看。點檢平生男子事，受恩容易報恩難。

花壓烏紗酒滿罍，遠承恩禮自霜臺。時經秋社和農醉，節近重陽趲菊開。身事無端雲漠漠，老懷何繫野恢恢。簪頭却記前朝鵲，故向詩翁噪幾回。

候巡按陳侍御秉衡先生兼奉贈

貨馬桐江莫買舟，踟躕端欲爲誰留。未瞻顔色心先醉，既接風光願始酬。雷電轟來山嶽動，妖魔消盡鬼神愁。邊塵北顧無多事，經濟何時話更投。

南川冰蘗全集卷之十一

詩

新拜國子博士，將復北遊

掃謝塵氛數百端，此身蕭散似無官。經名有五何曾博，心本無多不放難。白髮少侵猶耐老，緼袍雖敝尚遮寒。倦遊點檢行邊債，東嶽西山兩未看。

方伯孫先生居憲長時論薦，官遷國子博士，代書奉謝四首，先生名德輿。

白首青天總不疑，片言飛奏感明時。先生遠過臧文仲，賤子何如柳士師。丹汞鐵頑歸點化，陽春物育本無私。他年進學追韓解，肯誦饑寒負所知？

骨相非侯我不疑，釣臺來伴未多時。明揚誤入賢臣疏，迂拙猶慚僻郡師。恩旨有情遷職業，篇詩無路達吾私。銅缾笑汲嚴灘水，更插梅花獻所知。

殘山剩水老無疑，未識先生已識時。知己最難逢此日，暮年何處覓吾師。雲龍上下歡相逐，茅茹牽連豈自私。祇恐烏龍山笑我，括囊那得有人知。

忠誠爲國果無疑，有位其如更有時？名器顯傳三世業，人龍何止一方師。神雷鼓舞風皆動，甘雨霑濡物自私。誤檢衰殘歸藥籠，了無伎倆答公知。

將別嚴州，留別諸友 二首

出門信步亦何疑，宜止宜行各有時。塵俗隨流皆下策，天君能主即嚴師。千年自合留雙眼，一敬端堪破萬私。但得手中龍劍在，何愁光焰少人知。

纜解沙鷗且莫疑，溪梅剛遇放花時。諸君試共參天意，釋子還能禮祖師。山色留連皆惜別，風光過取不嫌私。他年歸問桐江路，却把嚴光作故知。

承提學憲副邵國賢冬夜見訪

憲節傳呼破暮烟，山城寂寞幾燈燃。袍充茜褐顧何少，心洗嚴灘詩更便。啜茗欲留三鼓後，論交翻憶十年前。西江行握斯文柄，會有賢聲到耳邊。

拙菴

萬事皆從巧裏生，此軒高扁拙之名。無懷既降時全别，混沌開來世幾更。太樸不華慚粉飾，了無他技過昇平。何須更訓陰陽術，笑傲虚窗醉復醒。

題樂山卷

我昔持衡向閩東，閩山青擁數百峰。一朝直上鼓山頂，海濤千頃揚天風。喝水巖前發長笑，至今夢想青原中。文山義水在何處，層樓高揖烟臺雄。烟臺之中數十仞，浮空積翠看無窮。春風蕩摇花爛熳，暮雲映帶溪冥濛。山兮雲兮千萬態，筆端孰與收天工。少年公子氣如虹，觀山耿耿留雙瞳。倚樓盡日開簾櫳，有時放歌偕兒童，有時載酒呼鄰翁。頽然一醉拍兩手，海光山色磨青銅。

正月六日，發嚴州、過釣臺，留贈餞别諸友

送送桐江日暮時，深杯入手豈容辭。人情却向分攜驗，山色偏留别後思。花鳥更催諸子醉，塵氛莫遣此心移。漢庭多少繁華事，争似嚴光一釣絲。

過錢塘江

曉日融融蘸碧波，愛人烟景可勝多。山分吴越潮吞吐，帆駕風濤春一初。是日立春。裘敝篷霜寒却犯，詩成塵硯涷仍呵。扁舟罷釣沙頭泊，却羡漁翁枕短蓑。

舟早發富陽，順風過錢塘江，望見江頭。忽然風轉，舟阻沙際

人事天機洞可觀，霎時容易霎時難。順流未覺潮頭險，逆境方知海口寬。遠岫雲開高突兀，漲沙風捲去瀰漫。呼童暖倒磁瓶酒，笑看輕鷗弄急灘。

山抱錢塘總可觀，丹青着筆亦應難。風波變换雖無定，心地閒來自覺寬。屏嶂北排烟漠漠，潮流東去海漫漫。洪濤奪岸吞灘舌，勇羡篙師撑急灘。

近山亭 在杭清軍察院。

亭傍青山山傍人，烏臺風致敢誰親。虚簷石怪看將舞，疊砌梅欹恰放春。揮翰動驚雲霧擁，入懷常覺畫圖新。虺蛇誅滅惟修竹，洗盡繁枝着數根。

承田地曹見邀，先至西湖保叔寺，候任侍御張冬官偶賦

肩輿軋軋傍湖弦，貪愛春光在客先。山色忽開心裏景，湖波摇蕩鏡中天。梅花慣識林和靖，樽酒堪呼李謫仙。一勺山腰泉未試，迫人詩思滿雲烟。

飲普光寺，坐中走筆，用前韻

聒人休更弄三弦，野寺尋春是最先。老樹精應還識我，東巖僧亦解知天。投壺例盡樽中醁，弄筆真成醉後仙。莫羨杭燈照歸路，團團孤月出寒烟。

嚴州留别郡伯

分符三載離京畿，問治看公後繭絲。千里争誇誰政猛，萬民應識此心夷。官卑禮數承寬假，道在行藏敢背時。杯酒桐江催纜解，不隨花鳥怨春遲。

題蕭僉憲君親覲省卷

綱常任重寄吾身，上有明君下有親。一事却求兼二美，寸心端合質諸神。緋袍待轉金門

漏，舞袖翻回蜀道春。點檢平生扶善意，更將忠孝許何人。

題蕭僉憲便面

舒卷都歸掌握中，行藏無意任遭逢。斯民憔悴如煩熱，消得先生幾扇風。

贈四川陳僉憲

相逢一笑便歡然，却似神交十載前。知己非關天下少，置身常恨仕途偏。古來豪傑多西蜀，近喜諸賢萃浙川。片語能令肝膽落，口碑終見萬人傳。

承提學憲副趙先生以詩見贈，次韻奉答

文字官閒傍釣臺，三年兩迓憲舟來。先生迴出師模表，我輩終非國士才。玄酒未澆燈市鬧，單衣仍把木棉裁。北遊帶得春風去，紅白花應次第開。

紫陽菴弔丁野鶴，用蔭天錫韻，是日同任侍御、張王二冬官、婁春曹飲亭中，遇雨

蹁跌全不露靈威，休問今生是與非。巖洞藏來天地秘，坎離交處命根歸。林疏石擁千層怪，春早花無一片飛。恍惚蜃樓今日醉，雨中何怪幾寒衣。

別杭州，承任侍御餞送至北新關

陽春襟度變霜臺，十日杭城幾往來。扶善看公伸赤手，有容當世豈無才。畫前《易》却須參透，删後《詩》真費剪裁。晚雨關頭遠相送，百年懷抱一時開。

別杭州，留贈田景瞻地曹

論心江浙幾亭臺，却喜君來我北來。三竺休嗟虚近約，八閩曾忝舊掄才。關門別酒連朝瀉，篷底新詩帶雨裁。相送扁舟忽相失，東吴千里布帆開。

經三過堂

森森松檜護亭臺，又拽官舟檇李來。僧夢一空西蜀老，堂誇三過子瞻才。瀰漫隴麥苗初覆，肥澤園葵葉未裁。安得風流任御史，翠雲深處一樽開。

平湖顧能輓

塵埃真解白人頭，一蓋楠棺萬事休。飫炙誤同工部醉，騎鯨疑逐謫仙遊。催徵歲晚糧羞辦，吟弄身前句苦投。伯氏天倫恩素厚，新阡遲卜信何由。

水部正郎傅曰會招飲姑蘇官署，適紅梅花蕾滿樹，一朵初放，座中走筆

蓓蕾含春醉未醒，纔開一點最多情。精神却恐忙邊忽，風韻從知瘦更清。色混夭桃紅自別，香浮夾蝶舞來輕。花神未識真何意，却費吾詩仔細評。

贈陳剛舉人

難將禿筆訂行藏，二十餘年鬢各霜。光範三書休更問，毘陵春酒勸君嘗。

梅花清艷半猶藏，未肯春初犯曉霜。白首欲諳當世味，山林城市儘須嘗。

京口再贈陳剛

連朝拏短棹，追送及江天。應世機須活，虚心善更遷。詩成魔尚在，衣敝肘還穿。欲借中泠水，醒君幾醉眠。

京口三贈陳剛

睽離二紀各心傾，逆旅相看即弟兄。杯酒話窮三百里，晨鐘撞破幾年情。江波遠照金山影，酒舫飛摇瓜步旌。莫放高談驚俗耳，此身原屬舊科名。

過邵伯湖

風壓雲帆片片斜，湖邊星散幾漁家。烟含柳眼春猶淺，鷗浴蒲梢水未賒。舴艋回時呼賣蟹，夕陽低處見翻鴉。詩成欲誦無人會，挑落船燈幾點花。

高郵湖

長堤疊砌遶灣斜，知役丁夫幾百家。帆駕長風真自快，瓶無餘酒便須賒。雲開遠見天邊樹，詩就狂塗紙上鴉。風景滿前吟不盡，𫚉鷗輸駭浪翻花。

寶應湖

連過三湖日未斜，天教清興發詩家。何嫌順境風濤壯，更愛扁舟眼界賒。角角蘆根呼水鳥，翻翻帆影散堤鴉。春波閃爍摇晴日，添得南翁兩眼花。

過恭襄祠道院

恭襄祠下繫舟遲，竹獻清森石獻奇。久坐虛亭花未放，壁間留誦石齋詩。

上棗林諸閘

酒杯誰共領風光，一日春催一日忙。閘水添疑潮奪岸，燕泥融訝草生香。丹心未逐風旗舞，暮景何堪道路長。世味嘗來今更熟，了無清思入詩囊。

過臨清

一線漕渠幾尺深，往來南北日駸駸。風塵乍慘今朝目，閘水狂驚昨夜心。春半尚無花可賞，詩成那許酒停斟。邊河楊柳初舒眼，安得黄鸝送好音。

河西務阻風，適王冬官以和趙秋曹雜詩見示，遂用韻紀懷九首

午夜呼號直徹明，夢魂驚撓不曾清。浮埃滿眼河西務，又阻扁舟一日行。
飛飛白紙掛墳端，寒食人家火已鑽。敢怨顛狂淹去棹，却愁風定百花殘。
函谷西封欠一丸，閒愁關係正無端。風埃曾洗清明雨，老我尋芳興未闌。
扁舟北上任遲遲，身計升沉我自知。静掩篷窗聊飽睡，却憐分減好春時。
撓亂詩懷幾許清，浮雲遮隔日微明。東君轉盻回轅去，滿耳池蛙草自生。
飛步相將到玉堦，人間塵土未沾鞋。篙師莫與風師敵，斂棹篷窗供佛齋。
剛風獵獵鬢絲絲，添得行囊幾句詩。花鳥未酬今日興，尋常又到暮春時。
春深風伯意何如，亂攪浮雲泊太虚。我亦懞頭安敢訟，白雲聊寄廣東書。
黄埃滿眼正愁人，疲乏篙師打號頻。何似知難先退步，名花留得幾分春。

入京

衰顔羞照潞河清，行盡東南數十程。卜任何妨排甲子，看花剛好及清明。黄埃未染心先怯，白晝真愁夢未醒。夜雨欣逢一開霽，馬前千嶂擁都城。

次韻李禎伯秀才面侍方石先生索贈 二首

獨樂誰家更買園，天台一老興猶存。生忘水月梅爲侶，步破苔莎竹有孫。閲世却留吾眼碧，救時終感聖言温。南圯北浒花栽滿，甘雨和風總是恩。

紅紫争春正滿園，幾番風雨幾枝存。乾坤運化開還合，銅狄摩挲子又孫。老鳳自應知否泰，冥鴻先已識寒温。峩明白首渾無語，携手難來叔向恩。

出安定門偶至華藏寺

厨烟初散曉風涼，獨自鞭羸到上方。僧井水甘初試茗，佛堂爐冷更燃香。摩挲老眼尋丹壁，搭颯麻衣掛麥芒。欲問山門興廢事，古碑無字枕頽墻。

次韻周文都送蜀葵栽 二首〔一〕

反舌無聲夏欲窮，野蒿滿逕鬧芳叢。名花移植根猶淺，未許柔苗戰亂風。

何限天機話未窮，翠交庭草茂叢叢。向陽已識葵真性，長養還須花信風。

卜居

誰家庭院雅宜詩，揮盡行囊亦不辭。清興每因塵俗減，虛名多誤貴人知。堂思杜甫流離日，園想温公獨樂時。步步風埃疲老脚，懶隨曾點浴乎沂。

遷居 四首

拈弄天機幾句詩，抛梁那更用新辭。庭供午枕花饒笑，門換春風燕未知。香裊篆烟簾捲後，白生虛室坐忘時。藩籬撤盡無遮碍，樂地何須羨魯沂。

一度花開一度詩，青氊雖冷亦何辭。門庭潔處人心別，世味嘗來鬢脚知。納盡簾風炎暑

〔一〕「周文都」，原作「周文郁」。周京，字文都。周文都爲陳獻章弟子、林光同門。因改。

日，步低簷月醉醒時。宮墻數仞無由入，魂夢年年遶泗沂。

佳境纔拈更有詩，六經何用贅浮辭。重門晝掩真長策，白月宵臨即故知。居偶寬涼容展步，事無牽强但隨時。明朝策馬都城北，吟弄西湖當浴沂。

浣花溪裏草堂詩，山水空懷子美辭。庭户偶堪供起倒，市廛那惜斷聞知。磁甌酒瀉歌吟裏，柳筆風生酩酊時。誰道文房關閉密，也容歸夢過淮沂。

移居且彌月，舊主遲遲未去，詩以促之

變换門庭更買新，休論誰富更誰貧。梁間已换來巢燕，榻外那容鼾睡人。兩耳豈堪聞毁瓦，千金猶欲買比鄰。我來暫作栽花主，莫怪晨昏吠犬嗔。

西廳候試諸生，呈堂尊方石先生

堂堂胄監萃儒冠，虚席公來衆盡安。言志何嘗非善誘，較文那謂啟争端。塵埃望雨真如渴，花木逢春自可觀。笑我衰殘無一技，也隨桃李育橋門。

西廳寫懷

逢人羞更語彈冠，寄跡賢關席未安。去脚驅馳春已暮，浮雲揮掃事無端。芝蘭逕裏風微動，樞斗天邊夜聳觀。放筆自歌還自笑，塵埃滿眼拜誰門。

贈林仰之遷南京國子監丞

叉手東風月一更，我來君去最關情。天機轉弼南都教，人事難逃月旦評。四海英豪頻屬望，八閩衣線念非輕。鄉書首發他年解，誰道吾儕眼亦明。

代贈仰之子

笑將圖畫寫睽離，畫不能言更著詩。山色高低催去棹，鶯花撩亂倒深卮。雲霄有路看飛翮，經典何緣托舊知。蕩蕩薰風吹葛袂，别時先已計來時。

楊子山行人奉命有事於武岡親王，將便道歸省，來敘别，詩以奉贈

雨脚初收日向低，哦詩斟酒惜分携。庭花喜聽鄉音笑，櫪馬如留客子嘶。使節仰瞻衡嶽

近，天香持過洞庭西。萊衣歸舞羊城月，樂事真堪滿卷題。

賀周文都得子〔一〕

都城產子甫勝冠，十八年來又此歡。笑我兩叨湯餅會，他鄉仍作故園看。一門譜績宗支茂，九地心知伯氏寬。向老銓專還展限，天留福地在長安。

同唐榮夫大行人、余宗周侍御過馬文明中舍西軒小酌，席中賦二首

薰風暑汗正沾裳，邂逅還來共此觴。冰碗凝寒摇日影，荷筒分竅吸天香。庭花總有催詩意，鳥語渾如笑客狂。多謝諸公能愛我，欲揮餘興上軒墻。

面面清風洒葛裳，麻姑陳酒更盈觴。宜男砌草迎人緑，菡萏盆荷稱意香。筆底敢降今日敵，胸中無復少年狂。阿誰繪得閒滋味，幾片丹青掛短墻。

〔一〕「周文都」，原作「周文郁」。周京，字文都。周文都爲陳獻章弟子、林光同門。因改。

次余空夫侍御韻

解帶風軒小坐時，雨餘花草正撩詩。淋漓墨汁書乘醉，屈曲荷筒酒及遲。握手傾心非偶事，忘形如我是何誰。官閒自笑無羈絆，踏月歸來亦不辭。

答馬中舍 二首

偃卧空庭月滿裳，陶陶曾未引杯觴。圖傳周子元無字，梅寫林逋尚有香。夜合烟消栽漸長，蕡麻風逐舞還狂。眼中新得知音友，折簡難呼入我墻。

亭午方將瞌睡時，洗心又領一番詩。閒來弄筆君應捷，老去論心我自遲。廣大橋門容吏隱，摩挲銅狄記人誰。開樽夜夜看明月，掃盡支離誤世辭。

六月苦雨

電掣風馳變霎然，滿街流潦漲如川。人因屋漏多嗟雨，我願年登欲補天。違濕五遷窗榻外，燎衣三易壁燈前。丈夫恥作安□□，□□□□□萬年。

太傅沈文華招飲蘇魯麻酒

殊方傳釀得新醅，糯麥融成造化胎。風韻祇憑葭管透，陽春疑似蜀江來。罈封未許詩人剖，糟粕常令盞水催。俛首何妨作牛飲，汙樽争挽古風回。

題逸老堂卷

雙眸窺破覆前車，吏隱心藏入仕初。墨髮歸來忘此世，青山依舊統吾廬。尋詩野寺遊應慣，看竹鄰家到亦疎。逸老堂空觀化後，松風泉韻自長歔。

次潘孔修秋官懷南韻，時孔修乞南畿便養，兼致贈别意

老去耽詩亦是魔，懷南滿卷聽吾歌。心懸手線鶉衣綻，目斷秋雲雁影過。八十慈顔應悵望，三千歸路易蹉跎。爲忠爲孝男兒事，未許人推艷語多。

再次潘武庫恩迎韻

積雨深秋快一晴，聖恩新領出都城。便親子懇陳章疏，養志人多托弟兄。日薄西山催令

伯，官行南國慰初平。李初平也。梨黄棗赤堪携酒，更續陽關第四聲。

贈別沈文華太博遷遼府長史

官寓橋門傍帝墀，塵埃幾度振皋比。經生喜授西川易，王相新推太傅師。江水屈蟠荆郢遠，雲霄環顧楚山卑。尋常語泄天機妙，却憶夫君首肯時。

贈李大使將致仕南歸

從事勞勞鬢已絲，雲間歸去樂何疑。逡巡酒壓荔枝熟，骨董羹調蜆子肥。世路魔來多險阻，官堦夢破任崇卑。秋風却羨天邊雁，也解隨陽到海涯。

贈別諸用昭助教遷鄭府太傅

聖恩初拜出金鑾，便買仙舟逐急湍。藩相尊推中土貴，帶花光變舊氊寒。三千豈謝程途遠，八十難忘母子歡。紅樹白雲秋似水，餞君深欲拉同官。

對鳳仙花

墻角株株得意時，能紅能白看成癡。清秋坐轉虛簷日，我亦如花花不知。

奉慰相國李西涯先生喪冢嗣

造化小兒没定期，倒横直竪報遲遲。唐侯縱有朱何托，魯叟能無鯉也悲。看破《西銘》恩自普，驗窮《周易》吉多違。廟堂棟柱先生在，肯怨秋風哭我私。

雪中追和東坡韻 八首

絮粘枯樹鬧饑鴉，載酒過門問小車。屐齒每嫌穿碧玉，陶鐺端欲煮瓊花。剡中夜舫殊堪畫，驢背詩情却到家。老我都城興無限，那錢買醉不藏叉。

紛飛撩亂撲朝鴉，老婦貪看駐紡車。三白果堪登百穀，一香何惜讓群花。光添玉宇無邊景，清變都城幾萬家。坐擁羊茸揮老興，凍呵寒硯手頻叉。

凍筆狂提謾掃鴉，跏趺忘却紫河車〔二〕。連陰未識天何意，積瑞貪看眼欲花。倏往忽來憐剡曲，淺斟低唱是誰家。衝寒便欲鞭羸去，踏遍皇都路幾叉。

寒林凝重墮翻鴉，更恐通衢汙輾車。陰積何愁膠地軸，冬深亂落愛天花。兵踰蔡壁奇誰策，茗煮瓊瑤笑我家。求道何人心似鐵，立深三尺手還叉。

凍拈詩筆指纖纖，時到隆冬氣自嚴。三白依稀呈國瑞，半空摇漾洒吾鹽。瓊瑤奪目皆填市，玉筯凝冰已掛簷。會見晴無雲一點，西來看盡萬峰尖。

天機誰與辨毫纖，歲紀庚申憶在嚴。葭管欲飛冬至節，梨花飄雜水晶鹽。寒催皎兔逃三窟，饑困烏鴉傍暮簷。酒落詩腸醒復醉，蛟龍驅舞筆鋒尖。

軒冕浮雲藐若纖，羊裘大澤釣輸嚴。吟看匝地光浮玉，坐恐周天誤雨鹽。瞑目伊川尸講席，齊腰釋子立窮簷。白頭吏隱橋門下，詩到忘新不用尖。

浮雲全不動毫纖，争識元冥令最嚴。千首杜陵高格調，兩年白帝困薤鹽。杜云：「去年白帝雪在山，今年白帝雪在地。」磁甌索醉那辭酒，鳩杖扶衰更遶簷。何處梅花堪放艷，風刀刮面利尖尖。

〔二〕「跏趺」，原作「跏跌」，據文意改。羅邦柱先生亦曰：「『趺』，『跌』字之誤」。（林光《南川冰蘗全集》，羅邦柱點校本，第四〇六頁，校記）

平湖孫吉夫尹旌德，朝覲入京，投詩見贈，依韻奉答 四首

部書方有禁，馳馬欲何之。未盡無生話，還留别後思。元燈將放夜，春雪正深時。老我頭從白，青天不肯私。

旌德來新尹，平湖憶舊詩。試君黄甲手，老我洞霄祠。易簡民應便，剛明法更宜。相逢畏相别，莫訝出京遲。

亭依湖水闊，池引鏡珠連。宦跡今應泯，詩題亦偶然。論心逢故舊，樂事憶他年。兩地能相照，中天月正懸。

煖日開燈假，都門駕傳車。草青春立後，杯弄月圓初。心遠誰無累，官忙政易疏。輌書稱寡欲，一語更無餘。

郊齋宿西廳 二首

鐵鼎烟飄一線青，夕陽拖被向西廳。寒聲攪樹風驚夢，陰氣藏春月滿庭。裘擁木綿灰百慮，枕殘糟粕謝遺經。希顔却有心齋樂，木榻無勞笑管寧。

高柳疎槐未放青，又逢郊祀潔西廳。春禽弄曉頻移樹，殘雪堆寒尚滿庭。眼底摩泥空佛

界，鼎中龍虎驗丹經。頑陰消盡陽和滿，天宇依然自泰寧。

虛齋

喚回塵夢謝迷途，浄掃齋居一物無。春晚厭聞鶯語鬧，夜深惟愛月輪孤。山低地僻看麋鹿，竹茂桐高長鳳雛。記取洪城一留諾，十年詩債寄三衢。

贈永嘉令汪進之

折簡重開翰墨香，知君襟度定非常。燭花未領春宵話，馬足何堪部檄忙。眼底牛刀初試刃，斗間龍劍已騰光。新鶯細柳迎歸旆，也著吾詩入錦囊。

贈方純吉進士尹平陽

眼運尋常欲倒床，扶衰餞子更稱觴。筆端未點無生話，酒面先浮蘇合香。天上朗星明浙水，手中花柳隘平陽。簿書莫廢横琴樂，看續扶溝舊日□。

贈别鍾元溥黄門歸省

高堂鶴髮正垂絲，司諫能忘囑别時。幾載望雲勞遠夢，三春抗疏訂歸期。君從臣有寧親旨，兒抱孫歌祝壽詩。稱意人間惟此樂，送君真動百年思。

贈林思紹侍御出守姑蘇

侍御還持刺史符，贈君那得一言無。鶯花别瀉春杯滿，詩卷催題夜月孤。寬猛掄才須子產，東南何地更姑蘇。他時惠澤沾群品，來聽吴歌傍太湖。

贈楊判府之九江

匡廬千仞枕湖光，郡治堂堂面九江。皂蓋未須輕判府，白雲聊爾勸耕桑。緑肥草上看朝露，雨霽花前嗅晚香。莫惜都門一留醉，扁舟明月向潯陽。

送高判府之臨江

曾於玉笥卧山窗，約定金牛酒一缸。桃月無緣償閣皂，送君飛夢又臨江。時當暖活花争醉，語似丁寧燕幾雙。何物可爲三府贈，試看顔子問爲邦。金牛，洞名，羅一峰讀書處。余嘗與一峰至玉笥，擬遊閣皂，不果。

贈三縣博之官

送錢道載之石埭

堂堂典教領新除，爲禄何官得似渠。正己莫忘温故語，誨人還讀自家書。池芹緑滿春回后，壇杏香浮雨過餘。平地風雷難料度，鯤鵬元是北溟魚。

送劉子仁之義寧

俗習憑誰一破除，綱常倫理正關渠。斯文筆下能明道，光範門前莫上書。逢掖肅隨晨鼓進，吾伊深入夜鐘餘。樽中有酒氈何冷，泮水清深看躍魚。

送余昌期之漳平

烏紗談笑一官除，年少功名豈負渠。僻地何愁無俊傑，小庠剛好了經書。尋常草偃風行後，千萬山看雨過餘。薄禄總堪供伏臘，不須彈鋏更歌魚。

贈别錢伯瑞通判之慶遠

柳花飛舞酒盈觴，萬里官程道故鄉。晝錦蹁躚迎阿母，春風談笑判宜陽。醫扶患卒恩堪想，安輯諸蠻古有方。陳堯叟事。疊嶂危峰遶灘水，山郵吹角迓來航。

次韻答從弟永錫 二首

中星虚照廣南東，何處文明有見龍。夢想西周曾至鳳，化行東漢亦臨雍。兒曹未用啼杯飯，弟子猶蒙養萬鍾。却愧名銜叨國士，草間曾未動微風。

何時健步走西東，笑子頻年學卧龍。沃產總堪償酒債，白頭端幸際時雍。冰盤醉縷銀絲繪，午枕驚回社廟鐘。子亦能歌孫解舞，也應忘却膝頭風。

次韻答族姪子逢秀才

烏飛兔走自西東，三十餘年認降衷。風韻悟尋糟粕外，鳶魚飛躍有無中。卷舒已覺非成算，渣滓真愁未化鎔。何日一樽仍對子，滿船明月蕩溪風。

賢書日問廣之東，京國無緣遇子逢。未信文章憎命達，還將老眼對天公。虛名儘道忘羈絆。闊論堪愁誤聽聰，赤手伊誰扶聖教，高卑兩過各歸中。

石鼓歌 次韓退之韻。

石鼓石鼓是伊麽，元和曾發昌黎歌。籀文每於紙上見，未覩遺跡真如何。郊齋整步入孔廟，儀門儼肅森戟戈。門開拭目快一覩，古哉不省誰鐫磨。蟲紋鳥跡尚可讀，刻畫宛轉周列羅。往昔誰揮霹靂手，山骨斲削窮嵯峨。磨礲樣製樸且古，牽挽知在何山阿。捫摩盡日不能去，凍手伸縮袖且呵。茫然少遂好古願，未暇較檢傳謬訛。俗碑豈復堪着目，粉飾富貴堪殊科。翔雲千仞思鳳鳥，平地恍惚驚黿鼉。大篆小篆變秦漢，有如木植分枝柯。蒼頡去我幾千載，日月抛擲忙如梭。惜哉石鼓辭匪陋，收拾不得聯委蛇。傳聞或謂文王鼓，甲子失紀亡羲娥。掛一漏萬人恒爾，退之何苦淚滂沱。又聞周室陵夷後，宣王振起臣工和。大開明堂敷政治，急於惠澤寬徵科。揚兵大蒐肆武藝，誅獲論功懲寡多。桓桓將卒似彪虎，大車乘載驅馬駝。論功頌德鑱獵碣，誇騁未見言辭過。選譔應知非一手，詞臣才士相切磋。奇哉史籀字畫古，三折未論作一波。元和好古韓博士，請置孔廟安不頗。五季之亂十亡二，彼物難保況其他。信知物聚終散棄，風燈泡沫從姘娿。民間穴孔作舂臼，皇祐向子重摩挲。金元遷燕置孔廟，於今尚幸供吟哦。我來官踵韓子後，賡歌不博羲之鵝。太上立德乃不朽，有形終壞理則那。古來烜赫照後世，身前晦屈多坎軻。我因石鼓重增感，丹衷耿耿明星河。願言努力各鞭策，聖途萬里休蹉跎。

答袁藏用

長安迢遞一書傳，侃侃相催據格言。鄉夢我頻馳萬里，母喪君甫及三年。平生麗澤真堪樂，末路睽離各保全。行道著書非偶事，鬢華空照辟雍前。

古柏行 次杜子美韻。

燕京孔廟數古柏，老幹摺鐵根蟠石。青銅屈曲虯枝開，匝地婆娑僅數尺。傳聞魯齋手親植，況在孔廟誰不惜。黛色四時渾不彫，秋霜冬雪空埋白。分排冉冉殿西東，常如張蓋護聖宫。蛇龍奮迅蟄驚地，翡翠爽颯雲搏空。高撑未肯過峻殿，摧折那用愁剛風。含章不逐春花放，支廈潛收造化功。萬世龍顔總回顧，得時得地恩深重。歲寒皮腹包元精，日昇月沉如遞送。營巢那許長鴟鴞，參天幾見翔鸞鳳。萬牛牽挽更莫論，置之無用爲大用。

忍菴

天台雁蕩下，厭飫石與泉。夫君獨何心，警佩思韋弦。大書揭忍字，山菴榜高懸。我試繹忍説，其義非幽玄。殘忍心已死，不忍心即天。容忍近有量，習久成安便。爲政不能忍，庶事多危顛。處家不能忍，骨肉恩難全。忍欲欲須窒，蟻漏恐成川。忍貧不移守，溝壑尚可塡。拂心違意事，日夕交吾前。浮生塵盎中，能不爲物遷？而況橫逆來，我直彼曲偏。易發而難制，惟怒爲最先。卒然一相觸，忿火狂燒延。平時似有量，倉卒胡能然。失聲或失唾，慢罵生鏖煎。室怒色于市，忿氣相牽纏。懲之如催山，持制當益堅。忿慾忍不忍，可辨愚與賢。疾言無遽色，飄忽忘魚鳶。誰能當未發，回照静且專。賢哉程子伯，示我《定性篇》。

寄族姪子翼

湖山影合櫓聲傳，絶景那容着語言。汗漫移舟思往日，空濛招手是何年。尚平老去婚應畢，范蠡歸來節亦全。料理太平堪擊壤，五雲常捧御爐前。

贈戴童子

八閩鄉榜解争魁，童稚聰靈亦異哉。山信壺公真作怪，文思韓子舊憐才。扳龍附鳳何愁晚，煮豆燃箕不用催。作聖從來非末技，未逢憤悱口誰開。

贈太學諸生

莫向賢關浪過時，祖宗明訓也須知。圭針共惜盤中影，浮世争誇夢裏棋。漸近宫墻窺聖室，何愁雨露擇花枝。西廳袖手吾堪愧，綉出鴛鴦譜與誰。

贈錢縣博往蒼梧

元戎大府據江叉，教掌斯文喜近家。九十垂堂懸祖父，七千歸路快廷嘉。心啣大庾關頭月，春醉蒼梧洞裏花。官傍要途氈任冷，選金人自解淘沙。

贈陳尚質司訓嘉魚

際會千年亦幾時，爲貧那擇一官卑。送君驚醒嘉魚夢，黄鶴樓前鐵笛吹。

庭前

庭前隙地短籬遮，種得名花雜豆茄。綠漸肥來花漸放，幾番時雨到萌芽。

贈王瑩中下第還江浦，追次莊定山舊韻

歲衣惟一縑，日飯惟兩鉢。安身立命地，先覺伊誰托。融和春日永，坐我深閒閣。選客來叩門，袖大步亦闊。談鋒出亹亹，行囊更搜索。魚兔究跧蹄，治忽窮巔末。鄰翁莊定山，投贈語隱約。塵中得失心，易破難言樂。贈子千金言，超超出寥廓。〔一〕

題忠孝堂 二首

大榜高懸仰德星，爲忠爲孝信聰靈。百年寶訓承天語，千載綱常備聖經。迹繼臥龍心最赤，情深令伯鬢還青。身都藩輔咸恭慎，四海何愁不永寧。

校記

〔一〕　原衍一「出」字，刪去。羅邦柱先生亦曰，「衍一『出』字」。（林光《南川冰蘖全集》，羅邦柱點校本，第四〇六頁，

下爲河嶽上星辰，保合誰人不□靈。臣子賢聲人共仰，君親彛典目常經。伊流活遶窮源遠，嵩頂遥瞻插漢青。俯仰高堂無一事，身安争似更心寧。

輓莊定山 三首

手中帝霸復王皇，逕草巖花爛有章。聽誤江雷驚老蟄，坐鞭山石欲成羊。空濛聲細泉還恨，僻寂霾深劍尚光。松粒溪毛堪一奠，幾時來扇墓前香。

次林侍用都憲韻

鳩藤扶步破晴嵐，泉影山光憶此龕。豹霧久埋江以北，鴻音頻落嶺之南。樹移根活花争發，天定風和雨亦甘。回首辰星淪浦口，杜鵑聲裏草毵毵。

次余宗周侍御韻

風浪幾沉浦子山，詩翁忽忽厭人寰。蒼天絶放新聲口，重壤應追舊輩班。巖洞春歸花自落，泉臺仙化鶴空還。平生三角茆亭下，描入丹青豈等閒。

贈别殷雲霄舉人

風停倦翮幾回翔，伏暑催歸子亦忙。掛寺不隨僧結至，穿花應笑蝶迷香。雲開擬抱中秋月，家近期登孔子堂。百尺竿頭須進步，功名富貴是尋常。

題許侯獲祠卷

曲靖來卧龍，南安眠鐵漢。賢豪置足地，山水成偉觀。許侯紹芳躅，宦跡存公案。雖無赫赫光，災禦患亦捍。鳥啼春花繁，月照秋波爛。公來俎豆間，山鬼何敢慢。

和陶十一首 壬戌重九日。

九日閒居

季秋霜未降，庭草日競生。南墻菊數種，猶未别其名。晨風收宿露，天宇净以明。隱几坐空庭，忽聞田父聲。山果葉包杞，獻我祝遐齡。呼兒羅飣餖，開樽時一傾。草木有花實，一枯還一榮。嘘吸有常運，真宰那無情。頽然與物流，吾亦何生成。

飲酒 十首

南墻菊初放，采之復采之。采之泛我酒，斟到日斜時。浮雲變瞬息，身計每如玆。秋香應佳節，一醉復何疑。安能强違心，與世相矜持。

氛翳散朝露，舉頭見西山。西山鍾王氣，蔥鬱那容言。菊對重陽開，安得如今年。清謡宜我樂，酒味有真傳。

傾此一杯酒，寫我百年情。聊乘今日歡，安用後世名。乾坤幹萬化，默運含生生。朝能握其機，夕死胡足驚。嗟我抱石子，沉淪卒無成。

幽居隔輪□，寂無塵市喧。還疑漆園翁，傲吏見亦偏。昨宵鐵橋夢，歸入羅浮山。仙人酌紫霞，一醉遂忘還。了了胸中景，那容着語言。

青霄上弦月，照我杯中英。花酒飲和月，三物俱有情。古人秉燭遊，白日易西傾。秋蟲亦何意，草間時一鳴。寒威侵短褐，始覺露華生。

酌彼經冬酒，對此傲霜姿。蓬皤雙鬢根，倒插茱萸枝。翩然舞袖翻，始覺酒味奇。吾心自天遊，豈愛塵鞅羈。〔一〕

〔一〕羅邦柱先生曰：「『愛』，似『受』字之訛」。（林光《南川冰蘗全集》，羅邦柱點校本，第四〇六頁，校記）

我有一斗酒，藏貯久未開。今日復何日，歡然有好懷。稚子病初起，向爺語轉乖。不逢素心人，誰復問幽棲。老妻出舊醞，樽封如其泥。籬菊正芬芳，忽與酒味諧。浮生苦海中，不飲也自迷。揮杯對茱萸，斟酌寧千回。

我家一何遠，僻在東南隅。那因升斗禄，涉此萬里途。雙鬢日以變，塵慮空馳驅。感此時節换，景短心有餘。誰云都城北，大隱如山居。

日月擲如梭，重陽今忽至。豈無一樽酒，少飲輒復醉。舉頭羨冥鴻，排空列行次。始知塵鞅中，物物失其貴。撫景豁吾懷，但味酒中味。

降衷荷天靈，一物具一真。年徂物易交，澆漓變其醇。氣習日以卑，智巧日以新。靡靡騁頰舌，縱横踵儀秦。瑩然胸中寶，掩敝同埃塵。豈無先覺賢，訓戒徒殷勤。悠悠醉夢中，迷執不可親。俯仰千載下，能逢幾問津。醉把茱萸枝，插彼漉酒巾。淵明雖違世，吾尚慕其人。

贈濮廷芳遷監丞之南雍

南北翔翔忽離群，繩愆供職莫辭勤。毫釐總向機牙别，邪正終緣義利分。有意栽花争出手，忘情折柳更看雲。嫩涼殘暑歌三疊，醉倒冰壺一餞君。

教胄子 四首并序

昔虞舜即帝位，既命契作司徒敷五教矣，又命夔典樂以教胄子，遂拜授以教之法。至於周公相成王，作《勺》，大司樂以樂德教國子中和、祗庸、孝友；以樂語教國子諷誦、言語；以樂舞教國子舞《雲門》、《大卷》、《大咸》、《大韶》、《大夏》、《大濩》、《大武》。舜，有虞之大聖也；周公，有周之大聖也，其教胄子、國子皆以樂，則當時甄陶鼓舞人材之成就，其中和之德可想矣。嗚呼！古樂不復聞矣，獨舜命教之辭猶在。余在太學，職司教事，嘗作進學之解矣，因思舜之言足以自策、足以警人，乃句爲一題，永言以暢其意，庶諷詠之間，彼此均有感焉。

直而温

有生本自直，直乃質之美。直焉又加温，不養胡能爾？水晶非不明，比玉那相似。無禮蔽斯絞，禮亦温而已。攘羊證其父，賊恩或至此。聖德首稱温，非直胡足恃？不見徑情人，躁率形動履。心路非回邪，氣象終凡鄙。文之以禮樂，温然自閒只。至寶藴於中，著外必由裏。返照日乾乾，敢告二三子。

寬而栗

含宏恢曠資，可出庶物上。任情不知檢，容或致疎放。何如更莊栗，矩度自不爽。濟寬貴有制，頹靡安足仗？辟諸不繫舟，江湖波浩蕩。惟能操一舵，艱險任來往。情流不加檢，平原翳榛莽。常操不死心，泰山成簣壤。寬栗能兼濟，德成乃可象。炷灸須着穴，隔靴莫搔癢。

剛而無虐

大易進陽剛，陽剛乃君子。萬事成於剛，剛德信可美。浩然不撓屈，此氣胡能爾。所貴强哉矯，中立而不倚。惟剛或太過，爲猛爲暴耳。更復爲强梁，豈但虐而已。忿來不知懲，心火倏然起。美德轉爲兇，其咎乃可訾。此心常戒慎，剛柔自中理。飄沙走石心，淀作澄潭水。剛用孰爲先，莫先於勝己。

簡而無傲

萬彙盈天壤，參差相附比。曠然懷抱兮，物我忘彼此。好簡性諸天，惟簡斯稱己。紛冗交於前，可愕或可鄙。知其所傲惰，此心胡爲爾。不與王驢言，不應隱几卧。未聞禮教施，人方罪孟子。率性一於簡，傲心所由起。宿習久已便，忘遠而瀆邇。以敬而濟簡，非禮自弗履。無衆寡小大，磊落均一視。漫心或少生，敵立相搆訾。

齋居感興 二十首，和晦翁。

一氣本無涯，包羅極深廣。瞬息爲來今，混沌思古往。烏兔走兩輪，俯觀倏又仰。滚蕩幾千年，清濁始開朗。物物具一則，胡克亦胡罔。聖神契其機，斯道運諸掌。

渾淪太極理，逼塞有無中。維持天地始，收合天地終。何處尋端倪，穿紐萬化同。誰哉著數語，萬古開盲聾。

萬化有根蒂，浮生昧樞機。實存花自落，秋老葉還飛。天君息息中，内顧安可違。支離蔽浮沉，六籍無光輝。那知六合大，關係一念微。塵氛凈除掃，收拾命根歸。

騰空兩交馳，日没月復出。誰哉主張是，以受真宰役。磨蟻有疾遲，精光照萬國。云胡有薄食，風雨有箕畢。神氣異轉盼，光復杳無迹。試看乾坤中，不動惟樞極。

有陰斯有陽，有夏斯有夷。氣化有盛衰，天運有合離。來者雖莫測，逝者每如兹。治泰忽苞桑，遭屯空漣洏。扶衰僅救敝，孰與大有爲。際遇曠千載，所以志士悲。翺翔數千仞，鳳鳥何知機。

姬轍没不返，天常絶其剛。巧辯争七雄，豈復心賢良。軻也欲何爲，之齊復之梁。智力各馳騁，仁義無輝光。嬴氏巧吞噬，寧復存界疆。坑焚流虐焰，嘉鳥逝不翔。漢且提一劍，轉盼收四方。豈無豁達資，王道昧不昌。脱屣動名外，僅見留侯張。垂統四百祀，可念亦可傷。

春秋議不辯，秘旨如緘封。大雅久淪寂，蔓草委王風。羲爻落俗占，孰與原吉凶。碩果不復實，但見枝葉崇。豈無匣中劍，神光射蒼穹。伊誰力剪削，徐收精一功。青史揭綱維，未盡與奪公。帝秦帝隋晉，篡惡或未容。操戈頻入室，侃侃臨晦翁。青天白日下，豈受寸雲蒙。

美玉孕頑石，明珠在深淵。光輝徹幽谷，麗澤照重泉。上帝有明命，嗜慾未開先。瞬息易放失，存之入緲綿。天人本無間，此氣常浩然。勿忘仍勿助，外誘胡能牽？

秋陽霽朝景，幽暗生祥光。權衡一入手，萬變從低昂。乾坤重擔子，綿力那支當。念此不能寐，短檠宵煌煌。秋蟲如會意，唧唧向我旁。出門視樞斗，幽思滿遐方。

不假纖毫力，潭澄水自止。良知與良能，燦然義智禮。裘葛自諳時，冬湯夏飲水。體之苟能□，□□□□□□。

沆瀣澄秋夜，新涼變乾坤。雙眸矚元象，仰見天之文。紅輪忽東駕，轉盼復西奔。誰揮魯陽戈，息養瞬亦存。未悟元神宅，安知灝氣門。賢哉展禽子，能使薄夫敦。

諸儒喜著述，兀兀研謬訛。至近而神馳，精彩日消磨。賦生本有涯，無涯將奈何。元首易叢脞，試聽虞廷歌。

千鈞弩一機，釋括在往省。闃然甘寂寞，飯糗復衣絅。舉世競爭地，淡然絶馳騁。聖賢有至樂，此旨或未領。豁然能自得，文章自彪炳。可大可久功，乾乾入真境。

晝醒仍是夢，萬化孰爲根。源深流不竭，花落實自存。所操不知要，寧免塵慮昏？大《易》艮其背，静見動之原。

皜皜曝秋陽，巖巖瞻泰山。三才等天地，萬化啟機關。聖賢教萬世，炳炳此心丹。見龍時在田，翔鳳振羽翰。千學一無成，仙術秘且難。何如得斯道，生順死亦安。

佛法本夷教，誘惑賢與愚。中國似羸病，邪氣乘孱虚。悠悠數百年，醫國敢謂無？彝倫既殲滅，薙髮争奔趨。滔滔日陷溺，孰與拯迷塗。稊稗勝五穀，浩嘆存軻書。

天壤淑氣交，靈毓豈無材。利在人隨化，根荄尚堪培。安得真龍虎，風雲自天開。倦極變莫通，鼓舞道殊乖。勸懲在明識，善惡豈無魁。承庸有倫次，安得知虞哉。

炎蒸一似洗，商令肅金方。單衣理木綿，時易氣自涼。閉門謝塵鞅，掩卷坐虚堂。大賓雖未接，安敢忘齋莊。銘盤啟時省，千載懷殷湯。《小學》教事上，臨下或未詳。頹齡百無成，歲月去何忙。仰羨天邊鴻，隨陽又南翔。

年年撫樹腹，圍尺漸至尋。元精貫息息，寧許斤斧侵。天機運無停，樞紐在吾心。人惟不加檢，豈曰力不任。少年過孟浪，没齒徒沾襟。所以有志士，晦養惟山林。

靈根伐多欲，至道亂浮言。淵深珠逾媚，石藴玉自温。殉身逐影響，故紙餘㕓喧。坐令歲月邁，寶鑑生塵昏。流害等異教，豈直語傷繁。悲哉媚學子，何處尋根原。

夏日歎 次杜子美韻。

燭龍進無力，遲遲當天街。火雲相夾持，燒空焰正開。亢陽肆爲虐，真宰應睽乖。市賈看坐廢，糁汗浮黄埃。蛟龍懼湯沸，蟠屈惟深泥。燕雀罹燔炙，塌翼投蒿萊。深山長薄中，但蔭狼與豺。形骸端欲棄，强飾胡爲哉。摛辭遣煩悶，音律那能諧。安得萬松風，倏然與之偕？

夏夜歎 子美韻。

掬水空漱齒，飧冰莫撐腸。日没更蒸鬱，珠汗透我裳。墻隈見飛螢，閃爍流餘光。手中握蒲葵，緩摇引微凉。推枕不能寐，既倦還揮揚。金伏大火流，暑盛天之常。乾坤一甑中，孰與分界疆。揭簾視河漢，牛女遥相望。昏中見大火，房心適南方。釘蚊飽木蝨，煩促思吾鄉。乘月採蓮去，葛袂隨風翔。養生不諳時，吾尚鑑嵇康。

廬山歌 次歐陽永叔韻，贈謝大經别駕。

卓哉廬山之奇絶兮，崢嶸逼南紀，右彭蠡而左九江。天下之山高者何限，皆處乎僻遠兮，孰有江湖之相撞？排空插漢峰數個，丹青莫能貌其妙兮，恍惚乎商山之皓，超拔乎鹿門之龐[一]。予嘗艤舟其下兮，褰衣直欲窮空谾。穿雲拂翠尋白鹿，洞門宛轉隨流淙。貫道橋邊久延佇，赤脚踏遍當水矼。山空境寂足以凝道兮，祇恐學非其要迷贅哤。轉盼巔林崖樹兮紛披擁，蒼翠烟雲厚薄掩映排青幢。空王古刹不知其幾兮，但見山腰噴玉雷，隱隱飛下白龍雙。安得邊崖置一榻，寒聲洗我胸中痝[二]。尋常攀陟眼力破萬里，湖光山色傾倒日千缸。寒晶一奩光蘸徑千里，琉璃閃爍當軒窗。江湖交會氣清絶，山骨累積孕奇玒[三]。掛冠何處更堪老，羡君佐郡獲兹邦。倒懸解虐不可以緩兮，知君汲汲豈暇事遊樂，須令萬姓心皆降。他時磨崖書最績，我今老矣，誰當秉筆如長杠。

[一] 此詩所謂「次歐陽永叔韻」，乃歐陽修《廬山高贈同年劉中允歸南康》一詩之韻。（歐陽修《歐陽修全集》，北京：中華書局，二〇〇一年，第一册，第八四頁）「龐」，歐陽修《廬山高贈同年劉中允歸南康》作「厖」。

[二] 「痝」，原作「龐」，據歐陽修《廬山高贈同年劉中允歸南康》韻改。且詩中韻語，不應重複用「龐」字。

[三] 「玒」，原作「缸」，據歐陽修《廬山高贈同年劉中允歸南康》韻改。且詩中韻語，不應重複用「缸」字。

奉餞少司成偶至月河寺西亭，見楊東里草亭詩，因借其韻紀興

烏帽青袍犯曉風，月河亭憩别離中。菊香籬落霜仍在，樹罩烟光日正紅。碑剥欲沉藏佛偈，石奇如舞守僧窮。酒杯偶到忘情處，却笑浮生西又東。

贈方司訓之湖口

貢選平生願頗償，官卑職亦寄綱常。池芹雨過潛鱗變，萱草春回愛日長。鮮買鄱陽羹最美，飯炊湖口稻生香。秋風預卜他年興，扶上慈親一穩航。

贈别饒延賜判府之汀州，用張廷實主事韻

肅捧除書下紫雲，閩汀郡佐也須君。詩囊舊展還東所，秋色新裁也廣文。有意看牛人自别，無心遺粟鳥來群。青山總是經遊地，多少疲氓待解紛。

贈袁陽健夫進士尹上元 并序

余官平湖時，與袁士宏先生爲僚友。時健夫侍厥考，方丱角耳。壬子，予較文來京，健

夫由滿城中式，無何又登黄甲；既任江寧尹，以憂去。今又補上元，携其子來京，亦若健夫在平湖時。嗚呼！余安得不衰且老哉？因感而贈以是詩。

童丱相期更不疑，如今有子似當時。才掄京邑君逾壯，跡寄橋門我向衰。秋嫩共聽蟬韻細，春回争覩壠苗肥。莫言仕路知心少，更醉南川酒一巵。

贈何時中尹金壇

公道人誰眼最青，陰霾終莫掩郎星。盤根更擬高揮斧，霜刃于今又出硎。敦艮尚應覘晚節，發蒙須信利嚴刑。萍鄉豈陋金壇美，酒不迷人到處醒。

仲冬，都城贈孫吉夫，追和李長吉《致酒行》

山瓶遠致宣城酒，雲液添杯山祝壽。天寒地凍陽未回，嚴霜充盡都門柳。擁襟高眠已謝客，頭蓬面垢誰知識。羡君年少心顔開，漆黑虬髯面光澤。美質天生將大用，休如我輩頭空白。燒煤煮月留更留，打起寒鴉免嗚呃。

癸亥冬至，以次該陪祭陵，因病不果，承學録昌平李延用先生慨然見代，因賦二律奉贈

衰殘無力戰剛風，俯就疲慵却謝公。雄偉山光新久貯，支離身病事難同。百靈守護坤藏處，萬狀盤旋夢想中。安得春秋驅瘦馬，步隨班末拜行宫。

今人雅有古人風，仗義親承一語公。蓬户獨憐原憲病，羊裘誰與后山同。祥雲遠罩坤龍頂，淑氣潛回律管中。光照銅駝連夜月，夢魂曾到廣寒宫。

研茶

胡麻香韻伴春芽，石鉢千迴研指斜。長練凍嫌黔國井，旋瓢庭雪煮瓊花。

贈别聶承之侍御巡按廣東

扶病真堪拜馬前，先生麾節向南邊。冰霜已覺清人骨，赤手猶看掃瘴烟。白月高懸東廣隘，澄波穩貼蜀江連。豺狼未殄虺蛇在，萬姓于今最可憐。

贈梁光岳判晉安

州佐分符撫字難，夷氓反側正彫殘。從知忠信真堪仗，贈子題詩又晉安。

新春試筆 四首，甲子。

執筆向初春，年華逐筆新。陽光舞踈雪，爆竹鬧比鄰。鐵畫誅窮鬼，雲章想至人。淋漓揮墨汁，誰道解通神。

盎盎物初春，南翁筆也新。樂矣終忘世，猶兮若畏鄰。機操還屬我，妙應不由人。悟到難言處，胸中自有神。

揮動春頭筆，天機色色新。風雷頻入手，魚鳥自忘鄰。掃日鴉翻紙，開門鵲啅人。行藏吾自定，不必問芒神。

臘在未鞭春，年開甲子新。占晴喜人日，擇侶想軻鄰。竹筏堪航海，塵波易溺人。誰能常返照，不浪費精神。

試筆疊韻答王汝楫助教

歲遇支干各首春，泥牛鞭動運俱新。青眸君喜誰爲偶，白髮吾嗟晚有鄰。滚滚詩催今日筆，騰騰酒醉去年人。東風此意終難貌，却有梅花是寫神。

偶見石刻東坡詞，喜而和之

衣化京塵，鬢漸垂銀。食官禄、無補毫分。閒言閒語，枉費精神。念晝忘食，夜忘寢，坐忘身。乾坤易簡，此見須親。更乾乾、熟養吾真。振衣何日，朝市昏人。想萬頃波，萬疊嶂，萬重雲。

再和

拂鏡中塵，照鬢邊銀。浮世事、識破三分。他非他是，不用傷神。嘆海中市，草中露，鏡中身。須臾變滅，過眼非親。更時時、認取吾真。圓融混合，無間天人。如在淵水，在天月，在空雲。

東坡石刻詞附

清夜無塵，月色如銀。酒斟時、須滿十分。浮名浮利，休苦勞神。似隙中駒，石中火，夢中身。　雖抱文章，開口誰親？且陶陶、樂盡天真。幾時歸去，作個閒人。對一張琴，一壺酒，一溪雲。

祭酒謝方石先生祖母獲旌門，喜用杜子美《臘日》韻索和〔二〕，奉答 八首

天顏咫尺對非遥，疏入金門露未消。祖母心情悲昔日，風燈形影細追條。神馳紫極天如水，風約緋袍月滿朝。白首孤懷終莫遏，盡披肝膽徹層霄。

天覆蒼蒼未是遥，一封初展恨全消。共姜苦節藏無地，令伯衷情疏有條。山色遂添高禊美，斗光何意小星朝。先生豈止身家計，别有忠誠動紫霄。

心斷夫天九地遥，光榮未死亦何消。掩窮清晝門雙片，照滿寒幃月一條。宿草孤墳成往夢，高門大扁揭當朝。貞嫠仗節人知少，誰普天光下碧霄。

〔二〕「韻索」，原作「索韻」，刻本目録作「韻索」，據改。

風聲初樹海天遥，六館身先令豈消。教立本須崇節義，化行誰道祇規條。貞魂總愛明今日，烈女間將想累朝。突兀方巖高百尺，丹青門地更層霄。

誰道君門萬里遥，君恩寸尺也難消。非緣截髮天無二，安得旌門詔有條？節義昭彰孫子職，綱常扶植聖明朝。貞婺自古皆無爲，九死何心向紫霄。

桃溪門枕路非遥，裝點春山雪正消。别圃風多知柳態，寒巖霜後見松條。誰教侍婢同心膽，天遣遺孫立聖朝。善積從來終獲報，仰看飛詔下層霄。

俯仰間關日月遥，鏡中遺恨已磨消。照臨肝膽天雙眼，支捍風波柱一條。丹詔賁傳孤塚遠，德門高聳衆山朝。從來人定天還勝，玉樹芝蘭映碧霄。

尋常率性道非遥，末技浮言總不消。大闡彝倫明至教，從知忠孝本同條。春風不擇山皆好，滄海能深水自朝。誰向天門伸隻手，盡扶遺節起雲霄。

義兒篇

蜾蠃祝螟蛉，祝之亦相似。有恩須有報，何必出自己。李君六十餘，尚未有子嗣。内想忽南來，迢遞携一婢。偶逢道中人，牽兒向鬧市。推篷窺相貌，撫頂循及趾。步趨稍安詳，顧盼窮瞻視。徘徊一停舟，目入心自美。歡然解囊槖，顔生鏡中喜。須臾發舟行，蹤跡存契紙。撫摩日復日，進退承詔唯。短句與長歌，出口復入耳。滿堂聚賓客，談謔動拜跪。揭來動遐思，携之問卜史。偶逢道中人，歷歷談終始。屈指稽歲年，往事剛十紀。傳聞雖曖昧，誰復生詆訾。春風索贈篇，操筆復終止。非無忠告心，未信疑謗毁。永終知敝訓，歸妹有深旨。主君信有容，娣袂添羅綺。載咏螽斯詩，迤邐及麟趾。始知有周盛，萬福興太姒。西漢牝雞晨，暗蓄他人子。公義久自明，畢竟何足恃。大宗小宗派，遞相傳福祉。宗祀乃延綿，道心常不死。我詩扶大義，抑亦存聖軌。義兒真義兒，恩深報没齒。義兒終義兒，誰道堪繼李。

贈王冬官壽乃翁卷 并跋

湖西兩馬過沙溪，曾記瀧岡踏野蹊〔一〕。處士開筵親笑語，一峰眠夢和詩題。從知丹穴山光好，漸見鸞雛羽翮齊。白髮烏紗照林麓，幾時尊酒爲君携。

成化丁丑正月，予同羅一峰狀元過沙溪，拜瀧岡阡，成詩一律。一峰既和矣，夢中復和一首。時王君壽方弱冠，侍乃翁濯清居士，邀余二人至其家。既别後數年，王君領鄉薦、登進士，歷有今官太學。王君索贈其父，因追録舊事，紀以是詩。弘治甲子二月書。

〔一〕「蹊」，原作「溪」，此韻字前已用，又據詩意，因改。

贈別鍾給事使湖貴

燕語鶯啼柳萬絲，春風又見出京時。公儲會計何遺漏，飢殍流移無盡期。光耀共瞻司諫節，疏狂還贈老夫詩〔二〕。湖南滇北間關路，試把皇華入詠詩〔二〕。

碧溪

沙擁石沉牛，溪翁快兩眸〔三〕。波光含古鎮，山影帶羅浮。摘荔迴孤棹，移船傍活流。寄聲雲水侶，吾夢已歸休。

題徐居士輓卷

棺蓋三山草已萋，胡爲蒿里卷仍携。浮生有限駒過隙，往事無端水下溪。宰木春歸悲杜宇，墓門烟冷振莎鷄。堦前蘭玉森相映，寒食幽堂聽馬嘶。

〔二〕「詩」，與前韻字重，疑誤。

〔三〕「兩眸」，原作「雨眸」，據文意改。羅邦柱先生亦曰，「『雨』，『兩』字之誤」。（林光《南川冰蘗全集》，羅邦柱點校本，第四〇六頁，校記）

承倫内翰、葉侍御垂顧，失迓，走筆奉謝

信息經旬忽已通，暮春新霽日和融。狀元枉駕殊非偶，侍御聯鑣豈易逢。小出未應迷咫尺，追尋空自惱兒童。飄然不盡山陰興，果若天留憶戴公。

疊韻再贈

萬里關山尚欲通，心乎愁未造圓融。酒雖薄味期留醉，人到忘形豈易逢。救世總輸誰手赤，屠龍空笑我頭童。重來共了無生話，盂水還堪欵二公。

贈陳式尹之建安

翠雲曾卧欖山春，三十年能幾度親。説選未聞天上語，相逢俱似夢中人。官居佐貳時雖晚，邑有先儒俗必淳。點檢平生辛苦事，可無恩雨洒疲民？

九峰十景

鷄籠奇峰

嵩脈來迢迢，鷄籠峰突起。不是烟霞心，貌來那得似。

仙潭石洞

潭水淀深深，石巖虛洞洞。主人不歸來，仙子偷玩弄。

獅崖霽雪

蹲踞壓巔崖，瓊瑤肖天產。晨風掃寒霾，光奪詩人眼。

象嶺晴雲

南來驅六丁，垂鼻忘戰鬬。身韜一片雲，寂寞閒宇宙。

子母朝陽〔二〕

點點抱陽峰，顧戀如子母。欲知無言妙，更問山中叟。

焦山夜雨〔三〕

焦山夜來雨，澎湃復蕭瑟。恍然楊子江，翻動蛟龍窟。

烏頭竹塢

烏頭療白頭，種藥堪自足。日長陟高塢，心洗千挺玉。

關門松屏

白雲鎖關門，森松更籠蓯。不納尋源人，伊誰話真汞。

〔二〕「子母朝陽」，原作「焦山夜雨」，據刻本目録及詩文内容改。
〔三〕「焦山夜雨」，原作「子母朝陽」，據刻本目録及詩文内容改。

馬馱秋月

月照馬馱山，秋氣清入骨。馬馱馱不去，千古一輪月。

雙澗觀泉

活活夾山來，悠悠雙眼覷。欲知流不窮，更認泉來處。

寫懷次韻答陳子崇 二首

三年塵夢寄燕都，不信今吾是昔吾。涪水遠帆思叔子，洛陽高枕愧堯夫。蘇枯霖雨天何吝，照眼鶯花日漸疎。國脈調來元自壽，枉勞俞跗過憂虞。

艷冶時方愛子都，輌書何事小夷吾。首陽餓忍周遺逸，湘水空沉楚大夫。已覺衰遲催日月，那叫側陋誤唐虞。清風屢洒烏皮几，欹罩庭花蛛網疎。

贈別秦用中司訓之安仁

惠泉甘韻宿霑濡，分教應期雪俗污。夢裏雲龍辭海子，筆端風月傍鄱湖。鐘聲恬處看芹雨，書課忙邊墜日烏。後進有依親有養，錦囊閒煞舊奚奴。

贈别張宗韶縣尹之衡陽

通才何處不堪安，分教新遷邑長官。錯節盤根明利器，賣刀買犢化凋殘。洞庭秋入心先洗，南嶽峰高日聳觀。魯叟他年稱子産，囑吾屢屢别君難。

和李白

太白有《潯陽樓紫極宫感秋》詩，東坡過潯陽，宿紫極宫，見石刻，感而次韻。予偶讀坡集載李詩并蘇作，因亦和焉。

故里先人廬，翛翛數竿竹。秋光浸歸夢，可想不可掬。擁襟坐中宵，内照慚吾獨。宦學久未歸，如旅莫投宿。行藏應自斷，何必問龜卜。年光去若流，逝者不可復。世途多險阻，幾見前車覆。全身鑒老蘇，思之非不熟。

訂馬，代簡戲答王都給事

東坡墨券亦何須，夜白三年照老夫。垂耳豈終愁伏櫪，嘶風應不憚長途。燕昭果解臺高築，駿骨誰云世絶無。伯樂幾時來冀北，石翁詩話遍江湖。照夜白，馬名。石翁詩云：「不求老馬在長途，誰道乾坤一馬無。伯樂未來幽冀北，憑君傳語到平湖。」

屋賣

屋賣誰催去，冰凝天欲留。行藏雙老眼，漂泊一虚舟。劍氣防衝斗，鄉心更倚樓。西風殊可駭，留得木綿裘。

南去

南去壬人在，西遊勝跡多。冥鴻思遠渚，獨鳥怪深羅。入目宜新境，違心謝衆魔。滄浪分別調，誰聽野人歌？

贈黄時準地曹

文離恐誤後生嗔，語到忘機却逼真。天遠君如初上日，酒闌吾起獨醒人。閒因宿草看朝露，試向中宵認北辰。紅樹夕陽深囑别，肯將秋鬢怨垂銀。

九日次杜工部韻

那錢選買燕都菊，欲帽思登郭隗臺。紅樹盡從霜後醉，黄花剛對節中開。淵明遠興山應識，陳子真容天送來。是日偶得白沙像。倒插茱萸不成舞，感時懷舊泪相催。

贈馮廷伯僉憲赴嶺南專督鹽屯之政

璽書遥捧向炎方，半是陽春半雪霜。鹾政應諳羅織弊，戎屯看抑并吞强。漢廷尚屈桓寬策，嶺嶠何疑陸賈裝。圖像還期終劇論，送君歸夢繞吾鄉。

題愛日樓，爲錢世恩正郎

南丘盤搆錫山東，心醉飛雲望眼中。寸晷尚思酬寸草，丹青誰解寫丹衷？萊衣子舞西頹景，密表孫飏孝感風。龍誥珍藏閒炙背，任教海屋架空濛。

小至四首，追次老杜韻。

凍筆頻呵不用催，天機又見轉頭來。一陽隱隱地中復，萬事悠悠心已灰。數九醉呼涼國酒，尋香忽憶故山梅。膝邊共笑兒癡小，强解娱親捧壽杯。

時行時止勿勞催，小去看看大又來。陰小陽大。霞映曉窗初釀雪，氣回虛室自浮灰。年顔孟浪休占鵲，春信依稀欲放梅。安養微陽無一事，淺傾玄酒落磁杯。

時至真如有物催，冥鴻天際去還來。且拚身似隨陽鳥，已覺心同候管灰。南酒會澆墳上土，微陽温養臘前梅。重關謹閉非無策，常笑猩猩誤舉杯。

浮生短景遞相催，老厭塵途謝往來。共喜微陽回此日，誰沾元氣動浮灰。羲爻成象聊觀復，天地藏春未放梅。保合太和身久掩，呼兒緩送暖臍杯。

孔廟迎香遇雪甲子十一月十五日。

宫墻虛映白皚皚，祝望龍香剛賜來。肅拜輕沾花六出，趨蹌平踏玉千堆。詩腸莫肖天機巧，聖德潛通造化胎。三白預堪占大有，萬方初慶一陽回。

奉謝諸明公惠乙丑歷

甲子書來問冷官，陽春争欲變冬寒。年增空有傳心念，日近何妨炙背看。斟酌盈虧分節候，循環六十配支干。避凶趨吉人時授，共把天根更静觀。

贈别余宗周侍御左遷雲南藩幕赴任

柱史蒼惶又左遷，滇南藩幕暫棲賢。翱翔倏見垂風翮，拂亂寧知非福田。漁笛迎船家在眼，夷笳吹月嶺横天。送君不盡期君意，何處相逢更暮年。

疊前韻再贈

身事浮沉幾變遷，遐方終不負吾賢。遺經攤日開心鏡，舊硯磨雲理筆田。陽嫩萌芽初綻柳，冬深風雪尚漫天。眼前榮悴何須問，贈記吾詩甲子年。

苦寒行和杜 二首

長安乞兒聲不絶，九衢凍積冰凝雪。南人肌疎不耐寒，敗絮重披心欲折。蝟毛粟起手盡皸，鷄爪紋生面無血，木綿犯霜偏易裂。

大風蕭蕭夜撼木，積雪粼粼壓朝屋。但覺群陰勢轉驕，庸知造化誰持軸。玄冥司令何太酷，茆簷處處垂冰澌，耕牛凍死那得知？

南川冰蘖全集卷之十二

詩

將赴襄陽

雲霄萬里誰能測，宇宙千年運幾開。襄陽小兒應絶倒，南翁先生胡此來。漢江源遠心曾到，天柱峰高景擬裁。老去筆頭閒未得，中原山水夢相催。

小年 二首

甲子春侵臘，燕京又小年。兒童歡禮竈，簫鼓鬧喧天。數九晴看柳，書空仰羨鳶。此身吾自有，富貴乃浮烟。

旅館身如贅，春催未盡年。童顔欺白髮，老眼看青天。徇俗焚巫馬，乘風笑紙鳶。歲窮窮未送，淚落濕薪烟。

試筆 小年韻，二首。

乙丑新題筆，先春領去年。濃雲初落紙，幽思已潛天。門冷堪羅雀，風恬未放鳶。白頭無限興，揮破曉窗烟。

泥牛初破臘，雞骨未占年。雲霧揮盈紙，蛟龍欲上天。悠悠拚日月，了了見魚鳶。温養爐中火，香飄一線烟。

楊考功名父乃翁輓

不識夫君面，哀從何處生。情濃堪破戒，身後却知名。宰木寒烟拱，幽堂野日明。石田有賢胤，風樹振芳聲。

職方後署小酌走筆 并序

弘治乙丑尚在燈假，余偶過職方退舍，羅正郎道源留話，因及前庭疇昔花卉宜補植之。余時將赴襄陽，李君彝教、黄君明甫咸在坐，聯詩贈别，索和，坐中奉答。

庭有栽花地，劉郎到幾時。曉烟春盎盎，晴日酒遲遲。未誤安邊策，還留惜别詩。襄陽舟緩買，深荷職方期。

將出京，留別諸明公，次屠亞卿元勳先生見贈韻 三首

長笑江都老一儒，西京應不乏師模。春風隻眼還荆楚，襄漢澄源異鑑湖。醴酒敢期今日設，蓴羹寧患此時無？分携多謝諸朝貴，借譽無鹽過子都。

胄監三年録腐儒，宫墻仰見聖規模。忙來行李輕千里，老去烟波負五湖。禮樂河間疑可復，文章西漢豈終無？襄陽此去知何補，空有狂言落帝都。

官左寧須怨業儒，乘田委吏是師模。心馳天柱峰名。春回柳，身謝京塵水到湖。閲世却留雙眼在，買山真笑一錢無。銅鞮試聽襄陽曲，陳疏何妨又楚都。

乙丑正月二十七日出京，承諸公餞送至城南，馬上口號

花朝花漸近，勒馬更留連。春暖風初定，官貧天亦憐。身行千里外，心在五雲邊。别袂真難判，相看各黯然。

坐小船

邦伯舟何處，褰衣上小舠。篙穿清淺水，風閃漾光濤。興遠篷難壓，心安身未勞。潛藏甘隱約，方識古人高。

二月二日，蔡村船中

盡日風塵裏，花朝不見花。輕烟穿舴艋，長薄散烏鴉。硯拂冰還凍，春催柳漸芽。前村是何處，荒落幾人家。

新齋，爲施憲副題

塵垢心天蔽，虚齋日日新。春融花照眼，秋爽月隨人。默語神明在，將迎悔吝頻。湯銘有遺訓，顔扁勝書紳。

舟中小酌，贈蘇、徽二郡守二首并序

蘇守林君思紹、徽守何君子敬，咸以御史領郡，政聲奕奕。二君皆鄉邦之傑然者也。

弘治乙丑春，朝覲南還，余適赴襄陽，聯舟而行，往往小酌共話，心孚情契，因賦律以贈，兼寫疊韻一首附焉。

逆旅何緣遇兩君，春風畫舫謝殷勤。壺投心矢忘賓主，酒吸磁杯醉水雲。景逼詩篇争出手，才高郡政總超群。聯舟共聽吹横笛，披寫鄉情到十分。

畫舫遲遲喜接君，丁夫催拽未須勤。鷗忘遠渚詩裁月，魚戲澄波筆掃雲。棋局到頭輪袖手，春風轉盼又離群。夕陽倒照漕河柳，斟酌吾杯更幾分。

舟中寫懷疊前韻

禄隱慚無補聖君，此生真笑我徒勤。閒看斗柄旋宸極，悵望江天入暮雲。律管聲中諧鳳侶，春波篷底羡鷗群。長風倘惜篙師力，更掛蒲帆到夜分。

分夫助拽過武城，用前韻奉謝蘇郡守思紹宗契

疲乏篙師最感君，丁夫助拽夜行勤。賽神擬醉清源酒，打號争穿渡口雲。杯飯每留填丐腹，船燈未遣駭鷗群。姑蘇太守陽和意，走卒兒童識幾分。

貞則卷，爲林思紹太守母題

夫死孤遺亦未忘，西風血淚幾沾裳。舞鸞掩鏡心如鐵，雛鳳銜天鬢已霜。夜照壁燈風範在，恩沾墓草燕坭香。良人歸報兒成立，杜宇何須怨夕陽。

過臨清，總鎮中貴朱公盛席留款，至夜三鼓，禮意不倦。時陪林蘇州、何徽州二郡守

偶价先容拉兩君，春風東席意何勤。華筵禮盛杯排日，雜劇聲嬌曲遶雲。霄漢祇應憐朶翼，鹽車那有駕空群。霏微晚雨還留醉，紅燭蕺花剪夜分。

上安山閘

争先誰露巧機關，閘水聲喧我自閒。怪得希夷眠華頂，了無心緒向人間。

彭城舟中，長沙李德舉太守出沈仲律憲副所贈詩索和，次韻奉答

傾倒寧須禮數崇，雙眸借閲幾英雄。綈袍入楚曾知沈，雲水聯舟又識公。春色共催山到

手，心齊期見月懸空。南風故助賡歌興，記取彭城一笑中。

過彭城

山入彭城勢頗崇，古來争戰幾英雄。臺荒戲馬憐西霸，廟剥殘碑憶沛公。濤尚不平聲噴石，花猶含笑影摇空。挐舟未到安流處，鐵笛誰吹落照中。

過寶應湖 四首

漁艇穿雲去未歸，水光昏接日光微。蒲帆不遇天風便，笑倚篷窗詠緑衣。

幾樹桃花照眼紅，堤長湖闊水生風。停舟未暇留清賞，祇恐春歸花又空。

湖草青青葉未齊，水天相接望低迷。行人歌罷滄浪曲，幾點漁舟落照西。

漁舟泛泛雜鷗鳧，婦槳夫橈水滿湖。笑煞往來人未了，遠提長纜日招呼。

過高郵湖 二首

兩岸垂楊緑夾舟，湖波斷隔了無憂。長堤穩貼看來往，争似尋春事勝遊。

湖雲漠漠雨濛濛，夫少牽長惱柁公。人事逆時天偶順，蒲帆剛遇北來風。

夜雨，過邵伯湖，風逕迷路，遂宿湖中

薄暮蒲帆捲，深更轂雨飄。船燈明復滅，篷漏濺還跳。違濕遷無地，衝寒訝有潮。平明問漁艇，湖草緑夭夭。

發揚州

雨餘春草深，日照溪波緑。和風扇蒲帆，緩酌樽中醁。〔二〕

儀真獲亡尹袁陽所借拙稿六册

哀哉袁健夫，喪舟在何處。殘篇馬上來，別駕勞僕御。

過石頭城

倚棹石頭城，深春老眼明。氣盤山怪石，龍奮地雄爭。佛閣棲崖穩，江流倒海横。六朝無

〔二〕「醁」，原作「緑」，據文意改。醁，美酒也。且同一絶句中，不當以兩「緑」字爲韻。

寸壤，回首一含情。

次韻答何徽州

樣子方愁背魯儒，更從何地覓真模。茆居忽警徽州句，行李如催范蠡湖。吾道本來兼體用，異端終是入虛無。脚頭到處皆堪樂，旋把羅浮視峴都。

江中

日日江中浪拍舟，南風不遂北來謀。誰云境逆無佳思，獨倚篷窗看活流。

次韻答安處郡守楊譽洲

南渡同安尚用儒，黃勉齋。新城猶想舊城模。同安城，勉齋創築。公來甘雨恒千里，座下長江控五湖。隨世功名疑可就，屠龍伎倆豈云無。羲爻已領含章意，五馬行春且大都。

過湖口

氣會江湖忽兩汊，北風飛逐幾帆斜。大姑點破波千頃，五老高盤天一涯。樹帶曉烟籠絕景，豚輸駭浪噴浮花。蘆茅深處鷗眠穩，莫遣催舟鼓急撾。

墨菊

真姿描出石屏東，似有清香遞晚風。千載柴桑幾杯酒，不因春色對芳蓺。

墨蒲萄，爲愼菴殿下題

偃蹇烏龍蟠屈，參差珠實高低。滿架藏春風韻，靈根出自關西。

四月十三日舟次安陸，風暴非常，州人謂五十年來未有此

飛沙拔木更掀篷，雨注雷轟電閃空。安陸津頭牢繫纜，未須嗟駭北來風。

安陸候夫

灘頭流急漢江紆，兩日停舟候撥夫。安得和風遠相送，畏途從此變夷途。

習家池 以下襄陽作。

習池，尹焕記：在白馬寺之荒浦。又云：發地得碑，就視，則前守習池詩。今跡滅，皆不可考。

平生雙老眼，又認習家池。瘦影含方境，晨風縐緑漪。寺荒疑隱竇，詩滅更無碑。一畝烟霞味，人間或未知。

谷隱寺 借寺碑臨川詠武侯韻。

肩輿繞迴澗，四月麥初黄。澹澹來薰風，葛襟任飄揚。山門在何處，松檜森護藏。雨餘緑正肥，麗日浮晴光。葵榴傍佛堦，噴艷傾和陽。褰衣步巉巖，尚幸筋力强。方袍三兩僧，延我到上方。安知無遠公，愧我非柴桑。谷虚自有應，山遠無摧傷。衆生沉苦海，吾欲駕津梁。

五朵謁憲王墓

名香賫入萬山層，西漢何因羨霸陵。聖主思波深玉牒〔二〕，姬公肝胆在金縢。幽明不隔千峰聳，際會難逢百感增。五朵山前向誰語，澗聲飛遶碧雲凝。

遊大承恩寺 即廣德寺。

古寺藏虛谷，追尋路忽窮。千峰杯酌裏，萬木笛聲中。細雨和烟洒，洪泉穴地通。方袍僧幾個，歡撞賜來鐘。

臨坪道中

沾衣不足惜，五月雨生涼。崖樹層層畫，山花淡淡妝。肩輿穿絶嶠，步澗背餘觴。百里臨坪路，來拈一炷香。

〔二〕 羅邦柱先生曰：「『思』，『恩』字之誤」。（林光《南川冰蘗全集》，羅邦柱點校本，第四三五頁，校記）

臨坪謁定王墓，阻雨

密雨漫空不放晴，山田溪澗潦將平。昌黎昔被衡山誤，杜老曾煩聶尹迎。衣濕尚堪憐僕從，香拈直欲格神明。黑甜喚醒王庄夢，安得鳴鳩三兩聲。

雨中謁簡王墓 謁武侯韻。〔一〕

雄壓山窩虎豹逃，丹青盤搆可勝牢？步參無計停朝雨，衣濕何妨觸野蒿。古樹排來襄嶂合，伏龍飛去蜀天高。隆中莫問要離塚，雲木東祠是漢豪。

隆中謁諸葛武侯

君臣天地本難逃，誰道先生睡不牢。三顧江山增感慨，千年祠宇肅焄蒿。歡同魚水知猶淺，跡比蕭曹識更高。運去營中星忽殞，未降心醉幾英豪。

〔一〕「武侯」，原作「武候」，改。羅邦柱先生亦曰，「『候』，當作『侯』」。（林光《南川冰蘖全集》，羅邦柱點校本，第四三五頁，校記）

隆中遇雨

隆中留勝跡，冒雨我能來。樹洗層層翠，溪喧滚滚雷。草深諸葛廟，雲罩簡王臺。安得長風掃，陰霾撥未開。

次韻答莊國華儀賓 三首

七夕誰家送酒頻，南陽一騎走紅塵。銅鞮唱月延今我，峴石沉江笑昔人。秋嶂揮杯添話柄，暮雲翹首憶儒紳。常疑諸葛增煩惱，不向隆中作逸民。

明月清風不用求，樂天知命亦何憂。董生已破江都夢，穆子空懷醴酒愁。秋氣入簾殘暑盡，晚山當座白雲留。緘書何日逢知己，寂寞心隨造化游。

千里神交感至情，遠持書幣到襄城。峴碑老淚今誰墜，漢水真源擬共評。潦倒幾回嘗世味，疎慵深恐負詩盟。梅花香浸羅浮夢，已對澄潭一鏡平。

保和堂，爲唐殿下題

朱甍碧瓦照南陽，争羡明禋有此堂。對越每加臨上帝，孝思時或見先王。齊居四面存箴警，宗社千年共壽昌。磊落高樓咸顯慶，昔人何事獨流芳。

贈別儲冬曹子充

襄懷王薨，朝廷命工部主事儲君子充來營葬事。值葬期迫近，工役浩繁，君處置有方，親督諸役，晨夕不謝勞悴，乃克完固。余每蒙教，茍免罪責。既襄事還朝，取道東吴，以便省親。於其別也，贈以是詩。

恩洽王封土未乾，愛君真覺別君難。峴碑淚感何人墮，懷塚山新此日觀。杯酒尋常傾肺腑，江風容易起波瀾。肩輿一笑驚相失，目倦東吴路渺漫。

漢江臨泛 次王摩詰韻。

幽興不可遏，江源何處通。船移春水上，人醉畫圖中。遠樹排青嶂，澄波映碧空。銅鞮舊襄曲，也任聒南翁。

書堂十咏，奉和少司寇新昌何世光先生韻

竹

繁枝争洗幾梢斜，清絶當軒更莫加。春老虚心還自挺，歲寒直節却堪嘉。聲諧韶管仍須製，影舞祥鸞不受拿。李徑桃溪從艷冶[一]，東風容易掃浮夸。

柏

根奪從教逕草萎，年深雨露益清奇。閒扳鳳翅衣裳拂，吟傍蟉枝屐屨攲。蜀廟流傳蒼古幹，杜陵描畫歲寒姿。品題又落先生手，豈待吾儕更著詩。

〔一〕「豔治」，原作「豔治」，據文意改。羅邦柱先生亦曰，「『治』，『冶』字之誤」。（林光《南川冰蘗全集》，羅邦柱點校本，第四三五頁，校記）

荷

矮著軒窗高著臺，池荷亦任傍欹梅。薰風香裏花饒笑，急雨聲中翠作堆。倒影當窗從戲舞，捲筒排日醉徊徘。元公一點無言意，不用窮搜向九垓。

菊

在處移根在處安，靈苗應不憚春蘭。節當重九偏增重，人過淵明却解看。秋氣催花香淡淡，月華凝葉影團團。歲寒籬落霜清後，誰表貞心上筆端。

碧絳桃

幾樹軒西幾樹東，滿機雲錦織春風。輕粘瑞雪枝交白，晴掛緋衣日罩紅。縱步總堪供老眼，仰空何必顧飛鴻。平章小放題詩筆，却笑難描造化工。

石菖蒲

羅浮山子貯盆池，長養靈苗覆緑漪。根托巖崖應任瘦，葉含珠露轉清奇。夜燈移傍晴消候，藥餌餐來老後時。莫道春風少濃艷，繁華不競是天姿。

黄楊木

秋去看看春復來，每沾時雨洗浮埃。婆娑未有貪高意，清寂應憐不競才。數歲未須愁厄閏，避霜終合護根荄。東風吹醒遊人眼，幾凭闌干笑口開。

瑞香

淡蕩春風扇萬山，托根何日到人間。歌傳香韻鶯聲滑，舞戀蕤枝蝶翅斑。名美定從仙子品，花奇亦許野人攀。堦前緩縱尋詩步，杖屨東西任往還。

牡丹

能紅能白又能黄，笑倚春風各樣粧。不向名園誇富貴，却宜上苑對君王。輕烟旭日薰朝艷，戲蝶遊蜂醉晚香。何處洛陽還有會，白頭今日且持觴。

芍藥

堦西移植更堦東，葉漸深時花漸叢。艷麗可能禁暮雨，嬌嬈應厭舞春風。常因夜露添生意，每借霜根庇老癃。留伴花王供賞後，是誰收入藥囊中。

送何司寇撫綏還朝 四首

檄書頻降自都臺，經畫曾諳濟世才。三省遺黎歸撫字，一春甘雨不勞催。泰山峰頂嗟何及，北斗天邊望幾回。四牡騑騑向金闕，漢江十頃照離杯。

清妥編氓仰碩儒，檄書傳布肅規模。春陽和煦連三省，度量汪洋隘五湖。司府雍雍鱗册就，閭閻帖帖犬聲無。中原百萬收編户，奏最應聞帝曰都。

肩輿穿破萬山烟，江北河南路幾千。收拾流亡歸載籍，撫綏憔悴見青天。璽書寵賁明應重，章疏經營事可傳。獻納還朝春未晚，願留遺教奉周旋。

山高野曠漢東西，在處流亡此托棲。天遣公來深雨露，地寬民樂任耕犁。陰雲漸散春過半，壠麥初青葉未齊。卧轍扳轅仰恩育，先生行矣念群黎。

贈别譚司訓

青氈十載怯秋霜，官滿先春買楚航。元改喜逢新正德，雪寒難别舊襄陽。神馳庾嶺添歸夢，手拍銅鞮倒餞觴。留戀鄉心如漢水，送君千里下長江。

題梅

春風頻剪拂，蓓蕾未全開。更著黄昏月，孤山興漸來。

題品物流形圖：山茶、梅、蓮、芍藥，爲莊國華國賓，并對聯

造化生生不暫休，乾坤萬物本同流。如何雙眼丹青裏，祗把烟花四様求。

對聯：景浸浮烟裏，神閒静室中。

贈華仁甫少參致仕東歸

天柱峰寒謝勝遊，紫薇行省幾宜休。鹿門忽悟龐公遠，峴石難扳叔子留。霄漢仰看回健翮，風波何處着虚舟。太湖高照東吴月，且放漁歌到枕頭。

再贈

參佐名藩仗俊才，乞身飛疏入金臺。人間晴雨渾無定，天際浮雲任去來。薇省無緣淹鳳鳥，棠陰遺愛洽蒿萊。錫山歸□□□杖，花萼争隨笑口開。

改建武侯廟開基，宿隆中

責任吾儕不可逃，丁寧先築此基牢。人龍二表開心胆，盤谷千年蔽野蒿。吼虎忽聞山口震，夜窗流照月兒高。武侯祠宇間關在，招手襄陽幾俊豪。

隆中武侯廟成，次前韻

妖狐狡兔已奔逃，忠武新祠結構牢。三顧聲華蓋襄漢，千年祀典賁蓬蒿。丹青草野雲龍會，森爽峰巒楝宇高〔二〕。幾向隆中回首處，夢魂飄緲見人豪。

〔二〕「楝宇」，原作「楝宇」，形近而誤，據文意改。羅邦柱先生亦曰，「『楝』，『楝』字之誤」。（林光《南川冰蘗全集》，羅邦柱點校本，第四三五頁，校記）

侵晨出郭候陳提學往隆中

勝處無多路，斯文有夙緣。風輕催柳拜，霞早映花妍。簇簇山迎鳥，飄飄衣罩烟。隆中何限景，一一待詩傳。

隆中謁武侯，陪陳提學僉憲 二首

卧龍勝處久模糊，尋訪歡承拉老夫。三顧迹經今日眼，千年人貌舊時圖。躬耕活水田猶在，抱膝蒼崖石尚孤。莫道斯文没關係，風光隨處偃萊蕪。

薇蕨山中口可糊，人龍泯迹在農夫。遭逢未感三回顧，成算先開八陣圖。割據英雄時已去，經綸天地迹何孤。祠前俛仰千年下，樽酒斜陽洒緑蕪。

承提學僉憲陳先生垂顧，用杜子美《嚴公仲夏枉顧草堂》韻

瓜菜裝排老瓦盤，先生含笑駐金鞍。景撩峴首詩泉湧，酒勸銅鞮量海寬。雨到分龍猶恨少，天當小暑尚微寒。論文共有無窮意，不盡樽前竟日歡。

隆中武侯廟揭扁 二首

聖斷重聞感若何，翼然輪奐起盤窩。扁懸忠武真無忝，恩蓋隆中永不磨。靈肖羅池誅慢侮，祭堪梁父入登歌。戊辰告廟當殘臘，寒怯梅花放未多。

卧龍跡滅可如何，棲廟山陽有此窩。華扁却從天上賜，窮碑留待意中磨。貪賢禮憶三回顧，旌德詩從萬口歌。千古隆中千古祀，大明恩典實蒙多。

戊辰重九，携子時表、時衷登峴石巖

旱極誰家菊解開，清秋老興若爲栽。乾坤一雨山將變，父子三人馬繼來。醉杖鳩藤哦舊句，笑扳崖石拂枯苔。未須計度明年事，且盡巖邊入手杯。

送朝使還京

分封藩國莅襄臺，駿骨應從渥水來。節册自天當日降，王心如日撥雲開。歡聲合奏銅鞮曲，暑汗連揮琥珀杯。留得習池清噴玉，沃君真當浴沂回。

次韻龔中貴桃竹感之作

才長何事不堪兼，桃竹詩催信口占。絳袖緋袍欺蜀錦，虛心直節挺羲炎。藏春靜看千蜂舞，棲鳳真無一鳥嫌。老興喜將霜韻步，西施鏡裏刻無鹽。

南陽莊國華、國賓詩來徵文，次韻奉答

晚仗遺經自警箴，乾坤曾不乏知音。人逢會意少逾老，天有何言古到今。峴石每嫌標姓字，漢江偷把濯陳襟。獨憐八代文衰後，費盡元和一老心。

奉次徽王韻，贈畢亞卿

豫荊凶荒，黎民阻饑，朝廷簡命亞卿畢公兼都憲來膺賑恤重任。王有詩嘉贈，因次韻少申頌期之意。

中原萬姓豈愁饑，天遣公來任撫綏。在處流亡俱引領，會看愁苦變雍熙。甘霖終慰群生望，草芥能忘一日知。野史大書消幾句，漢江那用更沉碑。

襄陽戊辰除夕遣懷

春光殘臘領年光，賞雪趺跏坐北堂。醴酒揮杯還自設，好山驅馬逐誰忙。閒從樂地安心地，老把他鄉作故鄉。旋買河田供百指，東坡陽羨我襄陽。

己巳仲春，王承吉招遊習池，因謁乃祖忠節祠墓，遂同侍御曹西泉伯仲、彭副郎文卿徜徉盡日而還

白雲雙袖帶天香，忠節祠參穀隱傍。春半花開兼蓓蕾，風和柳舞任低昂。巉巖嶺峻登還怯〔二〕，蒼翠林深步更長。返照在山杯在手，諸君能不爲詩忙？

和李岳臺别駕至日有感

恩聯九族想神堯，沾禄名藩媿聖朝。安養微陽看漸復，淡澆玄酒醉還消。光芒仰斗樞應轉，清艷藏梅雪未彫。更待融和春意滿，鞭羸吟傍鹿門橋。

〔二〕「巉」，原作「纔」，據文意改。

三過曹侍御見龐亭疊韻 二首

豸冠高掛已多年，興寄孤亭落翠烟。龐老風情先我得，鹿門山色向誰妍。詩尋碧嶂千峰拱，心洗長江一練懸。吏隱安知無二仲，更開池閣醉花仙。

匾山三過閱三年，仰止龐亭罩綠烟。漢水却來開眼界，鹿門終不爲詩妍。輟耕羨彼辭明府，納拜何人解倒懸。老我羅浮歸未得，夢魂空迓鐵橋仙。

讀果菴傳

果菴面目信何如，磊落平生傳翠渠。墓木文山今已拱，野航義水舊曾漁。獻投力却扶孤寡，誣枉終明庇里閭。有父有兄還有子，一門榮耀總堪書。

南川別墅 四首

南川都裏迓南川，此境寧知非夙緣？活水週遭來不竭，好山奇絶列當前。輞川笑任王維老，潁地堪供歐九眠。指日微官沙汰去，尋僧問寺了衰年。

龍門勝跡照三川，夢裏他時會此緣。苗壠細分千澗下，雨雲輕罩萬峰前。衡茅小搆無多費，身事閒添幾覺眠。醴酒未須談際遇，尚憑泉石引吾年。

穀國南來訊後川，平生踪跡浪隨緣。春深却任花含笑，澗曲從教馬不前。野叟田夫真任狎，土墻茅屋暖堪眠。賽神聽得人歡語，盡道今年又有年。

勒馬斜陽渡漢川，風波回首信天緣。身隨蜀相躬耕後，心出羲爻未畫前。玉粒香粳添日膳，草茵松榻飽宵眠。兒曹更祝公强健，盡道今年勝舊年。

食鮮蝦

尋常波浪漢江濱，五載鮮甜不入唇。若道菜根魔未了，也應虧煞嶺南人。

偶書

長腰粳米秧初插，縮項鯿魚網未開。誰道王官無好況，旋燒庭筍引磁杯。

六月十六夜宿萬山，迓少保大司寇總制洪兩峰先生 四首

冒暑來無遠，尋幽此借眠。碑潭晴浸月，粲井静闚天。竹密知風動，林深覺鳥便。悠然坐清曉，葛袂罩浮烟。

伏夜山初旦，虚簷鳥聒眠。雲霞俱捧日，晴雨未占天。寺隱幽蘭勝，江來舴艋便。無人會心曲，搔首緑楊烟。

涼浸萬竿竹，清恬一夕眠。澄江深洽地，明月正當天。山水僻元在，雲霞性本便。會看賢總制，功業照陵烟。

狐鼠穿鄰穴，干戈炒夜眠。元戎臨重地，恩雨降皇天。暑汗揮何謝，江船泛自便。分明一宵夢，香傍將壇烟。萬山前有碑潭，中有王粲井、幽蘭寺，已廢。

讀總制宫保洪先生榜文有感，蒙枉顧，因拜録謝

元元無計避誅求，嘯聚湖山可自由。萬里幾微關總制，四藩威武會諸侯。興元詔感山東泣，淮蔡忠孚度相謀。大慰中原枯旱望，幾番霖雨沛田疇。

少保大司寇總制洪兩峰先生見示春日遊鷄鳴寺舊作，追和奉答二首

寺愛鷄鳴過柳堤，三春風日弄晴暉。身登佛塔形如化，心出雲霄步欲飛。今古英雄留勝迹，尋常治亂起幾微。夕陽回首烏衣巷，争迓神仙一醉歸。

玄武湖邊寺可扳，黑龍常見有無間。六朝文物空前代，七級浮屠尚此山。王氣東南元有

主，大明日月照區寰。先生多少登臨興，富貴浮雲視等閒。

少保大司寇總制洪兩峰先生隆中謁武侯，兼承致美建議立祠之意，各依韻奉答 二首

思齊前烈掃邊塵，龍卧賢豪世絶倫。祠下一時來展拜，隆中千古託交神。侯聲道義終扶漢，公仗天威討不臣。却憶縱擒多妙算，豈無靈感佑吾人？

元戎肅謁武侯堂，山色隆中勝倍常。詩句喚醒塵世夢，酒杯引祝洞雲傍。軍師出將曾何忝，王佐掄才尚未忘，百代能逢幾知己，野花巖谷盡情香。

疊用屠司寇舊贈韻答鍾舜臣少參

軍儲百萬附通儒，區畫尋常見範模。宦轍春風連楚粤，詩懷秋月照江湖。忙如救火何堪緩，聞似知音敢謂無。高論幾回曾洗耳，白頭寧復怨江都。

大司馬劉東山老先生謫戍肅州，遇赦放還，經襄陽鐵佛寺敘舊，賦此奉贈

萬里生還楚水濱，相看真懶話緣因。戎衣謝拭三邊淚，雨露初逢十月春。鄉黨又開新眼

孔，頭顱還是舊精神。誰云人定天難定，前席他年語尚聞。

贈典簿史奈致仕還沁源

幕下憐君勇乞身，歸程剛好及初春。馬騾相逐迎孫子，山水安排作主賓。混迹自堪忘勢分，知幾終不厭清貧。桑麻滿地花紅白，村酒時看酌野人。

陪岳臺李別駕、西泉曹侍御遊峴石寺，同次磨崖石刻詩韻二首

襄陽留滯笑南川，六載三過此洞天。春早且看花蓓蕾，詩成剛遇酒神仙。大書欲放巖頭筆，久渴思吞石罅泉。老去吾儕寬展步，任他邊將勒燕然。

再疊

步步扳崖望漢川，春波摇漾浸晴天。鹿門真見龐居士，家學還逢李謫仙。詩遇敵勍姑退舍，酒生消渴更烹泉。夕陽共借西頹景，非獨今人古亦然。

承國主命代祀西南二壇，齋居偶成

中靈耿耿見常川，祀典諸神鑒在天。魂夢清來如見帝，塵緣蛻盡似登仙。五風十雨祈豐歲，萬姓三車足貨泉。大事肅將何敢慢，試看豺獺性猶然。

登樓介壽，爲都憲陳矩菴先生

景會流鍾地本靈，岳陽樓上拜辰星。天回花雪供南極，是日雪。水湧魚龍舞洞庭。已把萊衣文彩繡，佇看鸞誥炳丹青。都臺賦有無窮意，吞吐湖山興倍增。

正德辛未二月，陪都憲矩菴陳先生、方伯管公、少參白公、僉憲陳公往隆中謁武侯 二首

何處春風聚德星，卧龍踪跡迎郊坰。鶯聲催得花如錦，山色斜紆翠作屏。文教振揚非案牘，武威戡亂是雷霆。元戎舉趾殊非偶，試聽三軍頌未停。

千年人仰幾辰星，鼓吹連城動曉坰。野寺偶經新佛閣，靈祠深造舊雲屏。伏龍奮跡歸霄漢，□老□魂憚震霆。無限夕陽懷古意，深杯入手豈須停？

贈人

話别殷勤漢水涯，銅鞮歌罷更何疑。百年稱意事偏少，三月争春緑已肥。好景每因忙處忽，醇醪須到醉時知。杜鵑聲裏花饒笑，忍見斜風故故吹。

次韻送羅柱舉人 一峰子。二首。

扶植綱常寫腑肝，乃翁長夜去漫漫。孤舟夢覺寧安枕，千里歸來早掛冠。烏帽却憐吾子肖，青春那許酒杯乾。漢江繚繞波千頃，三沐淹波一盡歡。

歸來自信有餘師，曾荷而翁過望期。襄漢話投君記取，湖西門逕我能知。屋烏念洽三春酒，世路看慵幾局棊。花落花開晴又雨，九原無鴈慰吾思。

喜雨 丙寅六月二十六日。

陰雲欲合即生風，陽亢相將一月終。赤日行空煎伏暑，乾雷輾地跨長虹。田農束手嗟無計，禄吏輸誠冀感通。甘雨連宵忽沾足，閭閻諠笑望年豐。

洗心亭，爲華廷禧少參題

心無可洗洗何功，敢把亭名一叩公。經史澆培靈府静，雲山滌蕩俗緣空。晝涵珠寳塵埃外，夜抱銀蟾天水中。萬頃東溟真快意，未容解組效龜蒙。

傅寺副雙親輓 二首

江漢邊頭獄洗新，却因而子想而親。弓遺已稱懸門意，機斷應懷舊日恩。原上丘墳封宿草，堦前蘭玉長深春。不知從役京塵裏，得受光榮有幾人？

泉壤受恩原有自，薤歌枯筆發無從。寒霜不恨戎衣薄，夜月難忘手線重。一武一文兒有立，齊眉齊壽福先鍾。且看荆楚來讞獄，遺胤求生念未慵。

奉和内閣及大理諸公聯句，贈少司馬德興孫先生 四首并序

内閣李西涯、謝木齋及張東白、楊大理四公，聯詠寄贈撫治鄖陽都憲德興孫先生。四公位尊望重，不輕許可，而敍談杯酒之餘，發爲聲詩以寄數千里之懷，蓋以先生盛德雅望素孚於人，故諸公念之不置也。人有言：欲知其人，先觀其友。觀諸公之留意，則先生之爲

人可知矣。先生觀察浙江時，某教授于嚴，嘗辱先生之薦，至懼玷門下。玆者先生新拜南京兵部右侍郎，某方走迓，夜宿豐樂山齋堂。先生令急足走馳是卷，某因次韻以續四公之意兼贈别云。

春風開卷便酣人，傳寫都臺語迫真，漢水未須催畫舫，沙鷗應亦識名臣。流移總道鄖陽好，節鎮容知撫治仁。乾象夜深頻屬目，台星耿耿照微宸。

一回騁望一登臺，照耀鄖江節鉞來。每愧衰遲辜薦剡，却緣恩愛識真才。幽崖窮谷應留照，玉樹冰壺絶照埃。已置人中仙在眼，枉尋石罅訪天台。

深夜鈴馳兩馬聲，山堂燃紙續燈明。詩評諸老舒還卷，翰染西涯瘦更清。身外勳名隨世就，眼前花樣豈公榮。丈夫嚬笑關時運，載祝賡歌入舜廷。

重地黎元賴撫安，眼中風景浩瀰漫。春經閭里花含笑，恩洽嚴慈誥已頒。聲韻玉堂深雅望，丹青麟閣永何刊。南畿參佐閒機務，更把長篇子細看。

訪曹西泉侍御山居 二首

見龐亭子念頻年，匹馬東風破曉烟。嫩緑已肥春恰暮，濃雲初散日方妍。習池夢兆湖西叶，桂史聲光斗北懸。宛轉林花相掩映，誰知空谷有人仙？成化丙申，予初訪羅一峰殿元于湖西，一峰《夢》

詩云：「南冠今人習家池，一代風流更屬誰？」

兩年霧雪變陽春，重地今真仰撫民。羽檄忽傳徵去節，口碑聊聽頌行人。肩輿拖駕雙驂隱，岐路涼生一扇新。位漸高時恩漸溥，飛潛何處不容身？

重九日登峴石洞巖，次磨崖石刻古韻

千仞懸崖俯漢川，衰年扶步若登天。茱萸晚日簪重九，烏帽斜風落醉仙。古怪巖頭看剥字，清冷澗底認跑泉。摩挲盤石行還住，走筆題詩笑率然。

高陽池候都憲李先生 四首

春去夏復來，懷賢情未已。雨餘山正佳，漢水增浩瀰。遡回驚急湍，來舟進復止。望望鹿門山，衆芳競妍美。

至人無牽尼，行止自有時。未能測中蘊，信息滿江湄。青陽亦易暮，風色未遲遲。徘徊潔豆觴，凝睇高陽池。

騁目漢江湄，漲沙忽吞改。誰持造化機，一雨功十倍。豈無欲濟心，憂在漁梁水。達人來拯溺，引領時相待。

轉盼宇宙間，高才能幾見。身輕囊易括，花落春空羨。綿綿憂世心，暮景來恩眷。風雲在掌握，叱咤看雷電。

神泉，爲大參將鍾君題 四首

中泠嘗一歃，已過惠泉甘。不遇賢藩佐，誰來發地藏？

泥沙埋自昔，嘉號得今傳。未試真風韻，那知啟自天？

西來逢至喜，亭名。險盡黄牛廟。夷陵闕列宿，偶得感通妙。

潛泝入地中〔二〕，誰識真源處？謝却桔槔勞，爲霖天上去。

次峴山有感韻，兼贈别陳僉憲

暑雨連消峴首塵，殷勤杯酒可辭頻。刑書動欲求生獄，心法那須問斲輪。瓜及一期應未晚，霜飛六月豈無春。畫船簫鼓喧斜日，詩料江邊處處新。

〔二〕「泝」，原作「沂」，據文意改。泝，流也。

借《通川感事詩》韻寄林見素都憲，兼呈總制洪兩峰先生

敵降談笑據征鞍，勝敵何如自勝難。老眼浮雲看一世，殊勳遠地險千盤。邊書罪己神靈護，頗藺同心賊胆寒。料理元戎清況在，也留隻字及南冠。三十年前，羅一峰《夢》云：「南冠今入習家池，一代風流更屬誰？」不數日而余至，蓋驗是夢，遂成故事。適在帥府，閱見素都憲寄李白洲先生《通川感事詩》，承道及，因借韻奉答。不久，果報賊降，首句又成詩讖。

喜李都憲以撫治督將出師，用杜老《諸將》韻奉贈 二首

賊騎縱横傍霍山，鄰封唐汝尚牢關。土戎已壯官軍膽，夷長還參將佐間。魚在釜中猶戲躍，棊當局處却安閒。春風指日傳飛捷，武弁知誰不厚顔？

攻屠連拔十餘城，濟北淮南駭賊旌。豈謂太平終偃武，却勞文士遠提兵。漢思頗牧增長歎，世遇黄河幾度清。多謝鄖襄賢督府，直將恩信迓昇平。

谷隱寺 二首

晨裝怯度鹿門津，谷隱西尋物色新。江水懸帆飛過客，鶯花幾樹笑迎人。山藏洞口春隨

地，寺占盤窩草勝茵。醉倒松根眠枕石，懶將生滅説緣因。

晚雨肩輿入翠屏，鹿門形勝肖丹青。高低山抱春和氣，上下泉通地脈靈。道眼何曾離笠影，瑞巖常自問翁惺。也知佳境偏難到，天與康强更幾齡。

鹿門寺懷龐德公 二首

鹿門風致念經旬，幾度懷賢欲訪頻。隴上輟耕聞好語，山中遺跡問何人。翠微夜雨來僧閤，紅燭深杯話隱淪。多少英雄争戰事，襄陽耆舊却輸君。

遥遥鹿門山，瞻望興非淺。緬懷龐德公，千載去不返。隱迹無處尋，聲光一何遠。

奉贈李都憲以鄖陽撫治陞掌南都察院事

五月長江水滿時，活流風送到南畿。功成已見文兼武，名重應聞夏與夷。别酒共憐葵照日，占年剛對麥秋期。宦遊他日尋遺跡，却笑吾詩是口碑。

贈别范邦秀節推轉南京春曹

袖拂西風起白蘋，暑餘初换一涼新。有官豈必惟科道，無欲終當見性真。南國同時多故舊，甌閩垂老慰慈親。春曹儀制非無事，莫遣鄉情久滯人。

奉贈少保洪總制先生

四藩瞻望將星高，經略山深軍務勞。閫外齊威明即墨，淮西裴相浄逋逃。村餘壁壘荆蒿長，兵洗巖林虎豹號。飛捷獻俘天上去，臣民胥慶仰崇褒。

擬贈人

驄馬如龍錦覆鞍，路當西蜀豈辭難。令嚴却任霜加雪，機活應如珠走盤。寇盜從來多險阻，流亡多爲逼饑寒。軍門直筆功須紀，莫遣之推遠掛冠。

贈别少參李岳臺致政還家

憐君巨眼隘中州，幾度襄陽話喜投。山水稱心居欲卜，宦途無味去難留。時危海内風塵滿，歲晚林深倦翮休。歸近重陽好時節，千杯菊酒洗閒愁。

往南川别墅舟中偶成

海天使者憶胡奴，吏隱南川亦此都。雨久晴來山轉翠，江深流急棹縈紆。杯盤指擬需重九，花草丁寧候菊萸。老我何心更争席，却於篷底羡鷗鳧。

遊古林寺看珠泉

勝地從來地秘靈，肩輿斜日眼還清。一泓泉噴珠璣湧，九月霜紅樹錦屏。旋汲烹茶嘗水味，欲裁蕉葉寫心經。丁寧行者前頭拜，築土周遭搆一亭。

九月七日别墅池亭小酌

亭子初看落暮霞，南川吏隱漸成家。重陽未到菊先放，春色争妍杏亦花。是時，亭傍有杏二枝放花。元亮飽飧香稻美，懶殘常啖芋魁嘉。王官却任醺醺醉，天與精神壽日加。

立冬後賞菊 十首

菊開何太晚，重九已過時。欵欵來蜂蝶，幽香滿短籬。

幾種重陽菊，連開傲晚霜。紅黄各稱賞，朵朵弄杯觴。

看到忘言處，渾疑我是花。不知時已過，猶復露霜葩。

采采籬邊菊，羞將插帽紗。却疑秋富貴，天地也奢華。

庭中矮橘樹，顆顆照金黄。却襯籬邊菊，天然錦綺香。

朵朵玉爲盤，金黄向裏攢。樽中歡酌盡，酒量不知寬。

臙脂紅照日，花蕊簇金黄。暗有天香發，阿誰作主張。

廬山重九節，送酒有江州。不是陶元亮，花神枉獻秋。

細卷鵝毛白，中留一點黄。倚欄看不厭，有句入詩囊。

醴醞何曾乏，誰人遣白衣。叉頭那未盡，時節酒非遲。

題郭總戎追思慈愛卷

八十慈幃已去時，雙垂鶴髮正絲絲。被誣誰爲開心鏡，雪枉天教不死兒。累荷皇恩扶正氣，屢傳瓜瓞慰深思。滿前春事無人會，喜對均陽細詠詩。

補遺

得趣亭自警

人心靈更妙，易放實難收。悟得防閒計，專於敬上求。

柏臺春雨

時雨連綿洗故城，繡衣當道典文衡。潤回生意元無限，隔斷紅塵杳不驚。寒透野花微有色，翠交庭草濕無聲。愚生何幸霑恩澤，心捧冰壺分外清。〔一〕

遊圭峰

瘦馬獨深入，高峰將盡頭。造他真境界，是個小羅浮。火米兼僧飯，基茶煮澗流。無煩白

〔一〕「冰壺」，原作「水壺」，據文意改。羅邦柱先生亦曰：「『水』，當作『冰』」。（林光《南川冰蘗全集》，羅邦柱點校本，第四三五頁，校記）

沙念，禪客解相留。

登衆嶺，用子翼韻

東南千萬山，脱換布桂景。影落羅浮春，脉發大庾嶺。融液結旋窩，柔茂豁深境。軒然峙衆嶺，巨舶繫風碇。浮沉波浪皺，踴躍魚龍并。纍纍花萼敷，欵欵蝶蜂競。排雲三兩星，異質秀而穎。相望子午宫，乾坤氣中正。顧盼出窮林，頗覺儀衛盛。顒顒相拱揖，未肯争負勝。或如蜂露珠，點點成圓凈。或如母哺兒，留戀出天性。或集若燕會，或雄若馳騁。或齊若姻婭，或落若退屏。危冠儼嵯峨，舞袖紛掩映。桓桓隸排衙，冉冉僧露頂。週迴抱一城，聯絡棲萬井。將星在中軍，士馬俱貼定。褰衣恣登臨，老脚忘疲病。山靈在何許，俛仰增畏敬。洪荒誰鑄陶，會我心中鏡。平生首立念，真宰秘休命。但營不食地，薄德奚足徵。相携二三子，語下心即領。紜紜物歸根，法眼生虚静。

江湖勝覽爲陳以明題

中原何處不窮搜，好是平生愛浪遊。匹馬幾嘶梅嶺月，片帆高掛洞庭秋。林泉鬢髮頻看改，湖海風情尚未休。火棗交梨新悟得，不愁無路到瀛洲。

南川冰蘗全集卷之末

師友麗澤外集

序

張廷實 諱詡，號東所，郡人，進士，官吏部稽勳。

贈林緝熙先生教諭平湖序

士必有包括宇宙之學、卷舒風雲之志、超越古今之見〔一〕，然後可以蟬蜕污穢之中而浮游埃壒之表，神明與居、造物與游，處俗而不累於俗，爲法而不制於法。蓋在我者有其主也。無窮

〔一〕此文屈大均編《廣東文選》卷八亦有收録。（屈大均編：《廣東文選》，《北京圖書館古籍珍本叢刊》，北京：書目文獻出版社，一九九〇年，第一一七册，第二一〇頁）「超越」，屈大均編《廣東文選》所收此文作「超趠」。

達、無古今、無生死，而況其他者耶？苟無所主，則牽制於俗、執滯於法，曰人不我與也，又曰法不我符也，是則累於名與法矣。以是名而拘中人則可，以是名而拘有道者，不可也；以是法而限中人則可，以是法而限有道者，不可也。今之論出處者，我知之矣，惟喜其同而忌其異。故仕者自以爲通，而不仕者自以爲高。余則以爲，苟吾有主，則處是也，出亦是也，不復可以是非論矣；苟無所主，則處非也，出亦非也，是非於是乎生焉。非之生，由於是之相形也；苟無非，則所謂是者何所有耶？

余郡東莞林緝熙先生早歲英發，立志不群，在庠序間已崢嶸露頭角。成化乙酉領鄉書，舉進士不第，慨然有明道先生之志。適余郡白沙石齋陳先生倡道東南，先生遂棄其所學而學焉，獨居扶胥，結室欖山，遲遲十五六年之間，所以講求性命、俯仰天人、低昂今古，如駕鯨鯢泛滄波，偉乎其大觀哉！浩乎其自得哉！庸何凡流得以窺其趣也？先生抱負既大，心志愈卑而聲名隱然以起，若今右都御史桂陽朱公尤見器異，力勸之仕，移文有司催逼上春官，先生遂行。已而會試中乙榜，得平湖教諭而行，論者稱屈，以爲位不稱其德、事不稱其才，而先生欣然喜得迎養老母，從事文秩〔二〕，得以求其志也。余嘗感夫人生所得於天，至貴而至重者心焉而已，所謂主

〔二〕「文秩」，屈大均編《廣東文選》所收此文作「文帙」。

也；耳目鼻口、四肢百骸，聚則成形，散則成風，乃不久之贅物，所謂客也。士君子往往爲其所累，窮極其欲，衹以供客而不識自家主人，悲哉！是以是非之論生焉，客爲之也；窮達之感生焉，客爲之也；古今之間、生死之變生焉，客爲之也。達者固不復累於是矣。先生蓋得此學者，焉往而不自得哉！余考圖經，平湖乃東浙秀區，山明水媚，沃壤千里，士人重文學而好遊樂。吾知車馬到日，衿珮如林，樽俎沿江而迓几杖，如再覩胡先生安定之再來也。太學生鄧貢甫、鍾元溥輩來徵文以贈。予既爲先生贈，又以之爲平湖士人賀。

送南川林先生序

陳 垣 臨海人，官國子監博士。

垣髫齡侍先君著書，不甚樂觀場屋文字。甫十五，先君歿於京師。又八年，家遭鬱攸，并手澤而亡之。每自嘆天不欲使不肖成立，故轗軻迍邅一至此也。側聞白沙陳先生講道東南，學者翕然趨之，有若山之宗岱、河之走海。思裹糧相從而貧病弗果。比舉於鄉，就官教涇邑，時南川林先生爲嚴州教授。先生，白沙門人，得其心學正印者也，心竊慕之。嚴與涇，壤地不甚相遠而教事羈縻，音問亦不相接。既而當路以賢聞，召爲國子監博士，垣亦忝附驥尾，有榮輝焉。居無何，先生拜襄府左長史，實明天子賢相簡任之，皆清秩也。其爲人天分既高、學力亦至，而詞章翰墨悉其餘事，胸次明潔而其外淡然，若遺落世事者。蓋先生之學以主敬爲本，其下手工夫多在静坐上。嘗讀書欖山，不出山者踰紀，信乎孟子所謂「人有不爲而後可以有爲」者。於乎！垣於先生，是何慕之久、見之難而别之易哉？抑斯文會合，若有造物者主於其間，不可得而知也？先生將行，語垣曰：「某行，子顧無言以贈？」蓋不遺於蒭蕘而兼采於葑菲耳。垣不佞，尚憶少時詩，於白沙有云「斗山不拜陳公甫，身世空慚共兩間」；近寄先生《中秋有感》詩云「碧海青天思不盡，此心不爲素娥嗟」，皆足以見區區之志也。不然，又安敢强聒自取踐踏耶？若夫啓沃彌綸以成藩屏之才，如古賢王光照史策，斯固王國傅相之職業也。

送長史林先生之任序

倫伯疇 諱文敘，南海人，殿元，經筵講官、右春坊、右諭德。

余家食時，嘗聞白沙陳先生之門有林先生者，號稱有道之士。弘治戊申夏五月，侍今大理少卿張公過白沙之廬，扣先生起居，則已領鄉書職教事於浙東矣。後數載，予承乏今職，先生適由嚴庠教授應才行卓異詔，徵拜國子監博士，始獲覿德。以鄉曲故，頻及晤語。跡先生之話言舉履，宛然陳先生遺則，而其胸次磊落、清通、邃遠，則又若使人頓忘榮利而翛然寥廓之外者，謂非深於所養，不可也。以故師授日廣，及門多傑人魁士；一時名公鉅卿，咸樂與友善，四方贄牘且日至。今冬十二月，進擢襄府左長史。長史，合府元僚也，事得兼問，而師矩之責尤專。但歷代多忽其選，或以廉節補，或以辭藻招，皆不能無惑焉。夫一於質，則論説不備，罔以開益其主上之聰明；一於文，則又中無所有，將何以爲熏陶德性之資？無怪乎禮度弗彰，而尤悔之或至也。先生之内融矣，含章積譽舊矣，師友淵源所自浚且邈矣，行率群僚，日進乎廣廈細旃之間；勸誦箴警，漸涵啟沃之弗懈。吾見河間、東平之譽復著於荆土，異時追論厥傅之賢，董、賈顧得專其美於前耶？昔人有言，文學之任必華實相稱者居之，先生有然。先是秋七月，先生嘗自計曰：「種學將以顯行也。吾薦歷庠序，曾無行道之責。所賴傳吾學者猶不乏人，將復何求哉？」遂上疏請老。迨今命下，又語人曰：「萬里歸途，吾先處其半矣。」於是都諫王君文哲輩慮先生之急於退休，無以仰副聖天子親善藩王之美意，予故述其職任之重且宜以告，冀先生之願留而嘉績之再集也。若夫位遇之崇卑與道之行否，先生既已安之，予又烏用多言爲哉？

書

陳白沙

諱獻章，字公甫，號石齋〔一〕，新會人。欽賜翰林檢討，從祀兩廡。

與林緝熙書 共三十五首

忽夢天大雨，有路滑險，行者莫能着足。緝熙獨負予於背疾走，上下凡數回，如履平地，昂首曰：「光將負子歸矣。」予告曰：「子異時所克大者，端緒盡在今日矣。」夢中覺精力倍平時，昂昂增氣，此吉兆也。予平生夢特異者，必有徵於事，緝熙必能始終。此念大慰予望。庚寅。

二

秋且盡矣，旦暮惟吾子尺牘耿耿置不足於胸中。奚吾子不以所得告予夫？予則兀然終日隱一几坐而思之。思之不得，又重思之。假令有得，毛髮以上，吾又不以告吾子而誰告耶？始予之寓京師也，處於子仁、克恭之間，乍合乍離，率不過一日二日，其有所欲言而未竟者，亦未始

〔一〕「字公甫，號石齋」，原作「一字石齋」。據各種史料記載，陳獻章，字公甫，號石齋。因改。

屑屑然也。近者，獲其手書，述一遺百，宜詳而反略者，此則不可疑而可悲。歲月寂寂，一扎千金〔二〕。以予揆之，克恭輩别去，知其晚夜思索，胸中堆積，所欲言者何限？略云固可，奈何盡之？是以默默寄恨於向來耳。今吾與吾子相去雖甚邇，不可朝夕見，謂宜勤一書以罄其所欲言者，無令拍塞胸次。人事何常，庸詎知他日萬一不爲克恭輩追恨於疇曩耶？前此寄去書稿想達，亦勿愛一字，吾子之意也。德孚托予爲《文溪集序》，病倦不能詳細，乞爲删定，去紙却寄白沙。渠近有書來促此稿，已旋往碧虚矣。庚寅。

三

不見許時，渴想渴想。僕自八月抵家至今，人客往來，續續未已，殊廢讀書，未審緝熙何如也？承寄示遊山諸詩，又别又别。眼中杜子美，恐不止莊木齋一人，第不可使羅應魁知之，便作惡耳，呵呵。僕未識羅浮山作何面目，誦緝熙「明月」、「沖虚」之章，覺清風滿紙，颯颯逼人，莫道不是老天將留下此好生活與吾人也。卜居之事，憧憧於心，老母安土重遷，到今開喻，未蒙首肯，朝夕惟以此爲念耳。德孚堅坐碧虚，亦是勇決。外人道他好名，又道他學仙，德孚都不恤，

〔二〕「扎」，《玉篇》：「扎，俗『札』字。」

可謂有志矣。但不知終身出處大節如何，若更透過此一關，其進殆未可量也。萬梅書屋且當閉關獨坐，早晚僕同德孚一叩，却往羅浮也。《語類》搜尋得琴軒家板本否？望作急見報，免抄京師錯本爲好也。年尊夫人哭小孫，過哀成疾，人子當此之際，憂惕何可暫離？緝熙倘有意過白沙，請勿舉踵，僕却不敢奉怪也。天寒，惟望萬萬自愛。庚寅十月念七日書。

四

來教具悉。進業之勇如此，可畏可畏。章始有志於此，亦頗刻苦。後來憂患妨奪處多，或前或却，故久而無成。緝熙今認得路脈甚正，但須步步向前，不令退轉；念念接續，不令間斷，銖累寸積，歲月既久，自當沛然矣。與陳先生書，意好，辭亦不費，今附德孚轉達。張内翰寄到《蘇文》，今亦附達左右。渠欲同羅先生來嶺北約章會講，有手帖云云，不知果如何也。令弟秉之能相從此學，殊不易得。未面，且爲致下意。辛卯正月五夜燈下書。

五

德孚兄近專向裏尋索，若念念爲之不置，可識端緒。上蔡云：「要見真心。」所謂端緒，真心是也。緝熙後一札已具此意，但恐工夫不能無間斷耳，更企勉之。德孚兄近處置得出處一節甚停當，更不拖泥帶水，可羨可羨。吾人立身，各肯如此，士風何患不振？知之，宜作一書往賀也。光宇就白沙作屋。新年來，別爲出少課程，令自求益。此兄刻苦，誠未易得，媿無能爲扶持。有便，可作一札以左右之，幸甚幸甚。辛卯。

六

舊歲，涂伯輔過新會，帶到張内翰寄來《蘇文》一部，共二十二册，此月九日已附德孚轉達，並手札一封。光宇寄去《程氏遺書》共六册，未知到否？賣香人便，附此潦草。何時還來南海祠？飛示爲禱。辛卯。

七

昨晚得緝熙二月二十八日手書[一]，承諭進學所見[二]，甚是超脱，甚是完全。病卧在牀，忽得

[一]《陳獻章集》收録此信無「昨晚得緝熙二月二十八日手書」十三字。（陳獻章《陳獻章集》，上册，第二一六頁）

[二]「進學」，原作「道學」，據《陳獻章集》收録此信改。（陳獻章《陳獻章集》，上册，第二一六頁）

此紙〔一〕，讀之慰喜無量，自不覺呻吟之去體也。終日乾乾，只是收拾此而已〔二〕。此理干涉至大，無有内外、無有終始〔三〕，無一處不到，無一息不運。會此，則天地我立，萬化我出，而宇宙在我矣。得此霸柄入手，更有何事！往古來今，四方上下，都一齊穿紐、一齊收拾，隨時隨處，無不是這個充塞。色色信他本來，何用爾脚勞手攘？舞雩三三兩兩，正在勿忘勿助之間。曾點些兒活計，被孟子一口打併出來，都是鳶飛魚躍〔四〕。若無孟子工夫，驟而語之以曾點見趣，一似説夢。會得，雖堯舜事業，也只如一點浮雲過目〔五〕，安事乎推？〔六〕此理包羅上下、貫徹終始，滚作一片，都無分別、都無盡藏故也〔七〕。自兹已往，更有分殊處，合要理會。毫分縷析，義理轉無窮，工夫

〔一〕「此紙」，《陳獻章集》收録此信作「此柬」。（陳獻章《陳獻章集》，上册，第二一六頁）
〔二〕「收拾此」，《明儒學案》所引述作「收拾此理」。（黄宗羲撰：《明儒學案》上册，第八五頁）
〔三〕「無有内外、無有先後」，《陳獻章集》收録此信作「無内外、無先後」。（陳獻章《陳獻章集》，上册，第二一七頁）
〔四〕「都是」前，《陳獻章集》收録此信有「便」字。（陳獻章《陳獻章集》，上册，第二一七頁）
〔五〕《陳獻章集》收録此信無「也」字。（陳獻章《陳獻章集》，上册，第二一七頁）
〔六〕「安事乎推」，《陳獻章集》收録此信作「安事推乎」。（陳獻章《陳獻章集》，上册，第二一七頁）
〔七〕《陳獻章集》收録此信無「都無盡藏」之「都」字。（陳獻章《陳獻章集》，上册，第二一七頁）

轉無窮〔二〕。書中所云，乃其體統該括耳〔三〕。病中還答不周，言多未瑩，乞以意會。前此所諭〔三〕，「〔天〕命之理」以下數段〔四〕，亦甚精到有味〔五〕，媿不時復。草席、香各領賜，感感。辛卯四月十一日。

八

來諭主張默默，甚好。默默守得住，言語纔多便走了。須假默默去養，教盛大。《中庸》言細不遺、大不過，工夫則不離個忠信，孔孟却就言語上教人點檢，便是終日乾乾也。光宇疾亟矣，旦夕視之。無聊甚，不一一。辛卯十月十一日。

九

不德之徵，殃及同類。光宇不幸此月十八日逝矣，哭之屢日夜不能自解，神惝恍不能持，

〔二〕兩「轉」，《陳獻章集》收録此信作「儘」。（陳獻章《陳獻章集》，上册，第二一七頁）

〔三〕「體統」，《陳獻章集》收録此信作「統體」。（陳獻章《陳獻章集》，上册，第二一七頁）

〔三〕「諭」，原作「論」，據《陳獻章集》收録此信改。（陳獻章《陳獻章集》，上册，第二一七頁）

〔四〕「天」字原缺。經查，「前此所諭，「天」命之理以下數段」，是指成化七年辛卯正月二十五日林光《奉陳石齋先生書》中「天命之理流行而不已者」以下數段文字。（林光《南川冰蘗全集》，刻本，卷四，第二至三頁）據補。

〔五〕「精到」，《陳獻章集》收録此信作「切實」。（陳獻章《陳獻章集》，上册，第二一七頁）

奈何奈何。天不可怨。光宇力善不倦，得罪於世之淫人者，天卒不與耶？將數之有一定不可改耶？光宇無恙時，見屬諸文未能作，憫其垂絶，煦煦爲了得譜序一首，附入光宇平生好處；尋又令繪士寫真，爲山巖幽棲之狀而贊之詠之，皆光宇屬纊前數日目擊。他日以勒諸巖石，爲嶺南之勝蹟，顧吾德劣而文又亡奇，不足與圖永久，奈何？昔者視其疾云：「萬一不諱，吾爲汝具行狀，請緝熙爲作墓誌。」今不忍負此言矣，早晚掇拾一草，去請緝熙下筆，千乞勿讓。章又爲擇葬地，在其屋後山，距所棲石巖僅數丈許，卜之，亦吉。光宇病將亟時，使人扶出望之，曰：「此吾舊所愛也。」卒之三日，其季父絢洎鈍齋兄囑筆代報〔二〕。臨紙不勝嗚咽。辛卯十月二十日。

一〇

光宇竟止此，可念。章爲狀，緝熙銘，此雖朋友之責，亦死者之志也，尚奚辭？付去碑二紙、稿一紙，餘在秉之紙。章白緝熙足下，廿七日。前日寄去鄧童子碑册，想達。壬辰。

〔二〕「洎」，原作「泊」，據文意改。

一一

秉筆欲作一書寄克恭，論爲學次第，罷之，不耐尋思，竟不能就。緝熙其代余言。大意只令他静坐，尋見端緒，却説上良知良能一節，使之自信，以去駁雜支離之病，如近日之論可也。千萬勿吝。

一二

二月初旬，得豐城同門書，報先生棄世、屬纊乃在己丑冬，不知彼間許多時，何故不以訃聞？或所寄書偶沉浮，後更不寄；或茂榮自不肯報，亦未可知也。來書見責赴哭，而章自五羊歸後，厥疾又作，跬步不能離庭户，惟東向哭而已，奈何奈何。來訃鄧生，可惜岑寂山中，忽然失却一賢主人，其無味可想。緝熙作銘，拙者奚吝書丹？但自覺筆意凡近，終不能傳遠，而平生亦未有可倚仗處，徒勞往復，不若緝熙自書爲佳耳。惟裁處。

一三

鄧祚碑好，光宇之銘，頗涉奇矣，然又特好。辭雖工，不害於道，其傳宜永，光宇之幸也。章近凡百粗遣，惟舊疾時復一作，益厭人事，欲遠去耳。平岡人鍾氏兄弟好事，惠余屋基，有田十頃餘，其地近海，在吾邑西南數十里，即屋之北山是也。衆議復欲於旁近建學舍一所，割田以供諸生之貧不能自振者，計亦不下四五頃。所得盡佳山水，旦夕殊以此自慶耳。緝熙前過白沙，倪麟夢一人被髮指余言曰，「如厓山間七八大賢」云云。當時莫曉所謂，今卒應之，是何神也！時矩欲從余于平岡，近與李玉俱在館中。城中人語云：秉之中道，叔馨絶倒。不知何所自去也。幸語秉之。癸巳九月朔日。

一四

前月二十八日，與僉憲陶公聯舟從三水上胥江，遂與胡先生相遇，乃知緝熙、秉之前一日在石門別去，晤此會也。佳作《贈胡先生》，託時矩附卷中，間聲律未完處，謬改數字，愧率爾也。拙作想已聞於諸友，今不再録。次日曉登峽山寺，與胡先生飲餞。席間與論爲學之要，口占一絶云：「一片虛靈萬象全，何思何慮峽山前。洪城内翰如相問，爲説山人已遁禪。」此復去廷祥書，羅殿元疑爲禪學作辨，其源蓋始於廷祥書也。可笑可笑。事托倪麟者，未有指準，彼中非無人可求，更俟續報。餘不具。九月一日寓胥江舟中，獻章書。

一五

增城老人至，得緝熙手札一通、碑四貼，展玩良久。歲前南至日一柬，亦每誦不能謝口。緝熙果於辭大有得也。章自春間納犬子婦，俯仰作、熱汗發，至今癡慣度日，恐遂不足爲人倚仗。歲云邁矣，奈何奈何。秉之勘破異説，抑何遲也。時矩自鐵漢，終不道被人磨毀得也，而且不免呶呶。異哉，其所用心也！可笑可笑。老人不知章之不文也，又不知言之不可苟也，觸熱走數百里，來而去，去而復來，言亦不可也，勤可念也。爲《釣圖記》一首，去姓名也，不與老人聞也。老人往矣，緝熙其私審度之，尚無辱斯文也，批破一字與之；否也，則勿示焉。陳布衣不幸卒於龍巖，去年八月十七日也。拙挽録於別紙。甲午六月十二日。

一六

前日告秉之等只宜静坐。子翼云：「書籍多了，擔子重了，恐放不下。」只放不下，便信不及也。此心元初本無一物，何處交涉得一個放不下來。假令自古來有聖賢未有書籍，便無如今放不下。如此，亦書籍累心耶？心累書籍也？夫人所以學者，欲聞道也。苟欲聞道也，求之書籍而道存焉，則求之書籍可也；求之書籍而弗得，反而求之吾心而道存焉，則求之吾心可也。惡累於外哉？此事定要覰破，若覰不破，雖日從事於學，亦爲人耳。夫子語爲政曰：「足食，足兵，民信之矣。」子貢曰：「必不得已而去，三者何先？」曰：「去兵。」「必不得已而去，二者何先？」曰：「去食。」必不得已而去，非惡而去之，三者不可得兼，則亦權其輕重次第取舍之而已。夫養善端於静坐而求義理於書册，則書册有時而可廢，善端不可不涵養也，其理一耳。斯理也，識時者信之，不識時者弗信也；爲己者用之，非爲己者弗用也。詩、文章、末習、著述等路頭一齊塞斷，一齊掃去，毋令半點芥蒂於我胸中，夫然後善端可養，静可能也。終始一意，不厭不倦，優游厭飫，勿助勿忘，氣象將日進，造詣將日深。所謂「至近而神」、「百姓日用而不知」者，始自此迸出體面來也。到此境界，愈聞則愈大，愈定則愈明，愈逸則愈得，愈易則愈長。存存默默，不離頃刻，亦不着一物，亦不舍一物；無有内外，無有大小，無有隱顯，無有精粗，一以貫之矣，此之謂自得。清明日書。緝熙更爲申説，令了了。

一七

近睹詔内一欵言〔一〕：「監生有不願出仕聽選者，授以從七品有司職名；依親坐監者，授以正八品有司職名，俱令冠帶閑住，有司以禮相待，免其雜派差徭。」朋友間聞有此例，皆以爲便於

〔一〕「睹」，原作「賭」，據文意改。

我，且曰：「以心存道，以迹存身，亦無不可。」吾之所以見疾於時，此朋友所共知，宜朋友所共憂也。然有可疑者：迹者，人之所共見；心者，吾之所獨知。迹著而心隱。通變者，聖人也；執其道至死不變者，賢人也。聖人任迹而無心，賢人有心而踐迹。因時有險易，故道有恒變。微乎微乎，惟聖人然後可以與權；膠於恒而不變，賢人因不足於權也；托於權以自肆，小人之無忌憚也。抑又有難者焉：倉卒之不虞，顛沛而蒙難，若過宋之微服、見囚而佯狂，此又權之已逼者也。故慮危而後安，防亡而後存。《易》曰：「君子見幾而作，不俟終日。」在「明夷」之初九，事未顯而處甚艱，非知幾之明不能也。《易》曰：「君子於行，三日不食。」[二]言知幾速去，行人之所難而不疑也。當穆生之去楚，申公之賢猶以爲過，卒被胥靡之辱，其於處患難之幾何如也？愚慮叨叨未中理，願與君子籌之。可否，惟命。

一八

羅浮之遊，樂哉！以彼之有，入此之無，融而通之，玩而樂之，是誠可樂矣。世之遊於山水者皆是也，而卒無此。耳目之感，非在外也。由聞見而入者，非固有在内，則不能入；而以爲在

〔二〕「易」，原作「象」。「君子於行，三日不食」乃《周易》明夷初九之爻辭，而非象傳之文字，因改。

外,自棄孰甚焉?所歷諸處,必有佳作。詠歌而歸,托於聲者,千態萬狀,神化恍惚,莫不雲行而水流,則得於我者,若丹青之妙、水鏡之照,明者可以攬而有也。何惜一二示我耶?淹病之餘,有懷未遂,凡閱此紙數四,而未嘗不耿耿也。力之所不及而猶終不忘焉,非不異於畏難而憚勞者,終不足自解也,其他可知矣。疑火之喻,甚高喻也,此不足校,但幸覺之不早、言之不謹,今而後可以括囊矣。乙未十一月未盡之一日書。

一九

得九月書,具悉諸況。先府君墓誌並詩、奠文石刻,此月方下手,計工一月可了。但恐人事中有作輟,未前期也。章百凡如昨。舊膓因土人陰謀爲孽,避地城中,今幸無虞矣。前此,舉邑恟恟,蠆毒將作,鄉人挈妻子東西避者相繼,若無尹彦明之先見,章幾陷虎口矣。方此妖未殄,浮謗山起。賴丁縣主、倪聖祥協力濟艱,渠兇授首,罪狀昭然,四境獲安,亦大幸也。或者謂四海之聲名,不能壓如山之謗,東南不可居矣,如何如何?便風,無惜寸紙見意。至囑至囑。正月六日,章寓城隍廟書。

二〇

僕不能自決於進退，遠煩吾子致憂，進語白沙連日，處義精密，吾子之見偉矣，敢不佩服？十五日，自嶺頭歸，腹痛尚未止。十八日，筮得「歸妹」之「師」，其辭驟看若相牴牾，疑其非鬼神所以示人一定之意。細看「跛能履」一句，《程傳》與《本義》皆少忽略。《小象》言相承未爲承，助其君乃承，二以行也。蓋初既爲娣[一]，象娣之微，豈能自主於行？必依正配而行，如跛者依人而履，故曰「跛能履」。《象》釋之曰「跛能履，吉，相承也」，其旨明矣。如此看，方不失《易》本意。二爻辭蓋互相足，非有牴牾也，然後筮者之進退決。謹告緝熙足下，章筆。兼達秉之，以爲何如？

二一

緝熙苫次：先府君吉人之墓，章得銘之，甚幸。但愧文不逮實，所恃者永叔自有《瀧岡表》可傳耳。葬期至今臘，碑丹宜及時書之，秉之能爲此一事否耶？拙疾有拘，未得躬弔哭，媿痛何

〔一〕「娣」，原作「姊」。《周易》「歸妹」初爻爻辭爲「歸妹以娣」，林光《明故翰林檢討白沙陳先生墓碣銘》所引述此信作「初爲娣，象娣之微」。（林光《南川冰蘗全集》，刻本，卷六，第十二頁）因改。

言。近又爲彭公薦剡所干，府縣來促起程，至今行止未判。疇昔所與商議，未審今日主張何如？衆論紛然，皆不足據。緝熙必有至當之論，望少輟哀，垂示爲感。己亥十月十日書。

二二

春至獲香醞，與客嚼橄欖對酌，如在欖山親風味也，感感。承喻銀瓶嶺好佳山水，何日得寄目？向問一之，云：「只穴處有疑。」畢竟此一事難曉，非郭景純，道好道惡，誰信得？近見鄺洪，云：「何時矩自負地理，每與人閱一地，索謝三十金，竟未有償之者。」可笑也。此子近發狂甚矣。非特此一事，凡所處皆不近人情，初不異其至此也。緝熙頗聞之否？今年夏秋間，二犬子連得兩孫男，幸老母粗康，日弄孫爲樂。回吏部檄大意言，目今尚病，未能起程。他一不及。頃見府主，云甚得事體。蓋亦衆心所同也。陳大中近有書云，今冬了一峰葬事後，偕清極來白沙。獻章復。

二三

向者羅清極書囑一峰墓誌，馬龍屢囑，今緝熙亦囑。章於一峰情分最厚，果待多囑耶？顧自謂拙於文。一峰在世時，久知我不能也。頃疑廖先生當爲行狀，緝熙當爲墓誌，孔昜、東白輩爲墓表、爲神道碑，章袖手可也。且挽［詩］數篇[一]，皆在人口，使其言傳，是亦足矣，非敢忘一峰也。一峰交廣，如緝熙當任表章之責，幸毋多讓。新碑石稍闊，亦堅好，若他無勝此者，亦可作墓誌石。奠文詩刻，只數日可了。誌字六七百，一手刻，多拚一兩月。此役托聖祥不難，但未與面議耳。裁處幸回示。庚子九月七日。

二四

畫竹必得先成竹於胸中，執筆熟視，乃見所欲畫者。振筆直遂，以追其所見，如兔起鶻落，少縱則逝矣。襟韻高者，脱去凡近，所作萬古常新。此可以意會，難以言傳也。

二五

前在城中有簡寄去，不審到否？時事紛紛，想徹左右，兹不贅。惟去住一節，欲聞至論，便風無吝一字，凡報，宜附張詡處轉寄爲便。去年九月一簡，十二月方至白沙，不知何人沉滯也。

[一]「詩」字，原作「□」，據文意補出。陳獻章詩中有《羅一峰輓詞》三首。（陳獻章《陳獻章集》下册，第四〇八頁）

碑刻已三之一，月間可了。二月十一日。〔一〕

二六

平湖之任，在貴札未至之前，已得之於道路。諸作中略見所以自處，輕重泰然由之，正愜素想。章自抵家來，恒十日一梳、五日一額，足跡未嘗越里門。念緝熙方此遠去，良晤何時，而不得握手以别，悽絶奈何？聞憑限頗寬，萬一能迂棹一過白沙，豈勝爲慰也。承喻迎養，不審太夫人能遂行否？家貧禄仕，固賢者所不免，然必欲奉枕几以行，吾恐老人之憂不在水菽而在道路也。其行與否，宜並與己之去就久速裁之，正未可草草也。所欲言者，非面不盡。拙作三首録在别紙見意。羊一羫，酒一罍，謹獻太夫人壽，幸爲道此忱。景雲回，乞示起程日期。不能悉。八月十四日。

二七

緝熙别去明日，李侍御來訪，與語彭都憲巡撫地方，嘉興正在部内，深爲緝熙喜也。學職所

〔一〕此信墨蹟尚存。「碑刻已三之一，月間可了。二月十一日」，墨蹟作「碑刻已三之一，三月間可了。二月十一日，章書緝熙足下」。（陳福樹《陳白沙的書法藝術》，第四〇頁）

關，有當取決者，通問裁之，此公似不必避嫌也。會饌一事，公私卒不能兩全，反覆計之，不若且守定成法，終是立脚穩當，不受人指點也。委曲自全，苟以悦人，非忠信之道。三十年間，相與期於斯道者幾人？萬一天假之緣，見所望者在彼，豈非千古之一快哉？憑限無幾，過定山，可會會之，毋逗遲也。老子云：「與兮若冬涉川，猶兮若畏四鄰。曠兮其若谷，渾兮其若濁。」此殆今日之座右銘也。況吾人固相托以心而不以跡耶？奉和彭先生詩，録在別紙託寄。不多及。成化甲辰秋八月二十日書。

二八

違闊日多，忽枉來問〔一〕，不啻如珠玉之入手也〔二〕。亡兄不幸蚤世，十月在殯，後此尚二十日始克就窆。積痛成疾，章不足念，如老母何？承少寬之喻，伏紙摧咽。頃者與子逢書，中間一二近況與悼秉之等詩，想次第經目矣，餘非面莫究。主考閩藩，令譽藹然，可賀〔三〕。傳聞《鄉試録》好文字，想皆出總裁之手，恨未及見耳。別紙見示奏草，此事在今日不言，而去揆諸《易》，果不

〔一〕「問」，原作「門」，據《陳獻章集》收録此信改。（陳獻章《陳獻章集》，上册，第二一六頁）

〔二〕「珠玉」，《陳獻章集》收録此信作「珠貝」。（陳獻章《陳獻章集》，上册，第二一六頁）

〔三〕《陳獻章集》收録此信重「可賀」二字。（陳獻章《陳獻章集》，上册，第二一六頁）

當歟！夫以無所着之心行於天下，亦焉往而不得哉？老孺人之旁，計未能猝離，而平湖之旆亦難久留，不審何以處之？區區注仰之私，與日俱積〔二〕，録近作一二見意。蚤晚能一過白沙否耶？景雲如桂陽未返，張僉憲日夕至學，景昜惟課倣是急，諸姪營葬事，往候無人，惟加照。

二九

兼素一病遂不起，德純亦死於龍川。新歲略聞朝廷舉措大端，二公不死，將有用於世，惜哉！頃者，寄去兼素挽詩，潦草不能盡所欲言。過吉水，收回舊稿，當别作詩或哀詞奉寄也。元年閏正月二日，章白縣博先生。外近稿一帖，寄上清覽，景録者。弘治元年戊申。〔三〕

三〇

别駕張克修近於肇慶橫槎作隄，有田百餘頃。章以緝熙無養干之，蒙首肯。陳子文云此田甚美。得一二頃足可爲還山之計，望早定歸期，區區之望也。忙甚，故不多及。

〔二〕「日」，《陳獻章集》收録此信作「月」。（陳獻章《陳獻章集》，上册，第二一六頁）

〔三〕「戊申」，原誤作「戊午」。經查，弘治元年爲「戊申」年，因改。

三一

昔李世卿過端溪，會張別駕、陳子文，與論老朽所請之田，別駕與三十畝，請益五十畝。老朽聞之發笑曰：「子文告所築隄田不下三四百頃，別駕不喜作檀越主耶？所得不償所求。」及得書，許以歲穀一百斛，仍推己俸買之，而以成事托子文。別駕自去科入京未返，他日更面請看得百畝以上，所費當老朽圖之，不以累別駕也。東山先生在省日，亦蒙以此意懇之。別駕當是甚次第人？若是缺口鑷子，豈可干也？

三二

相別十年，不奉問見罪，奉問則贅。克明死矣，太夫人春秋益高，早晚平湖官滿，謁選耶？不謁耶？老朽欲聞此而已。

三三

人情老少不能無小異，曩與故舊別去，耿耿如有所着。今不見者且四年矣，亦復爾耶？近王叔毅行人過白沙，與論定山出處去就之詳，似小可訝然，豈彼甥舅間相知猶有未至者耶？承先大人久襄事，景雲自去秋病，迄今尚未離床席，餘無可遣者，媿罪媿罪。袁藏用、林子翼、子逢諸君近況如何？張主事近一至白沙，李世卿乙卯冬留楚雲臺，數日前經還武昌矣。湛民澤奉母還增城。老朽旦暮與容一之對坐談稼穡耳。從事貴里人還，致此草率，不能悉。弘治丁巳春二月晦日。

三四

碧玉樓上聯句云：「大海從魚躍，長空任鳥飛。」吾以待時之人可也，聖人弗爲也〔一〕；吾以待門人子弟，不已薄乎？有不得不然者，免怨而已。人來辱書，緝熙抱耿耿於兹幾年，今發於此書〔二〕。適有客及門求見，不暇詳答，然大略具矣。如何？如何？丁巳夏四月十六日。

三五

辱書爲别，念緝熙萬里之行，無可爲贈，徒深悽闇而已。七十病翁，來日無多，又安知今日

〔一〕「弗」，《陳獻章集》收録此信作「不」。（陳獻章《陳獻章集》，上册，第二一五頁）

〔二〕「人來辱書，緝熙抱耿耿于兹幾年，今發於此書」，《陳獻章集》收録此信作「緝熙抱耿耿于兹幾年，今發於此」。（陳獻章《陳獻章集》，上册，第二一六頁）

之言非永訣也耶？三十年游好之情，盡於是矣。異日過江浦，見定山先生，問我，亦以是告之。[二]

羅一峰 諱倫，江西人，殿撰。

簡林南川弟 三首

《春秋》近已效顰，去取綱領，會間未成，指裁噬臍無及，金諸已吐，肯食以自肥乎？付廖欽止處必達，或祁致和亦可也[三]。荆公初見某人著《春秋》，以爲過己，遂毁聖經，以爲壞爛朝報，經筵不以進講，科舉不以取士，得罪萬世，卒歸於愚而已。好高之弊，一至此乎！僕所求者，不求其同己，求同於至當耳。《象》曰「麗澤，兑，君子以朋友講習」，吾有取焉，吾弟亮之。倫啟。南川弟心契。五月十日金牛書。

[二]《陳獻章集》收録此信，作「萬里之行，無可爲贈，徒深悽黯而已。辱書，具悉諸況。某七十病翁，理不久生，安知今日之言非永訣耶？三十年游好之情，盡於是矣。異日過定山先生，問我，亦以是告之」。（陳獻章《陳獻章集》上册，第二一四至二一五頁）兩相比較，異文頗多。

[三]「祁」，原作「祈」。祁順，字致和。因改。

二

得黄時憲報，時夕張兼素宅。翼日，遣梁燦迓於螺川，痔發阻於自來。必得一見，幸幸。二月六日書。

三

學田已辭，屋以作祠堂，只留現成一宅供祭祀賓客，有愧於晏子矣。《大宗祠記》當時已知未佳，只是惰於更削。《春秋》完删改定送至。倫拜南川弟。

朱時傑 諱英，號誠庵，桂陽人，進士，官都憲。

答林南川書

閣下潛心理學，志慕不凡，區區自不能忘情今昔者。況聞令嚴之訃，能不動心致賻哉？彼亦有司勸士萬一耳，受之，誼也。教翰多感，併此爲謝。

張元禎 字廷祥〔一〕，號東白，官學士。

寄林南川書 二首

僕暑月慣生瘡毒，久不出門矣。明日當力疾走慰，今日陰雨，未敢發僕馬奉請也。白沙老夫人二月已下世，知否？前日已薦一好葬師去矣。二十五日放榜，司門嚴甚，木齋未及報也。餘容面道。

二

前日同匏菴吴先生造拜，薄暮從者左導，遂趁伴而歸，尚容專拜請教。僕初到，公私殊無暇，蓋在仕途自是如此，但深以未得款洽爲歉耳。東布，先奉表情，幸鑒。

〔一〕「字廷祥」，原作「諱亮」。據史料，張元禎，字廷祥，號東白，南昌人。生於明正統二年，卒於正德二年。白沙先生之友。張亮，四川人，舉於鄉。崇禎十七年官右僉都御史，巡撫安、廬、池等地。明年四月，左夢庚陷安慶，被執。夢庚北行，挾亮與俱，乘間赴河死。（張廷玉《明史》，北京：中華書局，二〇〇三年，第二十三册，第七〇八九頁）可見，所謂「張元禎，諱亮」，非是。因改。

林待用 諱俊，官都憲。

求林南川作書小簡

奉去紙四幅，求録受秩之作并途中所作數首惠及，感感。連日病且未復，雖勉强視事，尚憚馳走，坐是不及相親。行期在何日？伏希示來者。族生俊頓首。

謝南川書幅小簡

承書惠及，感佩不可言。平湖雖大邑，至者恒少。昨道嘉興府，時方有陳百户之變，以故乘夜發舟，不及貢書，愧愧耳。來責豈敢辭謝。汝惇在西安，去不甚遠，必便得書也。人忙，不一一。

答林南川書 二首

辱惠手書，感喜無量。許先生佳詩，竟未及一閲。職事羈纏，舊學荒失，以至累於老師。先生神仙人也，宦轍南北垂十年，不一會處，浮世光陰，幾許長物。白沙音耗亦缺。何宇新已占鄉選，不知就職未。如在會及，亦當以勸閣下者告之，不識然與否。適在諭密，草草附問，餘須多愛。

二

承惠手教洎和定山數作，開緘疾讀，如見故人，快哉快哉！計日且滿考，國學又所宜居，有司不須就也。又敢告此，亦如往道進士然，呵呵。數愛姚侍御書，得求一卷見惠否？許憲副且回矣，不能作書，見幸一一。渠好人也。白沙近少消息。

寄林南川書

聞拜博士美除。長有謝方石，寅有林君棨，偶忘其字。又有先生，亦一時奇事也。道嚴已約一見，以公車繼至，恐太匆冗，遂解舟北下。數十年道義之友，咫尺只不會，復何情耶？嚴陵不偕拜祠下，豈狂奴亦識爲周旋，使兩不相視爲愧耶？呵呵。

楊方震 諱廉，官少卿。

求林南川先生作先孺人墓表

廉數日成行，不及辭謝矣。所需先母墓表，恐不可即得，去後只付吴懋貞給諫處，托其轉寄。廉在南京，尚俟其至，刻之以歸，望留意，感感。先母初贈孺人，今進宜人，應得立墓碣。定改墓碣、白沙墓表，希以寫本見示，一二日録完納上。《二程年表》冀擲回一册。餘不具。

吴懋貞 諱世忠，官給事。

答林南川先生書

承示佳製，深用敬服。余太守逸事恨示不蚤，未得入拙作行狀也。然尊名大德則亦僭用矣。行狀容日奉上請教。《燕説奏稿》想污電矚矣，即賜擲還。專望專望。

與林南川促楊母孺人墓表書

方震此書到日已久，生欲親奉并得請教，奈候缺居家，不敢輒出。而鄉人南行在即，恐悞登石，專人齎上以俟尊裁。大君子心胸洞然，不着芥蒂，人雖不化，亦必從之。半山之言，方震之過慮也。得蚤賜發去，幸甚。

謝林南川撰墓表書

蒙賜家堂墓表，存殁不勝感荷。又辱厚禮，何克以當？墓表請印記家堂割股事，既誠且厚，執事以「極誠」代之，得非以其近褻而文之乎？甚當。生行決在二十一日，邇後不得奉候，伏乞爲斯道保重。極冗不莊，恕咎萬萬。

陸文東 諱淞，官主事。

寄林南川郡師書

門生陸淞端拜獻書郡師林南川先生大人行幕：昨者謬爲小詩贈別，其言「不似羊裘只釣名，若有少警於子陵」者，淞非敢億説也。蓋惟先生典教名邦，士人不爲得謁子陵祠喜，乃爲此邦之名教有所主持喜。試今觀之，子陵隱於此，先生仕於此。其地江山今昔雖同，其出處則不同，而立心制行亦未必同。夫以先生之學得程朱之正傳，其恬静固足以鎮俗，而君臣大義又足以維持世教，非但如子陵之固而不通、絶俗離世之爲也。故詩意謂先生來此一顧，山水爲之增價，殆十倍於子陵矣。詩不全録。夫伯夷，聖之清者也。孟子尚論其世而未足，乃所願則學孔子，况子陵去伯夷萬萬者哉？今先生之莅嚴州也，果隱耶？仕耶？時中之道，吾孔孟家法也。固將援附子陵，即一偏以爲高耶？方天官上卿奏薦，以一邦倫理屬之先生，特以此邦之秀民，雖三尺之童，孰不知仰子陵之爲高，懼其末流相激成風，將如東漢之士，競爲名節，不可支救，故欲略其孤高之行，濟以聖賢之道而挽吾君臣父子之懿，斯實此邦人之幸。而今日所以任賢圖化者，意固有在。劉内翰乃贈先生詩云「誰道先生不子陵」，恐史鉞氏未敢以爲確論。内翰欲以子陵尊先生，固未之思，徒以一偏小先生也。淞在先生門下，託知最深，敢責望先生以大聖賢事。如詩首尾之意，專以今之道學之傳，尚賴先生倡於下。隱士以時，非高非通。宦轍所至，時可以往弔子陵之故地也，而不襲子陵之高。不揆狂斐，謾書所見固如此，伏惟先生裁之。淞再拜。

奉南川恩師書

方鑑 貢士。

恩師南川林老先生大人侍下：生遠違講席餘十年，想仰晨夕弗替。曩者，日聆謦欬，良心頗要習上。不意流落，年益加進，事益牽纏，又況心志不堅，茅塞愈甚，徒爾增嘆，莫可追已。所喜先生進寓京師，日覲天清光，日接四方豪俊，聞見愈廣，涵養愈深，久大事業端可建立。乃者，浙中日望督學甄陶，士類再瞻丰度，更不識果獲遂所欲否耶？北鴻音稀，近日未審先生動履何似？師母及故鄉令器德業更何似？亦不能不爲懸懸也。脱不鄙棄衰拙，遠賜教言一二，生荷慶幸多矣。兹緣國子館師李便，裁此奉問。去秋亦有書托沈秋官處奉上，想達左右。特以今夏何先生進北之亟，弗逮附書爲恨耳。且李亦切慕先生者，尋常流輩亦用知之。冬氣嚴重，萬爲調攝，爲道自愛。不宣。

董遵 司訓。

寄林南川先生書

南川老先生函丈：生自嚴陵拜違，四年於此矣，未嘗一日不馳仰。比惟先生以郡博超入國庠，教育率天下英才，其樂何如！矧堂尊爲方石先生，契尤深矣。生不肖，濫竊南昌郡訓，伊邇家山，獲遂迎養。但在省日逐奔趨，不得潛心於教學，深自愧懼。區區母子殊不安於此，幸賴提學邵先生教愛耳。爲貧爲親，且勉强一二年，然後圖歸侍養，不亦可乎？白沙先生作古，吾道可傷。但狀者、銘者語或涉於偏高浮空之弊，恐累白沙之高明，且將起天下後世之疑似。惟先生實白沙老友，深得白沙之淵源，一言發白沙之精蘊以垂世範俗，幸早圖之。潘孔修提學東廣，斯文幸甚。吾廷介在京〔一〕，云嘗承晤，亦齒及「東湖野堂」，敢求揮染四字并乞雅什寄示。玆因東白先生赴徵，此啟未間，伏惟爲國爲道珍重。外奉《正學條教》、《五代史闕》、《横渠理窟》各一册，幸鑑，不宣。七月望，學生董遵寓南昌郡庠頓首謹啟。

〔一〕「吾廷介」，原作「吾延介」。林光有《跋石齋贈吾廷介詩》，因改。

馮夔員外。

謝林南川先生惠陳白沙墓表書

蒙賜觀所作《白沙墓碣》，俾數年仰慕二先生之心一旦豁然，知吾道所從入，奚止文字之間？其中論「終日乾乾」一節，即二先生自得處。至論「涵養本源」及云「著述路頭一齊塞斷，然後善端可養」，此則及門之士或未得聞者，欣幸欣幸。另神化圖并一送宗文一章，敢先附奉請，容親詣聽授也。希統不吝，萬幸。侍生馮夔頓首復。

王壽郎中。

謝林南川先生惠陳白沙墓表書

壽昨承賜下《石齋墓碣》，莊誦再四，始知道學淵源、義理根基，其所授受非壽輩管蠡之可窺測者。即先生文字，以觀白沙之出處，與日月争光、天地同久可也。國朝養育之功，於是亦少收，敢不敬服？《詩》云「高山仰止」，徒切下懷。謹遣人齎去册，拜求佳作，倘辱允，壽父子并感。餘容躬謝，不一。晚生王壽再拜。

劉時雍 諱大夏，號東山，華容人，官兵部尚書。

答林南川惠陳白沙墓表書

夜來承惠《白沙墓碣》，力疾讀之一過，其文與事俱可傳後，便當付便人寄去，并圖石刻。區區與白沙頗有交遊之誼，必如此而後朋友之心相安也。但廣東提學憲臣之姓字，乞寫付方石先生處轉至；或有得僕門從，逕送衙門尤好。力疾草草，乞情亮。友生夏頓首。

黄宗賢 諱綰。

奉林南川先生書[一]

儒宗林先生執事：綰聞執事之名久矣。自髫齡之年，因起傾仰之念，但湖海東西，無由一覩丰範，往來於懷，爲欠殊甚。綰自去年侍家君來京師，且知執事猶在太學博士之列，私竊計

[一]《黄綰集》收録此信，題爲「謝林南川書」，兩相比較，文字差異頗多。（黄綰《黄綰集》，上海：上海古籍出版社，二〇一四年，第三〇五至三〇六頁）。

幸〔二〕，以爲前此數年相聞而不得相見、相望而不得相即者，今一旦必大獲所願矣。不意未完之軀易於疾病，纏綿館舍。直至前日之夏方能出入，一拜門下。蒙執事不以其不肖無似爲不足與，而又與之坐，而反許其有志，而教以聖賢之所當務。如此高誼，此皆今世之所未聞，而古或有之者也。綰實何幸而得遭此遇若此哉？出而思之，數日之間，蹙然愈不自安。蓋執事之所以待綰者非常人，［而綰實以常人］自處〔三〕；執事之所以望綰者千百，而綰實無一二焉。昔者，夫子聖人尚深以「德之不修，學之不講，聞義不能徙，不善不能改」引爲己憂，今綰之視聖人，實不啻下之萬萬，而又可不憂其所可憂而反可自逸自怠如此也？不惟有負於知愛，而亦深有負於所生。況光陰之易邁，將漸老而無成，豈不重可懼哉？雖然，今之欲學者，亦非有甚高難行之事間於其間，但不過欲熟聖賢之經於千載之下，以明聖賢之心於千載之上，使聖賢之道沛然行於今日而無疑，綰誠有志而未度其力。伏惟執事不以其愚魯狂妄爲嫌，而終有以與之。《詩》曰「翩彼飛鴞，集於泮林。食我桑黮，懷我好音」，飛鴞且然，而況於人哉？今綰得集執事之泮林而食執事之桑黮，則必當懷執事以好音矣。惟冀執事察其來而俯就之，幸甚。學生黃綰頓首。弘治十

〔二〕「私竊」，原作「私切」。《黃綰集》收録此信，相關語句作「去年侍家尊來京師，知執事猶在太學博士之列，竊喜數年相聞不得相見、相望不得相即者，今必獲所願矣」。因改。

〔三〕「而綰實以常人」六字原缺，據《黃綰集》收録此信補。

七年〔□□月〕二十三日。〔一〕

黄壽 判府。

奉長史林大人書

長沙，襄陽鄰邦也。昔人屈長沙，先生屈襄陽，均一時人物、一時輔相也。然道德文章殆非昔人可以比倫者，時事乃如此哉？翁巡按老大人，不忝古之名御史，廣東人才之盛如此。但一年將周，倘得保留再巡一年，湖廣之民物何幸哉？向者，仙舟過黄即别，又蒙手教遠及，企想無時可已。生備員三年以成一官，始終即欲浩然東歸，蓋恐貽玷於一峰師門也。領教如在何時？〔二〕不勝悒怏。道者汪元静來黄，生既非韓公，又無襲衣相贈，俾特書謁吾道之山斗〔三〕，庶或逃墨以歸儒也。

〔一〕「□□月」原缺，補。
〔二〕「如」，疑應作「知」。
〔三〕「特書」，疑爲「持書」之訛。

莊儀賓 諱士儁。〔一〕

奉林南川先生書 三首

自一峰、白沙、定山以植綱常倡道學名世，後生小子景仰懿範，恨不能執侍左右以聆謦欬，於諸著作詩文集探討緒餘。私竊善其身，每一展誦，見其中有與李世卿諸友輩詩，而先生之倡和尤爲妙，輒斂衿浩歎曰：「斯人者不得見矣，得見所與者亦可矣。」常大參自京來，獻所作忠孝卷詩，睿意怡悦，思欲縮地一會有不可得。生夙昔景切下懷，益增懊惱，何高風盛德致人引領一如此哉？緣睿命專人奉酬，因布此道。區區薄宦羈縻，匏繫一隅，知在何時得一瞻拜道貌否乎？北望，無任惓惓。學生士儁再拜啟。

二

襄藩左史林大人先生執事：士儁謂東坡父子崛起西蜀，猶未易知也。及出入歐氏之門，聲

〔一〕「士儁」，原作「仕儁」。而此第一、第二兩信均自稱「士儁」。後所附録詩，亦有「莊儀賓　諱士儁，字國華」之説。因改。

聞始著。司馬公見其文章，傳播京師，旋踵大於天下。時若無司馬、歐陽，蘇氏之名雖終不泯，而蘇家父子亦不容不感二公。迄今三百餘年，聞此言者寥寥，豈代乏其人，求一司馬、歐陽蓋不得見。我朝敬軒、康齋後，有白沙先生及吾南川者出，東廣之學遂爲一派。今之時非古之時，海内知陳氏之學幾人哉？白沙亡矣，得其傳而收拾其編者，舍先生幾人哉？韓昌黎之李漢，可謂托得其人。僕幼而知先生之名，入官來，見南北往來者，問不絶口。及讀白沙詩，知從之遊，談情論道，相忘於丘壑、寄傲於乾坤，遂領略梗概，不復更問人矣。世見先生之詩，咸知稱賞。僕讀先生之文一二篇，汪洋浩瀚，詞嚴氣正，如入武庫，兵甲森衛，不知有干戈、旌鉞、異器嚴列别室，毛髮竪然，爲之股慄。又知不獨夫詩也，然先生高世之抱、出衆之才，學追董、賈，心與聖賢游，未輒敢輕論。而世皆知先生之詩文，僕獨知先生亦必不以人知爲悦，而況詩與文未必知也。僕拘拘於此，不能成事，欲略效古人一二，動爲小人沮惱。《易》謂「君子以同而異」，在流俗之中，僕安得不與人異哉？緬想先生杖履春風，悠悠古道，如在天上。向聞國史命下，急欲附聲便風，傾之聞已到襄兩越月矣。初意棨戟假道南陽，拜塵車左以償山斗宿懷。不愜所願，亦天也。縷縷懇懇，筆不能既。謹遣家童，遥齎筐篚，粗致賀儀，更覬可以鞭及，無惜。時伏熱，萬惟以道自玉。不宣。

三

南川林老先生執事：儁婧謾無狀，久不致寸楮奉詢，但有嚮慕之心與日俱增。雖儁駑下無喻，亦嘗側聞先生長者高風遠韻往來鉅公名卿之口，不啻如親見也。何亞卿道南陽，出示《撫綏還朝卷》，前序後詩，反覆數過，浮英華湛道德，在人耳目，渢渢乎不絕。儁也，敢吝荒辭無煩？朱記室行，小詩用呈，録在別紙。

上南川先生求著述書

顧能 布衣。

生乃海隅一遺氓也。居嘗自分爲王民、服王役、食王土、輸王租，如此生涯四十有七矣。安於便適，遂忘外慕之心。稍有餘閒，時取古書誦之，觀其何可爲孝、何可爲弟、何可和鄰里、何可睦宗族、何可節起居、何可遠恥辱而已。初不知窮壤間有如許當爲之事待人而爲之，然亦未易爲也。意謂安得有主張、有力量能擔當者爲之，吾衆人亦左之右之，奔走以趨其事也。企仰既久，寂寥無聞。忽聆先生振鐸之聲，竊自慶幸，以爲得其有主張者矣、有力量能擔當者矣。何意爲之未久，行或止之，止或尼之；一或援之，十或擠之；陽或許之，陰或毀之，功未及竟而力已憊矣。噫！豈斯民之不幸歟？何斯道之難行而儒者之難合於世也？故嘗因是而論儒者之出處矣。三代已上，其合於時者爲常，而不合於時者爲不幸；三代已下，則合於時者爲幸，而不合於時者爲常矣。何則？上古之時，人人君子儒者，以賢合賢，宜其合之之易也。後世去古既遠，儒與常人判爲二途，彼方樂安肆，此方就拘檢；彼方急功利，此方尚廉恥；彼方事奔競，此方執謙退。一麟遊郊，群獸踽踏；一鳳來儀，衆禽失色。因此之特美，尤見彼之不美，宜乎其不合也，何足怪哉？雖然，不合於今，或合於古；不合於人，或合於天；不合於一時，或合於百世。合於人者由人，合於天者由己。行道雖由於人，明道則由於己。安可因其由於人者之不合，及其由於己者而并失之耶？且彼之不能合於己者，乃彼之不幸也，亦豈安於不合哉？或由吾道之未明，彼不得而知之也。吾道果明，彼苟得而知之，則愚者未必不解其惑、蔽者未必不開其蒙。蒙開惑解，彼亦曷肯自剥其廬也耶？焉知蔑貞之意不化爲貫魚之心耶？是以古之聖賢不合於時者，既不怨天，亦不尤人，明其道以化之而已矣。欲明其道，舍踐履、著述之外，其何以哉？仲尼曰「予欲無言」，而修六經；孟子曰「予非好辯」，而著七篇。蓋無言、不辯者，聖賢之本心；修書、作傳者，聖賢之不得已也。抑亦無言、不辯者，踐履之教；而修書、作傳，著述之功也。即今聖天子勵精之初，賢才彙進，旋乾轉坤，正在今日。吾意先生不合於彼者，將合於此；不行於昔者，將行於今，誠爲可喜。但念群龍夭矯而上行，一豕潛藏而下伏，雖能斂其躑躅之勢，未能革其躑躅之心，尚未可謂其何如也。魯之女子，知憂其憂；爲吾儒者，何憂之不可憂也？然非可以口舌争也，又非可以智力勝也，亦惟明吾道以化之而已耳。欲明吾道，踐履之外，舍著述何以哉？伏見先生篤於踐履、簡於製作，道行於身，及門者可得而見；函丈之外，不可得而見也。道著於書，傳之天下，垂之無窮，君子小人皆得而見之也。皆得而見之，皆得而化之也。吾願先生之籌之也，吾見先生之有餘力也，未見先生之得已也。君子之所爲，衆人固不識。吾恐道無二致也，謂吾欲先生棄本而逐末，非知吾心者也。然雖不可計其功之必然也，抑亦不可計其功之必不然也。干冒尊重，不勝悚怵屏營之至。弘治改元二月朔旦。

親王東翰

唐王殿下

謝林緝熙先生忠孝卷詩書

先生過庭之訓，以忠孝爲首勉。服膺遺言，珍什睿翰，深愧。藩屏鰥恩，繩繼負托，春冰之蹈，恒凜凜不替朝夕。每懇諸縉紳大方家播於詩章，伏其垂誡示懲、諷誦吟哦以驅不逮。顧飲香名、神交會，已非一日。常大參來，乃辱佳什，莊誦再三，辭翰兼妙如神，第愧無以奉酬雅意。溥時雨之化於一樂之餘，敲戛之聲必盈帙積案。毋金玉爾音而有遐心，肯念及此不幸厚望否也？人便，聊致區區。氊一端，縑一方。

奉林緝熙先生

每獲覩先生制作，予未嘗不熟讀飽玩，稔知光風霽月之襟懷、授洛遡源之道學，第恨不能時接日親而聆德義耳。兹聞任輔相，誠我宗室中之慶也。幸其造就將來可知，欣欣羡羡。特遣人敬以菲儀馳賀，用旌素仰，惟情納爲慰。七月八日。

慎菴殿下

奉國史林大人先生書

向承枉顧，多感多感。但有失款待，慊慊之心，久乏裁問，負負。兹因便敬貢寸楮，少引予情，伏希情鑒。幸[一]。外夫人奉覆令正夫人洎賢郎公子，特貢粗鞋一雙、荷包一個、輩牌一面、瓦牛兒一對，引遠意耳，勿咎輕褻。弘治十八年六月二十七日。

〔一〕「幸」之前或之後，疑有脱文。梅軒殿下《求王相林大人題手卷書》有「至幸」之言，湘陰殿下《求襄國王相林先生寫冊頁書》有「甚幸」之語。是故，此處恐亦應作「至幸」、或「甚幸」、或「幸甚」等。

梅軒殿下

求王相林大人題手卷書

予有葡萄手卷一筒，敢求佳作題之，以爲囊篋之珍。拱伺慨然，至幸。

湘陰殿下

求襄國王相林先生寫册頁書

遼國湘陰王書致襄國王相林老先生閣下：久飲清譽，未得一會，深爲恨矣。往來士夫收有老先生翰墨過府一覩，展玩弗能釋手。誠得吟染沉着痛快之妙，真理窟中流出之英華，自有一種天趣乎！予朝夕慕之，何易得之也？近聞老先生簡在帝心，欽除王相，特差校尉趙文謹奉薄儀，表一芹意耳。具册葉一付手卷，萬望老先生平昔作過舊詩抄染五六七言律絶於卷册上，開予茅塞，亦子孫傳家之寶也。望念路程之遥，慨然一揮，甚幸。希情亮之。正德丙寅。

記

羅一峰

羅浮菴記

倫自幼則聞玉笥之勝，欲一往而不可得。一日夢遊焉，至山門，榜曰「法樂洞天」，流水縈帶，群峰玉立，童子出迎，延入菴中。道士睡方起，良久謂曰：「若非遊者夢耶？」予矍然曰：「是若之夢真耶？予今之來者，真真遊矣。若乃指實爲妄，是若之夢未覺耶？何若語之魘也？」道士笑曰：「東海之東，南海之南，西海之西，北海之北，上自無始，下至無極，皆夢境也。伏羲九遷，神農軒皡，熙穆無爲；堯舜禪讓，湯武放伐，劉項争雄，君者吾不知其爲君，牧者吾不知其爲牧，百世一夢也。朝菌不知晦朔，旦夕一夢也。蟪蛄不知春秋，時月一夢也。上古大椿以八千歲爲春秋，八千歲一夢也。前混沌死，後混沌生，天地以十二萬九千六百年爲死生，十二萬九千六百年一夢也。莊子曰：『方其夢也，不知其夢也。覺而後知其夢也。』若夢猶未覺耶？若謂予夢，夢也；謂若夢，亦夢也。予與若皆夢也。若見盧生乎？方其適也，知其適而已，不知其夢也。及其欠伸而寤也，適安往哉？若起草萊、登金門、步王堂〔二〕，名震天下，不三月而南竄荒徼，然後去袍笏而蓑笠、遠城闕而山林，視昔之有，真夢耶？其非夢也耶？乃不悟此遊之之非夢非固耶？」予方謝道士，道士辭去。蹶然而興曰：「其真夢也。」自是往來於懷。成化丁酉春，林緝熙自羅浮來，成真遊焉。黄時憲、王忠肅、許濟川自吉水至，陳符用自盧陵至。自玉峽舍舟而陸，暮抵大秀宫，宛然夢境矣。翌日，約道士徙宫於天王閣，約符用結菴於閣後最奇處，遂名曰「羅浮菴」，符夢也。予顧諸君曰：「是遊非夢矣。」緝熙曰：「安知其非夢乎？謂爲非夢，恐復爲道士笑也。」明日各下山辭去。明年，見緝熙於薌城，相與太息曰：「昨遊成夢矣。」符用來告菴成，書夢語刻於菴中，庶來者知人生之所遇，無非夢境也。以得喪而欣戚，何爲？

〔二〕「王堂」，疑應作「玉堂」。

詩

陳白沙

贈别林緝熙

愧爾遠步登此堂，東家行路久荒唐。詩成老我無功用，歲月還君更激昂。奠枕白雲閑宇宙，摳衣明月入宫墻。風霜歲晚成身地，莫負男兒一寸剛。

再贈

溟海萬里流，羅浮千仞岡。五年一濯足，十年一褰裳。浩浩浮大鈞，峨峨奠中央。人生但如此，泉石非膏肓。

三贈

别思何悲哽，之人足起余。相逢過白首，此去決璠璵。琴劍那能久，晨昏不作疎。放顔如有問，次第拜堦除。

四贈

朝辭白沙館，暮宿越王臺。舟帆幾日住，詩卷兩人開。具眼乾坤大，論功日月哀。六經憑孔氏，無計避秦灰。右一首兼呈美宣。庚寅六月。

次韻林緝熙遊羅浮 四首

寺鄰千丈石，古色劍稜稜。是物諧吾性，何年遺爾僧？簷牙巡鵲樹，屋角掛瘻藤。坐眺秋天迥，扶摇任老鵬。右宿明月寺。

白日深屏翳，清宵聞步虚。未殊閬苑日，誰辨鐵橋初？歷歷深經眼，栖栖正卜居。老夫端欲往，更問子何如？右沖虚。

紅泉雙屐駐，碧落一霄同。去去爾性得，勞勞吾鬢蓬〔一〕。書回謝闤闠，跡滅想崆峒。預恐迷前路，先來訪葛洪。

拔地決起瘦鶴軀，插天壁立東南隅。眼中非子不能到，海上何山可與俱。便從往種扶桑

〔一〕「去去爾性得，勞勞吾鬢蓬」，原作「去□□□□，□□□鬢蓬」，脱字據《白沙先生遺詩補集》（明万历十二年袁奎刻本。後引述此書，簡稱「遺詩補集」）補出。

樹，即將寫入方輿圖。群仙未用誇三島，一覽還應隘八區。登羅浮。

絶句二首，寄緝熙賢友

矢心欲解浮名縛，海上林光汝最真。四百峰巒分我半，清風明月兩閒人。

澄江空爲謝家有，春草也傍他門生。若道詩無工拙句，古今何得有詩評？

寄緝熙

種種日用見端倪，而此端倪人莫窺。不有醒於涵養内，定知無有頓醒時。庚寅六月。

明善進誠心，未能省外事。頓使知慮煩，修身功不易。

次韻緝熙《河源道中聞林琰凶問》林琰，即秉之。

大塊無心任去來，先生何事獨興哀？生前只對一樽酒，死後須埋幾尺灰。處處花開狂雨損，年年春被杜鵑催。白頭襟抱胡爲爾，得放開時且放開。

讀胡僉憲《訪緝熙欖山》詩，因爲三絶句，寄題山中書舍，兼呈竹齋老丈

護法沙門也作人，白衣送酒此山頻。天機蚤有胡僧識，算到梅花五百春。

白日傳呼索翠崖，仙家玉樹碧雲埋。却疑冬酒開松逕，便有山靈怨竹齋。

回首扶胥浪拍衣，翩然來閉欖山扉。明朝儗入清湖洞，不送山前畫舫歸。乙未夏四月。

真樂吟，寄緝熙

真樂何從生，覺者不復言。或疑詩語工，或云飲者賢。或書役心情，或琴以自宣。真樂生於心，乃在至和間。行如雲在天，止如水在淵。静者識其端，此心當乾乾。

宿欖山書屋

一片荷衣也蓋身，閉窗眠者乃何人？江山雨裏同歌嘯，今古人間幾屈伸。長與白雲爲洞主，自栽香樹作齋鄰。山中甲子無人記，一度花開一度春。戊戌夏四月。

別欖山

羅浮山色眼中來，老子心情不易裁。高浪不驚南海舶，白雲聊共欖山杯。未知竹徑留人否，那問天公着雨催。主人共道秋來好，收拾黄花待我回。

聞緝熙授嘉興平湖縣博

偶從道路得行藏，南北東西又此鄉。滄海一身堪自遠，平湖數口爲他忙。江山舊宅香株老，籬落東風豆角長。小與先生分出處，扶留窗下細抄方。

次韻緝熙受教職 二首

風雨山前夢亦安，天涯孤客歎之官。莫愁飛雪登程晚，還喜憑書與限寬。笠影遠離滄海月，手痕猶在富春山。乾坤欲了男兒事，日月東西跳兩丸。

百年文物在東吴，畫舫春風憶此都。到手閑官如處士，從頭詩卷又江湖。秋風淅淅將吹雁，渚雨飛飛急下凫。村裏病翁誰見問，莫言筋力尚支吾。

成化甲辰中秋後，寶安袁藏用、林子翼、林時嘉、童子時遠、時表從緝熙來訪白沙。緝熙新授浙江平湖縣博，將之官，是夕辭去，賦此識别

天高月朗送君還〔二〕，紫水黄雲又閉關。但得笑談如此輩〔三〕，不妨來往共人間。豈無貴介同傾酒，每憶心知恨隔山。官在太湖家萬里，老夫何地索開顔？

候緝熙

何日江邊艤畫航，春風先客到林塘。鳥性亦知長傍樹，人情莫甚久離鄉。蕭蕭白髮春還短，悄悄丹心老更長。不負平生袁御史，嶺南無地着秋霜。

悵望春江醉欲呼，諸君還契此機無。花開小㳺供持酒，水到垂楊可繫艫。暮景何勞方伯玉，前程端勿問平湖。故鄉不似前回别，江閣青燈對老夫。

〔二〕「月朗」，原作「日朗」，據遺詩補集改。詩題謂「是夕辭去」，故以作「月朗」爲是。
〔三〕「但得」，原作「但是」，據遺詩補集改。

緝熙至，用《寄兼素先生》韻寫意

黄鸝啼破海山春，萬里滄溟一片雲。童子燒香人客坐，老妻謀酒隔墻分。閒花塢裏藏春色，麋鹿山中失舊群。今夜蒲團真對我，明朝烟艇不隨君。

再用《寄張兼素先生》韻與緝熙别

江閣春風忽兩人，坐臨江水看江雲。尋常肝肺詩中寫，六十頭顱鏡裏分。落絮風驚還着樹，行人日出便離群。孤舟遠下南京道，望斷梅關不見君。成化丁未春二月一日。

次韻張進士廷實見寄

不求老馬在長途，誰道乾坤一馬無？伯樂未來幽薊北，憑君傳語到平湖。

緝熙往平湖因賦

昨夜江門把春酒，滿舡明月唱陽關。五羊城中消息斷，君去東吴幾日還。

夢緝熙作

花前把酒問平湖，君到閩中憶此無。夢裏征帆西下疾，兩人江畔笑相扶。

次緝熙贈別兼答張東所

釣渚風長裊故絲，水花含笑海鷗疑。都將老子行藏意，分付東溟水月知。自昔願從巢許後，而今豈異帝堯時。憑君寄語張東所，更與飛雲作後期。

讀林緝熙近詩 時上《論士風疏》。

言笑不可親，中宵馳夢想。君行幾千里，道路輕閩廣。忽見囊中詩，區區謝官長。深淵或遺珠，努力試一往。微官亦何事，感激章欲上。行止各有時，姓名忌標榜。此言誰爲傳，聊以慰俯仰。

追次緝熙平湖舊作見寄詩韻，時緝熙便道歸自閩廣，將過白沙一話，因以迓之

地爐借子畫寒灰，已遞新詩過越臺。小甕初香猶待熟，南枝正發未全開。去年春比今年蚤，前浪人驚後浪催。邂逅故鄉如夢耳，幾時松菊見歸來。

偶題

端默三年下，南方有緝熙。由來須一静，亦足破群疑。敢避逃禪謗，全彰作聖基。後來張主事，是與樹藩籬。

歲暮得林緝熙平湖書

開緘不見平湖字，君住平湖今幾冬？想見朱顔非往日，故人林下首如蓬。

緝熙書中問不報鄭憲副提學書，因成小詩代簡，托緝熙達意

疎梅瘦竹晚相扶，又見籬根一歲徂。老向往來多不記，平湖平問鄭公書。

寄欖山

相思無語出門遲，短髮龍鍾只自知。獨往逢君是何日，黄鸝飛上緑楊枝。

和答林郡博緝熙將至嚴州見寄 二首

二十年前别帝畿，而今衰鬢各成絲。人情未易分真僞，世路終當慮險夷。有要但看無欲

止，知幾端在履霜時。嚴州剛遇思齊地，肯放長竿到手遲？

四方冠蓋客京畿，幾多年光入鬢絲。笑語山僧還揭諦，可勝斯道落吾伊。緝熙許我過無定，萬丈飛雲一武夷。千里相思頻作夢，嚴州誰問到官遲。弘治臘月。〔二〕

羅一峰 名倫

丙申十一月二十四日夢一聯，後月初六日林緝熙至

南冠今入習家池，一代風流更屬誰？

丁酉正月十二日回籠夢，時緝熙入金牛

雪香千里上寒衣，客路梅花是故知。莫把金陵問消息，六朝文物草霏霏。

〔二〕　此詩標明撰作時間爲「弘治臘月」，然未標明年份。林光《明故翰林院檢討白沙陳先生墓碣銘》云，「己未，《寄嚴州》又有『千里相思頻作夢』之句」。（林光撰：《南川冰蘗全集》，刻本，卷六，第一六頁）己未，爲弘治十二年。據此，此詩似作於弘治十二年己未臘月。然而，白沙此詩係和弘治十一年夏林光《將之嚴州寫懷，留别京師諸友》，且詩題有「緝熙將至嚴州」之言，則白沙作此詩時，林光尚未抵達嚴州。由此可知，白沙此詩當作於弘治十一年、戊午臘月。林光所謂「己未，寄嚴州」云云，乃其收到白沙此詩之時間。

和緝熙劉素彬宅

舉人扶胥子，雲樓日幾層。野人回碧眼，赤子問青燈。山盡天無礙，春歸夢有憑。冥鴻看杳杳，遮莫顧虞罾。

和緝熙瀧岡謁六一公

秋日微涼草樹悲，此情堪與故山離。蘇黄人物從頭數，周邵風流雅未知。野老自能償伏臘，東風無計奈糠秕。憑君莫唱滄州曲，一淚斜陽洒卧獅。

夢和緝熙瀧岡阡

西頃一極論今悲，潁上方歸思欲離。古樹碧圓山欲斷，小窗虚白月先知。滄江易老三秋鬢，太古風清萬國秕。暮雨無邊翁仲泣，淡烟芳草對殘獅。

和同春書臺

萬玉峰頭自在春，暖雲晴雨爲誰貧。且看風月青山主，合是漁樵白髮人。芳草自圓康樂夢，野花羞傍紫陽巾。即呼猿鶴留君住，莫問東家更買鄰。

和宣和殿臨韓幹馬

夢入驪黄紫殿陰，天津空費杜鵑心。宣和玉輦君休問，老在西風五國林。

和遊玉笥山

野仙臨玉笥，引袖拂天星。侍立雙童小，看山隻眼明。洞雲含雨潤，鶴夢帶烟醒。自笑羅浮客，春杯滿四溟。成化丁酉春，嶺南高士林緝熙遊玉笥山，愛其奇勝，約道士徙宫於天王閣，結羅浮菴、萬玉亭於閣後。時同遊者吉水黄聰時憲、王柏忠肅、許濟川良楫，廬陵陳瑶符用。符用候秋落手此菴云。

和巴丘留别

甲子流年又幾春，東風初散馬蹄頻。自憐白髮添明鏡，悵望青天入暮雲。寒日卧龍遲遠夢，冷花幽鶴伴芳辰。相逢且盡樽前酒，無那滄波欲送人。

送林緝熙先生，次莊孔易韻

歸路近羅浮，青山漸出頭。乾坤憐廈屋，風雨忽孤舟。事業家詩禮，炎涼世葛裘。行藏如有意，頻上白沙樓。

莊孔昜 諱杲，號木齋，晚號定山。進士，官檢討。

承林南川先生過訪

何處清風到布袍，村庄洗眼看人豪。十年東莞南溟闊，今夜清江北斗高。瀟洒雲山共此老，等閒風月占吾曹。白頭我欲留君住，不怕山中欠濁醪。

陪南川先生遊真珠泉

東風闊步此迴沿，偶得逢人一問源。物色本真誰敢亂，天機之妙我何言。肯教洗耳容他日，便可移家住此村。萬古南川消一語，武夷風月更評論。

陪南川先生遊香淋湯泉

下馬清泉我兩翁，風光隨處共人同。百年且放三杯裏，萬象同歸一洗中。土屋背墻烘野日，午溪隨步領和風。兒童拍手休相笑，今日狂夫興頗濃。

和南川先生

契合乾坤自不難，天生隻眼共人寰。肯從南海浮江浦，不把羅浮小定山。奇句總超諸子上，小車深駐百花間。浴沂本少香淋意，謝得先生帶往還。

陪南川先生遊定山，因贈

竹杖風流一道巾，烟霞真與此翁親。青山可厭登臨脚，白石真逢自在身。今古幾番諸佛寺，衣冠何處一埃塵。山靈乍見須驚倒，老眼千年一個人。

承南川先生以詩言別和韻 五首

白日長江雖客路，清風明月也柴關。尋思海上多年別，且共山中數日閒。龍洞果堪詩卷裏，瑯琊只在馬蹄間。若還我是嵩山老，叔子心情便不難。

乾坤此意在東周，己丑他年意已投。萬里每留南海夢，幾人高坐白沙舟。眼中何敢尋常接，天下今誰第一流。頭白相留君不住，百年懷抱泪盈眸。

百年何許瑯琊意，誰把陰晴主勝遊。好日青天終有約，闌風伏雨莫深仇。山光斷不妨叉手，物色終勞謝點頭。松下一壺如不飲，他年書札又沉浮。

乾坤無物可拘收，如此男兒好自由。今古幾人還入手，江山何處此登樓。糠秕索寞三千卷，銅狄精神五百秋。但是得魚那省記，西江南海一扁舟。

平生偉偉望羅章，撐住乾坤一點狂。自信崑崙能障海，直憑薑附看回陽。斷金此日真同利，點鐵千年敢易忘？何處江湖容似我，採蘋莫聽棹相將。

送林南川先生

契合乾坤大，逢君勝白頭。客程聊謝酒，天道此停舟。久大終身業，風流一布裘。千峰不可見，明月在高樓。

承南川先生書，知領平湖教事 六首

乾坤到處有知音，何自千峰又古琴。世外浮名真腐鼠，人間木鐸有天心〔二〕。百年道大吾何病，自古官卑職易任。欲採芙蓉何處寄，空江十月水猶深。

朝陽傾耳鳳凰音，此日虞廷有舜琴。賢俊一時通治道，先生萬古管人心。浮沉在我先難

〔二〕「人」，原作「入」，據文意改。

斷，花柳隨時老更任。且放平湖閒酒盞，千紅萬紫看春深。

滿耳虞周治世音，平湖分與杏壇琴。好憑烟月千年手，彈出英雄萬古心。歲月虛名衰鬢改，古今大擔老肩任。白頭多少江門意，海上青山個個深。

何許書來遺好音，春風剛坐草堂琴。青天白日憑誰眼，流水行雲得此心。弄枕箕山真有許，釣鰲東海久無任。先生自與行藏熟，不悔深山入未深。

太古乾坤太古音，不彈今日乃公琴。病中我有痴聾耳，天下人無各自心。軒冕雲山難錯料，千鈞一羽果誰任。酒盃何日平湖共，舞到梧桐月影深。

歸裝摇動棹歌音〔一〕，還抱南川去日琴。十載幾談《周易》卦，一官方是欖山心。吉凶悔吝平生准，用舍行藏老力任。每憶秋江臨别話，一年惆悵釣臺深。

承南川先生至 白沙先生京中將回。

老我天行雲卧處，白沙消息又南川。也知風月無邊者，合與鳶魚自在天。世計東遊西泛酒，天心南去北來船。卧林更有明朝興，多少神仙一處眠。卧林，亭名。適亭成而南川再至，即顔之。

〔一〕「棹」，原作「掉」，據文意改。

承南川先生過訪，以詩見貺，用韻奉答 三首

自古人佳景亦佳，先生到處即仙家。天高月朗千年句，燕語鶯啼十月花。溪上擧杯都水月，山中伸脚是雲霞。酒狂儘把籬邊菊，插得山翁破帽斜。

春山活水幾灣斜，抱得乾坤十頃霞。洞與白雲安草閣，天生夫子管梅花。樹從霜後皆真景，詩有公來别是家。風月想知都隻眼，欖山書屋十分佳。

平湖秋舫蕩江霞，覽得吴雲片片佳。高閣青天來幾處，大盃玄酒醉誰家。睡紅程子窗東日，舞爛天臺洞裏花。老興欲飛秋壑句，幾行大字石崖斜。

静觀亭，爲南川先生題 三首

睡起湖亭坐，乾坤意自深。青天無一滓，明月在波心。

萬物無無裏，斯亭亦偶然。道人閒不過，聊爾弄湖天。

微月此波寂，遠峰何處青。我來閒與坐，不記是誰亭。

朱時傑

贈林南川

千里茶園謝遠臨，蒼梧臺榭散春陰。古今懷共酒難盡，故舊情多話轉深。皓首自宜歸梓里，青袍未必老雲岑。獨憐山水從今後，静坐焚香夜對琴。

李東陽

贈林南川

儒冠脱却换烏紗，人道風情似白沙。文字官閒聊當隱，江山興在且還家。雲霞舊路看飛鳥，風雨空庭見落花。名教古來多樂地，出門何處問紛華。

劉時雍

贈林南川

十年夢裏與君期，傾蓋三山即故知。夜雨同心頻論事，秋風隨處看題詩。交情此去憑誰話，音問還來慰我思。自笑萍踪俱是客，臨期不必重睽離。

張兼素 參軍

贈林南川

行藏隨分我能安，豈愛山林厭此官。薄禄尚堪延老母，聖恩真是與天寬。春風座上還鳴鐸，鏡水湖邊且試竿。但得平生身事了，任他日月似跳丸。

夫子聲名天下聞，乾坤隨寓脱塵氛。百年相見誰知己，今日無言可贈君。薊北路逢春後柳，江東天送晚來雲。想當兀坐絃歌裏，洒洒清風伴采芹。

林待用 諱俊，號見素，莆田人，官至尚書。

贈林南川

羈紲盛塵事，客中懶送迎。瞢騰開兩眼，邂逅見平生。歲月空餘子，乾坤著大名。清風如此夜，不去重行行。

青蠅終附驥，赤尾幸登龍。不似晨門宿，猶疑飯顆逢。清風來話柄，南斗避詞鋒。頓覺迷途遠，吾今得適從。

又二首，次張兼素韻

欹枕藜床夢亦安，相從無地愧吾官。天生未了烟霞癖，帝命新霑雨露寬。到處有山容短屐，落花隨水引長竿。斯文且試經綸手，懶向東風請一丸。

軋軋牛車遠近聞，九街新雨凈遊氛。春將晚去猶爲客，斗以南來又別君。兩地共瞻山嘴月，一篙頻撥水心雲。多情更訂東吴約，館我空齋飯我芹。

李彝教 主事

贈林南川

斯文方此幸遭逢，共走塵容謁道容。寸禄喜能迎老母，一官知不羡龍鍾。教條宋室胡安定，道學朱門蔡九峰。寄賀平湖山水好，品題多謝墨花濃。

夏景熙 進士，官兵部職方司。

次李彝教韻，贈平湖教諭林南川先生

百年惟恐不相逢，搔首東風笑滿容。昨夜孤燈燕市酒，今朝匹馬鳳樓鍾。夢回堂北家千里，帆過江西月一峰。歸見白沙如問我，爲言山斗望中濃。

林汝惇 通判

送南川先生任平湖教諭

先生載道出都門，嶺海清風天下聞。吴地衣冠欣教育，朱門車馬任紛紜。情真自是難爲別，酒盡那堪日又曛。見説欖山清絶甚，擬將書篋一從君。

戴□□ 主事

送林南川先生任平湖教諭

君去江南作教官，還家聊爾慰親歡。獨憐雨澤春猶狹，真見冰壺夏亦寒。天地未教吾道廢，溪山應喜此人看。白沙一派清如許，分汲諸生繞石壇。

邵國賢 諱寶，號二泉，官尚書。

和贈南川先生

幾年相憶各風塵，容易青燈此夜燃。執事正須行款款，論心何謝語便便。月留君席仍虚左，雲與吾舟共向前。他日寄書頻記取，分司徐孺宅東邊。

張□□員外

和贈南川先生

傾蓋如公有幾人，相逢翻恨晚相親。塵談超絶關閩學，藻思飄蕭天地春。書卷滿舡心上妙，江山一路眼前新。琳瑯金薤知多少，斫盡淇園石上根。

馬文明中書

和贈林南川先生

一笑南薰邂逅時，便從肝膈見真詩。官臨清地才偏老，語到驚人思轉遲。吾道以來應有望，白沙之下更尊誰。荷香亦有相留意，樽酒花前莫苦辭。

姜仁夫僉憲

寄南川先生

道人回首侍元都，疏懶真慚使者符。舟楫江湖浮宇宙，江洲烟雨暗蘼蕪。尼丘有夢將心到，魯酒無心滿眼枯。沂水春風千載地，故應着個邵堯夫。

紅摇小蓼白流蘋，滿面温風等是春。幾垤殘山開老眼，百年吾道見斯人。孔墻數仞深窺廟，顔巷□□□卜鄰。手把無聲真木鐸，青衫耳目許誰新。

吴泌 布衣

寄南川先生

一代明王一代賢，南川澄徹遡伊川。青年棄禄辭高蓋，白首删書坐冷氊。山水祥雲敷秀麗，乾坤化雨洗新鮮。静觀亭上風流月，千古綿綿道統傳。

吴浩然 處士

聞南川先生夢與陶淵明遊會之異

注意淵明歸去辭，神交千古定歸期。東南雲渺江天闊，今古心閒酒盞知。栗里清風剛壓晉，欖山聲價重明時。豪雄非敢輕相訝，點檢行藏着此詩。

片雲動定本無期，真隱還能作夢時。五柳久歸彭澤令，先生今是睦州師。却無小吏來催案，衹見公侯下乞詩。方此堯天真浩蕩，黄花未許憶東籬。

方鑑 貢士

奉和南川恩師先生

理學淵微一繭絲，何能山簣不功虧。遠宗關洛千年派，近有南川百世師。珠子水連春躍鯉，静觀亭在日摩碑。乾坤又有宏斯化，月轉桐江默運機。

顧能 布衣

奉和南川先生

秋色横鋪錦樹枝，先生今去欲何之。也知高尚無難事，但恐非官不濟時。歲晏只疑天未補，夜深曾與月相期。明年早附春回信，要使仁風物物知。

何軾 秀才

奉和南川先生

企仰先生歲月深，南川聲價重千金。百年禮樂歸輿論。一代文章□翰林。道學遠承朱子統，經書重闡仲尼心。鯫生有幸趨函丈，披拂春風思莫禁。

梁叔厚 諱儲，號厚齋，順德人，官大學士，謚文恭。

贈別南川先生

風滿前山客駐舟，雨餘群壑正交流。登樓不盡相期語，別酒何須緩送籌。袖有新詩還嶺表，心隨明月照南州。殷勤爲謝桐江水，來歲從君爛熳遊。

屠元勳 諱勳，官侍郎。

送林南川先生

吴越相看總故鄉，公行吾道有輝光。臯比坐授蘇湖教，絳帳班分弟子行。忙裏光陰身易老，静中魚鳥意都忘。子陵臺古碑文在，遥望山高與水長。

任國光 御史

贈林南川先生

昔年曾讀石齋詩，山斗才名仰緝熙。魯泮獨憐氈未煖，曾爲兖州教授。都城争寫句猶奇。笑投短刺如傾蓋，幸覩高標一解頤。寄與嚴陵天上月，今授嚴州教授。清光隨棹過芹池。

吴世忠 大理

送南川先生嚴州教授

儒官笑領出京畿，聊與功名繫一絲。六月遠行天道熱，數篇近見我心夷。嶺南風土誰增重，嚴瀨山川自歲時。秋水桐江清可照，新詩莫向釣臺遲。

薄送南川出甸畿，天風吹柳亂遊絲。數年此職雖閒暇，何處先生是等夷。治教休明須我輩，風雲際會正今時。古岡鵬足仍棲在，九萬扶摇放翼遲。

鍾元溥 諱渤，邑横坑人，官給事。

送南川之官

兩持文教下京畿，萬倆儒風繫一絲。緑草有氊還鄭老，青山無榻謝希夷。蘇湖聲價論他日，桃李春光屬到時。贏得百年師道立，江門休訝客歸遲。

王文哲 諱縝，邑厚街人，官南京户部尚書。

送南川嚴州教授

欲振儒風扇九畿，江門暫卸一竿絲。披雲剪棘年勞苦，白日青天路坦夷。壇杏濃薰春雨後，泮芹香送晚涼時。閒來吏隱兼名慣，真信嚴灘去住遲。

五年兩度聚京畿，一別孤心似亂絲。閒傍關閩尋孔夢，敢憑塵俗溷隨夷。門封夜雪深三尺，人坐春風暖幾時。願得明朝連夜雨，先生行李更遲遲。

斷掃淫蛙浄甸畿，薰風一曲奏桐絲。氣從天地排清濁，調引商周作等夷。教化正關賢否路，詞章也驗盛衰時。斯文緊要人張主，莫向秋江歎拙遲。

文章鎮俗動邦畿，爭訝牛毛又繭絲。身立四維扶五教，手提孤劍却諸夷。聖賢悶世非求達，天地生材爲濟時。須信宣尼無物我，可行可止可遲遲。

白駒皎皎出郊畿，安得逍遥縶短絲。師道世間如壁立，人才何處有陵夷。孤高嚴瀨千秋節，富貴浮雲一霎時。紅笑園花青笑竹，爲誰發早爲誰遲。

舟過嚴州，和呈南川先生

久憶南川暫繫舟，長吟淺酌共臨流。防閑先聖歸時望，摧陷奇功更熟籌。海宇英才多郡學，江山何處有嚴州。從來樂地成名教，留與先生取次遊。

葉汝賢 諱永秀，邑章村人，官御史。

送南川嚴州教授

一騎薰風出帝畿，錦囊爲伴更朱絲。宦情轉覺憐清淡，世路何須計險夷。涼逗葛衣分袂處，香飄桂子到官時。釣臺舊有詩名在，不道今朝識面遲。

羅道源 員外

送南川嚴州教授

桐江舟便出皇畿，嵐翠曾經照鬢絲。麗絶山川如故昨，太平天地正清夷。千年碧瀨垂綸處，一座春風振鐸時。易地行藏今古是，尺書休到白沙遲。

劉可大 諱存業，邑城北人，内翰。

舟過嚴州贈南川先生

舟入孤城翠嶺層，郡人驚喜得師承。自緣盛世非東漢，莫道先生不子陵。千載高風歸彩筆，六經新益又青燈。廉頑立懦平生志，一酌清泉漫曲肱。

馮蘭 憲副

贈南川先生

老去吾生未有涯，十年雲卧起蒼崖。江湖亦可閒居賦，文學仍兼治事齋。國士敢言天下少，時名合與斗南偕。鄱江廬阜春應好，遲爾同行慰所懷。

董遵 司訓

奉南川先生

嚴陵山水郡，宦隱有南川。而我何人者，從遊亦此賢。鳶魚多妙趣，雲水是真緣。欲約二三子，風雩度歲年。

沈元節 別駕

奉南川先生

吾道湮微久不支，先生何事獨稱奇。鑄人經學孫明復，説理文章胡翼之。隨柳傍花心自適，吟風弄月興無涯。餘光失仰重翹跂，願得摳衣聽講帷。

周仲鳴 進士

奉南川先生 七截二首

一從詩卷識公明，傾耳徒勞十載情。揮翰玉堂須此輩，不應相見在山城。

睦州今復有東萊，天下皆知絶世才。憲府薦書何太晚，詞垣久矣望公來。

又

東來匝月往嚴州，滿紙驪珠幸見投。安定舊從湖學卧，廣文今爲越山留。寥寥伊洛傳真派，落落乾坤着敝裘。無力薦公懷愧别，心旌摇我幾時休。

胡□□ 尚書

嚴州府庠師林緝熙先生以孫廉憲薦，有國子監五經博士之命，詩以贈别

先生承召上朝端，憲府儒林總好官。以善友人從古重，薦賢爲國在今難。五經貫穿寧非博，六館薰陶豈是寒。况有文章驚海内，願留心法後人看。

趙□□ 提學

贈嚴州府庠師林緝熙先生應召入京

講堂高並子陵臺，拄笏悠然爽氣來。官職未應妨小隱，聖明端爲惜遺才。遥知太學諸生喜，不愧監司片刻裁。海内儒林齊拭目，六經扃秘一時開。

胡伯雍 太守

送林南川先生應名入京

收貯書囊入帝畿，五經理緒正如絲。此官責任端無忝，吾道心思本匪夷。午柝西廳横講罷，曉鐘北闕候朝時。簿書愧我真塵俗，萍跡應言握手遲。

吴□□ 處士

奉贈林南川先生應召入京

茅龍飛躍把翁看，强健能衝萬里寒。功利不隨塵俗計，綱常管領古今難。從來國去規模別，是個神仙快活官。回笑窮巖卧軀殼，梅花清夢逐雲端。

孫吉夫 諱迪，浙江平湖人，官御史。

至都，得晉謁恩師南川先生，書以誌喜

不見先生久，江湖幾夢之。音書嗟斷絶，雲樹重相思。安定蘇湖日，昌黎國子時。平生恩義在，何止故人思？

酌別吴門酒，留題劍閣詩。東山宣父地，南越子陵祠。風月無邊興，江山在處宜。斯文端有托，莫道此官遲。

瀟洒東湖上，幽亭碧水連。杖藜今別後，花鳥故依然。翰墨香千古，人豪定百年。從遊不可及，空有去思懸。

花下湖南路，從來長者車。清風塵榻外，甘雨小樓初。地主形容老，仙翁信息疎。浮生蕉

鹿夢，已是十年餘。

訪茶園，時南翁在襄陽未回，答正甫 二首

畫船春水夜燈明，幾夢茶園及此行。勝日門墻聊展拜〔一〕，浮雲官秩問誰榮。魯連自昔稱先達，宣父由來畏後生。七十尊翁端合請，江湖塵髮久星星。

拈得天機卷裏新，南翁端不愧詞臣。欲知弄月吟風趣，須識周情孔思人。溲勃濫曾收藥籠，冰霜何敢負吾民。百年故舊東吳話，且盡花前麯米春。

屠勳〔二〕

餞南翁入相襄陽〔三〕，次留別韻

宗藩奕葉盛文儒，公去襄陽作範模。王相古來齊上相，平湖今不異蘇湖。山林鍾鼎誰輕

〔一〕「聊」，原作「耶」，據文意改。
〔二〕「屠勳」二字原缺，據刻本目録補。
〔三〕「入相」，原作「入和」，據刻本目録改。

重，麟角驪珠世有無。玉署詞垣方屬望，重逢應卜在皇都。

林思紹 蘇州太守

餞南翁入相襄陽，次留別韻

宗藩良弼用真儒，國有蓍龜士有模。韓子才名高北斗，賈生相業重南湖。道心常愛源頭活，詩料寧愁眼底無？公暇有書頻寄寫，莫言吴楚竟殘都。

何子敬 徽州太守

餞南翁入相襄陽，次留別韻

領袖東南一老儒，陽城在學此楷模。襄藩竟借江都相，寧府虚迎彭蠡湖。官擔言煩中史促，藤蓑還憶欖山無？買山不用多錢鈔，寄傲羅浮有舊都。寧王有疏乞先生爲相，不果。襄王竟得先生爲左史。

宋□□ 博士

餞南翁入相襄陽，次留別韻

三年談笑得鴻儒，今日分離失舊模。大道董生辭殿陛，先憂范老在江湖。眼看鳳鳥天邊去，浪説麒麟世上無。一派朝宗江漢水，五雲飛繞帝王都。

何鑑 侍郎

錢南翁入相襄陽，次留別韻

白沙當代老師儒，門下誰能按範模？月旦已歸新府相，斗山猶仰舊平湖。隋珠未必人常見，卞玉猶來價本無。前度終期膺寵召，曳裾寧久在江都。

莊儀賓 諱士儁，字國華。

仰懷萬斛，非數言能盡，小詩三首録呈。士儁亦非以言觀我先生者，亮之

從今書史自須頻，蟬在高枝久脱塵。勝欲去爲談道客，爲憂無可與言人。停雲役我歌臨夜，睽訓銘君念到紳。辛苦著書如此老，太平何處問堯民。

彌縫古道世焉求，典酒陶潛未解憂。廊廟本爲天下計，鳳麟猶自網中愁。清風肘腋緣誰快，秀句寰區到我留。良夜懷人不成寐，乾坤雙眼直空游。

叉手西風便有情，一番黄落動山城。郊寒元與昌黎合，坡老還留會孟評。到處原泉皆有本，人家修竹不曾盟。投交如此成何夢，月到中天光自平。

林南川先生和章并書至

邈思高士蔚平林，幾喟興衰思不禁。弔古有懷悲叔子，對宵何興寄山陰。深登歲月留歡記，南步形神作意尋。他日正須求熟面，會詩千里得同心。

兩間絶足長空氣，騁盡風雲未肯回。到郡尋山詩就集，出門臨水酒盈杯。江山賴爾情通達，南北隨人夢往來。多謝主人翁管領，光風華月滿空齋。

寄南川先生

世情今古舊還新，六載神交自有真。萬樹鶯花都過夢，一樓風雨獨傷神。虚心白日明神鬼，吾道滄州見鳳麟。湖海賢豪凋落盡，乾坤分付有斯人。

張廷實

寄南川先生

一别南川二十年，春風杯酒忽相延。舊遊回首渾如夢，暮景論心似有緣。王相功名推董賈，欖山風月憶夷堅。歸來同結耆英社，共作人間不老仙。

湛民澤 諱若水，號甘泉，增城人，南京尚書。

訪欖山

竹杖芒鞋一破蓑，野狂不記是誰何。酒無筋力詩爲骨，春欲形容鳥代歌。和靖誤從梅月識，堯夫剛被牡丹魔。欖山去訪南川老，還向飛雲影裏過。

方叔賢 諱獻夫，南海人，武英殿大學士，謚文襄。

訪欖山

江山隨處試幽尋，忍向西風獨抱琴。碧玉他年空有淚，茶園此去得無心。神仙入海求應得，風雨連舟病亦禁。共話南川幾燈火，定將源委到高深。

詞

李景 平湖訓導

平湖官滿贈別帳詞 并序

恭惟邑博堂尊林先生，南海儒宗，明時偉器。風神灑落，皎如玉潔冰清；義理玄微〔一〕，粹美淵深藺密。激揚洙泗之餘波，踵履關閩之芳躅。名先身顯，道與時偕，居隱欖山之阿，迹將隨乎巢許；出司平湖之教，兆姑擬於蘇湖。士咸有泰山北斗之瞻，時方興棟樑榱桷之用。九年秩滿，親闈遥睇乎白雲；萬里啟行，帝闕式承乎湛露。仳離倏在今日，會晤未卜何時。小詞謹倣於驪駒，傾想可忘於杕杜？袂難判也，情豈盡哉？試抗聲而長歌，冀憑几而俯聽。

天產英豪，是羅浮孕秀，南溟標異。瀟灑胸襟天宇靜，世味淡然無累。一片貞心，千年老眼，見透先民意。淵源道統，定輸此老繩繼。　帝簡風教清時，軌範後進，小向平湖試。振鐸

〔一〕「玄微」，原作「元微」，當係避清聖祖玄燁諱，兹改正爲「玄微」。

宏敷時雨化，公暇無窮佳致。弄月吟風，傍花隨柳，庭草從渠翠。三鱣瑞應，去來超擢顯位。

右調《慶長春》。弘治六年癸丑歲十月。

補遺

書

陳白沙

與林緝熙書 二首

近連得緝熙兩書。烏乎！尚忍言哉！平湖別家踰十年，官滿來歸，不見仲氏見母夫人，豈非幸耶？再如京師謁選，未及一載，歸哭几筵。前有就禄之請而人見疑，後有終養之圖而母不待。且母與褒之恩孰重？章謂哭子之愛尚可割，哭母之恨無時休。不肖孤不丐先帝之仁，寧免終天之憾耶！緝熙孝稟自天，豈無念母之誠？因斗升之禄以求便養，無難處者，特於語默進退斟酌早晚之宜，偶欠一決，遂貽今日之悔，而世之議緝熙者多矣。當是時，雖使一恒人，非沉酣利欲得已不已者處之，亦必不能不爲之動心而變色，況賢者乎？自兹以往，緝熙其皎潔磊落、不爲混混之迹，所以慰慈靈於地下而解群惑於當年，如毛義焉可也。若不理會此處，則大錯，雖二十四州鐵打不就矣。素辱厚愛，計必不見訝，是以盡言之。定山近日之出，誰實啓之？其意云何？希垂示。江西來日者未過白沙。銀瓶嶺合葬，只看年月利否，餘不用問人。憂病中，末由奔慰。謹奉疏，不盡欲言。

二

子逢家人至，得書，具審太夫人以正月六日祔於竹齋府君銀瓶嶺之墓，褒亦祔焉，爲慰。是月三日，章亦奉遷先考墓於小廬山，與先妣同處。日者云「是歲官交承之日，百無所忌」，遂用之。居喪不能免俗，多類此也。君子所以報其親，蓋自有其大者，顧吾之所立何如耳。來諭「知孔而不知毛」，老朽所望於賢，非歟？此翁明年滿七十，世寧有七十老人發狂著書與故舊作炒也？有言無補於人之不足，託於靈龜以正朵頤而不知止耶？李世卿自嘉魚來，與湛民澤往遊羅浮，今殆一月矣，未知所得何如。老朽亦欲深潛遠去，爲終老計。此間民日變爲盜，地方多虞，白洲李先生爲卜地於省城，破數百金。古人之事，不意今復見之。顧今暮景所以落莫，耳目之用不息，事隨日生，委餘齡於尋常喧囂之境，恐卒不能成其美，未易裁也。歲首，白沙嘉會樓成，白洲李先生遣人走定山求記。比得南京李學録書，中間報莊驗封以去秋八月履任，尋得疾卧家，至冬間發此書時，已聞定山將出謝病，未審然否。想欲知，故及。

詩

陳白沙

夢林緝熙 三首

酒闌歌不起，老病無奈何。夢滿桐江雨，相對不成歌。

山樓本無夢，我自夢嚴州。嚴州誰夢我，白雲天際流。

萬紫千紅外，如君固可人。桐江都滿樹，海驛尚含春。

得林子逢書，感平湖事，賦此

平湖千里水，浣濯與誰同？咄咄諸魔裏，冥冥一夢中。支離深歲月，感慨極秋風。點檢希顔處，吾瓢合屢空。

同人未爲失，子不善爲同。宦況浮雲外，生涯大鰲中。孤篙撑急水，弱羽試衝風。佛者空諸有，吾儒亦有空。

寄林緝熙平湖

秋懷耿不寐，更静復聞更。水面漫漫注〔一〕，心含種種情。士應强到底，官豈怠將成？舊業羅浮外，東南望隔瀛。

聞林緝熙初歸自平湖，寄之

短世淵明醉，長愁子美歌。高情誰復爾，久别公如何。淡月初出浦，好風來颸蓑〔二〕。買田滄海上，耕亦不須多。

扶胥口書事，借浴日亭韻

早春約我扶胥口，今日進舟黄木灣。使君已去漫留諸，鄉國獨吟空見山〔三〕。老向烟波真得地，晚來風日更開顔。明朝去覓南川子，與話平生水石間。

〔一〕「水面」，《陳獻章集》作「水向」。（陳獻章《陳獻章集》，上册，第三七二頁）

〔二〕「來颸蓑」，原作「颸來蓑」，據《陳獻章集》改，以諧詩律。（陳獻章《陳獻章集》，上册，第三七九頁）

〔三〕「鄉國」，《陳獻章集》作「水國」。（陳獻章《陳獻章集》，下册，第四〇七頁）

張主事報林縣博歸過五羊，用飲酒韻

太白峰頭太白歌，太白不歸天奈何。風雨驚回一場夢，江湖招起十年蓑〔一〕。山僧借喻葫蘆纏，武帝收功瓠子河。若道維摩元示病，老夫當日病還多。

聞緝熙授平湖掌教 此詩前後不同。

偶從道路得行藏，南北音書又一鄉。溟海心情真自遠，平湖風月可誰將？山中舊坐香根老，耳畔新聲木鐸長。衰病未知何日起，扶留窗下正抄方。

石門次林緝熙韻

與君傾蓋定前言，來往青山十五年。老我自知難用世，勞君相送過貪泉。清言晚對江邊寺，離思秋生鳥外天。留取西華一樽酒，春風還擬上江船。

孤舟昔繫飛來寺，白首重來十四秋。君看秋風吹彩鷁，何如老子坐青牛。留情世事終何補，得意雲山亦易休。見説夔龍滿朝著，九重應許放巢由。

〔一〕「招起」，《陳獻章集》作「拈起」。（陳獻章《陳獻章集》，下册，第四七二頁）

次韻林緝熙潮連館中見寄〔二〕

烟村渺渺樹成行，社屋三間是講堂。竹葉杯中堪送老，菊花籬下又逢霜。膳夫問煮魴魚美，田舍邀嘗早稻香。入社撚鬚誰最數，共尋佳句答年光。

祖母年高令伯歸〔三〕，白雲丹陛共霑衣。小臣去國身多病，聖主留心日萬幾。一飯未能忘補報，百年終是懶依違。白頭恐負垂髫志，記得城西就館時。

次韻胡提學訪欖山 二首

斜風細雨緑蓑衣，江上人家半掩扉。莫向天涯歌獨醒，白頭漁父笑人非。

今朝黃鳥喚春回，桃李還知帝力栽。昨夜殷雷無意緒，黑雲將雨滿山來。

〔二〕　此詩，《陳獻章集》題爲「次韻林先生潮連館中見寄」，且有小序云：「先生年踰七十，尚能與曹劉輩争雄，於此可見好學，老而不倦。謹依韻押成二篇求教。」（陳獻章《陳獻章集》，下册，第四二〇頁）案：詩序中有「先生年踰七十」之説，而林光生於明正統四年（當西元一四三九年），林光年踰七十時，白沙先生已過世多年，不可能爲林光作此詩。由此可知，「林先生潮連館中見寄」之「林先生」，非林光也。此詩當爲《南川冰蘗全集》編刻者所誤録。

〔三〕　「年高」，原作「年頭」，據《陳獻章集》改。（陳獻章《陳獻章集》，下册，第四二〇頁）

雜録

章拯

南川林公墓誌銘

予嘗提學廣東，見南川林公貽書張東所，反覆辨論白沙表狀之失，實有道之言，竊謂知白沙者南川而已。距公之卒已踰二十餘年，而余亦跧伏荒山久矣。適公季子時衷筮仕浦陽，來講宿好，且曰公墓尚未有銘，乃以相屬，誼不容辭。

按公狀諱光〔一〕，字緝熙，號南川，晚年更號南翁，系出莆田林氏。初祖諱喬者，宋紹定間爲廣州別駕，卒於官。再世日新，扶櫬擇葬東莞之茶園山，因世家焉。越四世，皆隱德不仕。而考竹齋，諱彥愈，字抑夫，行義尤高，具載白沙所撰墓誌；母游氏，以正統四年己未九月初十日，誕公於茶園鷓鴣嶺之祖居〔二〕。

〔一〕「按公狀諱光」，疑應作「按狀公諱光」。

〔二〕「誕公於」，原作「誕公葬於」，衍「葬」字，删。

公生而狀貌清腴，神采精爽，資性粹美。自幼立志。家貧無油，每就春燈習誦，輒過夜半。竹齋翁戒勿苦學，公不懈。年十七，補邑庠生，讀吴文正公論學諸書銘，益大感悟。於所寓依樹閣蓬爲得趣亭，日讀書持敬涵養於其中。會縣令新修號舍，拘生員五人爲一號，并學規妨奪，乃自狀停廩，當道賢之。成化乙酉，領鄉薦。己丑會試，拜白沙陳公甫先生於神樂觀，語大合意，乃歎曰：「豪傑之學，豈止於舉子之習？是必有可大可久者。」適俱下第，同舟南還。庚寅，拜先生於新會之白沙，遂從之遊，曰：「吾獲所師矣。」先生亦先示夢深期之。乃退居扶胥，深入清湖，築室欖山，相往來問學者凡二十年。巡撫都憲朱公英力勸之仕，公報曰：「夫人幼而習之於小學，必求所以事上；長而進之大學，必求所以治下。近不足以潤身，遠不足以澤物，此皆異端遺世無用之學，君子弗學也。然善學者，不汲汲於施爲成敗利鈍之際，而汲汲於吾心權衡尺度之間。其幽獨細微，其事業勳勞也；其飲食起居，其進退去就也。寧學成而不用者有矣，未有學不成而苟用也。」

己亥，丁竹齋憂，服闋，巡撫復檄有司催赴南省試。公瞿然，先人見背，母老家貧，非禄不可，乃請諸母夫人，遣赴甲辰會試，中乙榜，領平湖教諭。時平湖之士慕公之名，比至，邑里風動。公力以師道自任，以身爲教，謂今文弊日熕，溺者日衆，支離駁雜，去道益遠；勉學者探本窮源，反身修行，誘掖獎勸，惟恐不至。一時士習丕變。又以士風關係匪輕，乃上疏敦風化、養廉恥，辭甚懇切，遂准行，時論韙之。提學歲考士，皆嘗付公自校閱。巡撫彭公按臨，處以賓師之禮。丙午，主考福建，鎮守太監陳道禮餽鹽引餘銀、左布政使章格致贐農民紙價，皆謝却之。弘治己酉，復主考湖廣。是年，總修《浙藩憲廟實録》。辛亥，修《嘉興府誌》。壬子，復同考順天府。凡三校文，皆稱得士，人服其藻鑑。工部主事林沂、浙江布政使吴繹思，各論薦才行卓異，乞不次擢用，不報。秩滿，陞兗州府儒學教授，以道路益遠、迎養益難，疏乞改除本省鄰府以便養親，不允。會丁内艱，服闋，改補嚴州府儒學教授。浙江按察使孫需薦稱「古道正學，作士淑人」，陞國子監博士。進學有解，教胄子有辭，學者翕然宗師。會災異求言，公以孔子廟被殃，乃上疏推原孔子之心，必不安於天子禮樂之祀，題額宜曰「先師孔子之神」，不必加以煩辭、尊之過禮；又以監中餼廩不明、養士失實，乃陳正養士之法。二事下禮部，皆寢不行，而聖號終經改定，亦公論也。

甲子，奏三載續，錫之敕命褒嘉；因奏乞致仕，不允，隨陞爲襄府左長史。先是，寧府欲疏公爲長史，托鄉達張公泰柬之，公答曰：「此職爲禄非不可，但恐後日事難處，申生、白公可鑒矣。」〔一〕後寧府卒以逆誅。又二十年前，公訪羅一峰於永豐，一峰先夢詩一聯以贈云「南冠今入

〔一〕「鑒」，原作「監」，據林光《奉答大理寺少卿張叔亨先生》改。（林光《南川冰蘗全集》，刻本，卷五，第三十六頁）

習家池，一代風流更屬誰」，旬日而公至，當時莫解。及就任，則習池乃襄陽之形勝，符夢讖云。時襄懷王新薨無嗣，光化王暫理府事，患病，上下蔽隔，威命不行，政出多門，邪倖用事，紀綱大壞。公首啟具奏請醫，隨即參奏紀善等官老疾，典膳、倉庫等官貪污，汰之；又以內婦衆、多聚怨，有乖和氣，啟請查審減放；其各閹宦、內使、學生、人役，設立門籍，填註出入，內使家人不許留宿府中，凡借勢生事、設謀布置者，參究審問明白，正國典。由是官僚效職，奸佞革心，宮闈清肅，門禁防密，國之紀綱立矣。正德丙寅，奏請建諸葛武侯祠於隆中，敕賜廟額，令有司歲舉祀典。丁卯，襄陽衛有逞訟者奏欲摘撥本府護衛官軍差操，公具疏奏免。又稅貨司往時收稅物，議論紛紛，公乃每季舉官監收，按月稽簿以杜其侵欺奸弊。襄、鄖、黃、鄧兵荒相仍，糧儲告乏，公啟請減各庄屯糧草銀，遂免十分之三；又言於總制尚書洪公鍾，請截撥湖廣附近漕運糧儲襄，而救荒有備。僯寇驚疑，襄陽守臣或欲築城門僅容通焉，及斷塹另設弔橋以自固，祭告起工，公力阻之，謂不宜示弱，遂止。癸酉，懇乞致仕，朝廷以公輔導年久，勤勞可録，進階中順大夫致仕。襄王賜金書「特進榮歸」四大字以艷其行，給繹而還〔二〕。公之在藩府也，不私贓罰，不通請托。襄王選婚，富民或餽金銀器玩，公峻絕之。鎮寧王府內使自持百金進謁，求請冠帶，公

〔二〕「繹」，疑應作「驛」。

諭名器不可求；後又要王致囑，繼以泣下，卒不得請。其事上接下，一以至誠。内外軍民，事無巨細，區處經畫，務當其可。嘗謂法，懲惡於已露者，不若禮，防患於未然。人亦遵依不違，不假威刑而自無有越於約束之外者。

既告老歸，居家，邑大夫歲敦請爲鄉賓，皆不赴。日坐廳事，手不釋卷，所好觀者《易程傳》及韓文、杜詩各集。每興到，曳杖逍遥門巷，凝望山川，興盡則返家，人事淡然無與也。正德己卯四月十九日午時終於正寢，享壽八十有一。以次年庚辰十二月十六日奉柩葬於銀瓶嶺竹齋公墓左。

慨惟白沙陳先生平生未嘗輕於講學，而於公爲最詳。嘗曰：「假令有毫髮以上，吾又不以告子而誰告耶？」公居欖山、清湖，數奉書質疑，先生稱其「認得路脈甚正」及「進業之勇可畏」，又謂「所見甚是超脱、甚是完全」。他日又語御史曾璘曰：「得此道而能踐履者，惟緝熙耳。」始公之有志於斯學也，謂聖人爲必可至，故絶去世俗支離之謬而務求古人，終身鑽仰而服行之。嘗曰：「天理在人〔一〕，可朝聞而夕死，夫子言之激切若此，必不欺天下而誤來世，所謂聞者，斷不在耳目之間、陳迹之上也。」又曰：「聞道貴自得耳，讀盡天下書，説盡天下理，無

〔一〕「天理」，原作「天衷」，據林光《謝憲副涂伯輔書》改。（林光《南川冰蘗全集》，刻本，卷四，第八頁）

自得入頭處，總是閒也。」故杜門空山，潛修晦養餘二十年，泝其流而窮其源〔二〕，培其根而需其實，其辛苦受用，蓋有人不及知而獨覺者。其語同志書云：「夫自斯學蠱壞，人難於獨覺。天下駸駸日離中正，不溺於卑則失於高。卑不可拯，高不可回。高之失者十一，卑之溺者十九，然較其優劣，亦辨五十於百步耳。楊、墨在當時乃學仁義，非卑也，孟子辨之如此之嚴，是知吾人之學，毫釐之間不厭於精細講求也。求得其要，則權度日明，然後可以自信而馴致不惑；未得，則存之養之，積之以久，不待慕戀陳言，而自有約之可操矣。」白沙先生以寄賀克恭黄門曰：「爲學須從静中養出端倪來，方有個商量處。林緝熙此紙，是他向來歷過一個公案如此。未有入處，但只依此下功，不致相誤。」又與白沙陳先生論學云：「元來四方上下，往古來今，直是這個充塞周洽，無些少欠缺，無毫髮間斷，無人我大小遠近，如一團冰相似，都滚作一塊，又各飽滿，不相干涉。前輩謂『堯舜事業亦是一點浮雲過太虚』，今而始知其果不我欺。實見得，則所謂『充塞天地之間』、所謂『天地位萬物育』、所謂『建諸天地而不悖，質諸鬼神而無疑，百世以俟聖人而不惑』、所謂『至誠而不動者未之有也』、所謂『洋洋乎如在其上，如在其左右』，與高宗夢説之事、朝聞道夕死之説，亦各各有落着處。曾點之三三兩兩，看來自家

〔二〕「泝」，原作「析」，據文意改。

多少快活，何必勞勞攘攘，都不是這個本色。千古惟有孟子『勿助勿忘』之説最不犯手段也。」白沙先生謂「此書論答最爲詳悉」、甘泉先生所稱「卓見道體，理一分殊」者，此也。又曰：「［天］命之理流行於己者〔二〕，日參倚在前，有耳目者能盡見之乎！故養之［不］周而欲區區於論辯〔三〕，亦訓解焉而已耳；見之不明而欲自試於衆務，亦億逆焉而已耳。如是而學，必日在口耳私意中也。其於天命之理蓋日相遠，況能自得而至於沛然之境乎？無自然之味，欲獨用其心而求前，亦氣使之耳，久能無變乎？」又曰：「十餘年來，雖不敢自謂有所見，然太極渾淪之本體，豁然無停機矣。由是隨動隨靜，雖欲離之而不可得，然後反而驗之六經，有不知其然而不得不然，不求其合而不得不合。浩乎沛然，若江河之有源、湖海之有歸，濬之而益深，導之而愈遠，大可以包六合，而細入於毫芒。」是皆公所自得之驗也。

至其論治，則謂：「爲治莫先於行王道，行王道莫先於立誠。今天下之大弊，惟疑與冗二者而已。冗生於疑，疑生於不誠。上疑乎下，下疑乎上。上多方以防其下，下多方以欺其上，欺者

〔二〕「天」字原缺，據林光《奉陳石齋先生書》補。又：「［天］命之理流行於己者」，《奉陳石齋先生書》作「天命之理流行而不已者」。（林光《南川冰蘖全集》，刻本，卷四，第二頁）

〔三〕「不」字原缺，據林光《奉陳石齋先生書》補。（林光《南川冰蘖全集》，刻本，卷四，第二頁）

無窮，防者不已，日新月變而事於是乎冗矣。今不思其弊而益用智用術以救之，是以水濟水，以火濟火，非徒無益，而其弊日甚矣。欲舉三代之治者，殆不外此。」惜公不獲登庸推行所學，故無以大沛於四方。然當時學衰道廢，時習枝葉之文日新月盛，消磨後學之精華，淪胥没溺，其害有甚異端者。反本還淳之教，自白沙倡之而公繼之，使聖人中正之道復明於天下，則其功在斯世豈淺哉？惟白沙爲養而隱，公爲養而仕，其迹不同而亦不必於同矣。

公素清約、晏然、貧窶[二]。肇慶别駕張公吉嘗築堤横槎，墾田百頃，〔白沙〕念公無以爲養[三]，請割若干畝爲還山之計。公柬白沙詩曰：「謝得端溪賢别駕，雷轟薦福敢多疑？」他日又詩云：「升沉休更問，顔子一生貧。」其苦節可知也。殿元倫公文敘嘗謂：「公胸次洒落，清通邃遠，若使人頓忘榮利，而翛然寥廓之外。」可見其氣象矣。裒輯遺稿，得詩二十五卷。詩已刻其半，尚未備也。公已舉入鄉賢祠，並編載《廣東通誌·儒林傳》，又建孝友坊於省城，表揚名氏，皆可紀也。銘曰：

[二]「貧窶」，原作「貧屢」，據文意改。羅邦柱先生亦曰：「『屢』，『窶』字之誤」。（林光《南川冰蘗全集》，羅邦柱點校本，第五一四頁，校記）

[三]「白沙」二字原無，陳白沙《與林緝熙書》中，有兩書提及其爲林光謀田以爲還山之計事。（林光《南川冰蘗全集》，刻本，卷末，第二十頁）因補。若不將「白沙」二字補出，則可能使人誤解爲林光謀田者爲張吉。

猗與南川，白沙的傳。往來講學，垂二十年。承檄乃起，就試不偶。典教平湖，道洽群友。閩湖京府，迭請考文。出其門下，有士如雲。乃掌郡庠，乃佐曹監。正議陳詞，足修龜鑑。爰陟左史，克靖湖襄。進階中順，歸老於鄉。白沙高第，東所二學。各事出奇，譏訶朱子。人疑白沙，或流於禪。惟公主静，功用不偏。論學數語，堂堂於後。公之令名，可以不朽。

湛若水

南川林公墓表〔一〕

周公而上，其道行；孔子而下，其道明。其道行者其言微，其道明者其行紬〔二〕，是以明者其體乎！行者其用乎！白沙夫子崛起南方，泝濂洛之源以達於洙泗〔三〕，慨然任明道之責。當是

〔一〕《甘泉先生文集》内編所收録此文題作「明故襄府長史南川林先生墓表」。（湛若水《甘泉先生文集》，《儒藏精華編》，北京：北京大學出版社，二〇〇九年，第二五三册，第九四二至九四三頁）

〔二〕「其行」，原作「其言」，據《甘泉先生文集》内編所收録此文改。

〔三〕「泝」，原作「析」，據《甘泉先生文集》内編所收録此文改。

時，得其門而入者，惟南川林先生一人而已矣。先生静坐清湖二十年〔一〕，玩心於神明，默契乎大道，其質於師之言曰：「元來四方上下，往古來今，直是一個充塞周洽，無些小欠缺，無毫髪間斷，無人我、大小、遠近，如一團冰相似〔二〕，都滚作一塊，又各充滿不相干涉者。前輩謂『堯舜事業直是一點浮雲過太虚』〔三〕，自今始知其不我欺，實見得，則所謂『充塞天地之間』、所謂『天地位萬物育』、所謂『建諸天地而不悖，質諸鬼神而無疑，百世以俟聖人而不惑』、所謂『至誠而不動者未之有也』、所謂『洋洋乎如在其上，如在其左右』，與夫高宗夢説之事、朝聞夕死之説，方各各有落着處。曾點三三兩兩，看來自家多少快活，何必勞勞攘攘，都不是這個本色〔四〕。千古惟有孟子『勿忘勿助』之説，最是不犯手段也。」斯不亦見道之體乎！然而言則精而行絀矣。先生事竹齋府君如事天，事游氏太夫人如事地，故孝行於家，孚於鄉黨〔五〕。聞於巡撫朱公，爲勸駕焉，中乙榜，教諭平湖，遷教授於兖州，再補嚴州。所過士習以化而師道以尊，破規條之説而重以身

〔一〕「先生静坐清湖二十年」，《甘泉先生文集》内編所收録此文作「南川静坐清湖餘二十年」。
〔二〕「冰」，《甘泉先生文集》内編所收録此文作「水」。
〔三〕「過太虚」，《甘泉先生文集》内編所收録此文作「過目」。
〔四〕「本色」，原作「本體」，據《甘泉先生文集》内編所收録此文改。
〔五〕「故孝行于家，孚于鄉黨」，《甘泉先生文集》内編所收録此文作「故孝敬行于家庭，孚于族黨」。

教，化舉業之陋而合於涵養，去支離之弊而究於一本〔一〕。薦進監博，學者宗之。進學有解，教胄有辭，士人就矩，縉紳考德。拔爲襄府左長史，正國法、肅官僚、懾奸佞〔二〕、清宮禁、立體統，一國大治〔三〕。及其既老，以禮而退，能以正終。方其隱居清湖也，人曰：「未可以仕乎？」曰：「吾將求吾志也，吾何爲而易諸？」及其仕也，人曰：「未可以止乎？」曰：「古有爲貧而仕者，乘田委吏所不辭，吾何爲而去諸？」斯不亦見道之用乎！然而行則絀而道明矣。

甘泉子曰：「夫道，體用本於一原而已。昔者，孟子稱伯夷、伊尹、柳下惠、孔子之聖，於伯夷，曰『治則進，亂則退』；於伊尹，曰『治亦進，亂亦進』；於柳下惠，〔曰〕『不羞污君，不辭小官』〔四〕；於孔子，則曰『可以速則速，可以久則久，可以處則處，可以仕則仕』。夫聖之爲德大矣，而直於進退仕止久速之間言之，何耶？明體用之一原而變化不居也〔五〕。故即用可以觀體矣，即體可以觀用矣，即體用之全可以觀人矣。南川先生之學，其盍亦以是觀之乎？〔六〕若其贊述存乎

〔一〕「究」，原作「合」，據《甘泉先生文集》内編所收録此文改。
〔二〕「懾」，原作「攝」，據《甘泉先生文集》内編所收録此文改。
〔三〕「國」，《甘泉先生文集》内編所收録此文作「府」。
〔四〕「曰」字原缺，據《甘泉先生文集》内編所收録此文補。
〔五〕「不居」，原作「不拘」，據《甘泉先生文集》内編所收録此文改。
〔六〕「盍亦」，原作「合」，據《甘泉先生文集》内編所收録此文改。

文詞，其行實存乎家乘，余特撮其大者表而出之，庶來裔有觀焉。」
　　先生諱光，字緝熙。子二人：長時表，醫學正科〔一〕；次時衷，鄉進士，能繼家學，從予遊，請予表於墓石〔二〕。

祭林南川先生文

　　嗚呼！道喪千載，支離析分。我師石翁，再還渾淪。亦周無欲，本體自然。我始扣關，吁嗟以言，「此學不講，寥寥卅年」〔三〕。我疑進問，「子長東所，並稱高弟，語何不可」。曰李詩癖，曰張高話，南川之去，無問學者。繼得欖山，論學一書，卓見道體，理一分殊。乃既定交，遂造茶廬〔四〕，神往義契，十年之餘。來書答簡〔五〕，劑量錙銖，分殊之説，無窮工夫。小子狂簡，作詩擴

〔一〕「正科」，《甘泉先生文集》内編所收録此文作「訓科」。
〔二〕「請」，《甘泉先生文集》内編所收録此文作「語」。
〔三〕「卅年」，原作「十年」，據《甘泉先生文集》内編所收録此文改。（湛若水《甘泉先生文集》，《儒藏精華編》，第二五三册，第八五七至八五八頁）
〔四〕「遂造」，《甘泉先生文集》内編所收録此文作「敬謁」。
〔五〕「來書答簡」，《甘泉先生文集》内編所收録此文作「讀師答簡」。

義，謂一與萬，如身之臂；合爲一體，二之不是。方思與公〔二〕，上下其議，我居於樵，公已長逝，徒負幽冥，抱此至意。遠不臨弔，病莫執紼。敬奠一觴，告此衷一。

林戴陽

代鄉士夫祭南川族叔文

夫事有關天下之大變，非其一死之足悲。其生群然，其死何悲？追維公以和氣之會，間生於時，孝弟忠信，内明外夷。昌明道學，一代元龜。不戚戚於貧賤，不汲汲於富貴。大德既矜，細行不遺。始拾巍科之後，盡悟異學之當棄；繼從白沙以歸，一以聖賢爲可希。公之學，本於銖積寸累之實，不以語言文字之技；用能會五經之要妙，破百氏之支離。處則萬梅欖山扶胥以大蓄其有，出則上庠浙魯襄藩以小試其施。含弘光大，德音四馳。聞風者興起，觀德者忘疲。洪等生長後時，往往以不及門爲恨，猶得混於君子之鄉，而淵源所漸，亦足以廉頑而激頹也。曾歲月之幾何而公以老歸矣，又不幾時而公已萎矣。嗚呼！吾道已矣，統緒將誰爲之續、後生將誰爲之師？所幸古今無窮期、川流無停機，耿斯文之在兹，尚斯文當繹思。自古豐其德、豐其

〔二〕「方思」，《甘泉先生文集》内編所收録此文作「每思」。

名、豐其年如公者幾人？則雖乘化歸盡，樂乎天命，復奚疑？臨風一訣，莫知所爲，以升公堂，以薦公卮，以爲天下慟，以哭吾私。尚饗。

林時嘉

祭南川業師族叔文

曰：我自童丱，夙在摳趨。洒掃應對，行止疾徐。引翼訓迪，長養涵濡。成己成物，爲師爲徒。謂我可教，勉我爲儒；示我正道，廣大平鋪。卓惟我翁，鍾淑扶輿。氣完神粹，質清貌腴。早從科第，發身雲衢。幡然用志，末學以祛。往來白沙，論學有書。闡明性蘊，允執道樞。謂學爲静，迅掃塵紆。屏迹清湖，索居扶胥。繼築欖山，環堵在區。杜門面壁，潛然以居。夙夜匪懈，神明與俱。游心太極，玩思河圖。存誠主敬，動直静虛。仰觀俯察，上下鳶魚。天人皎若，義利判如。窮不爲戚，樂則有餘。括囊遵晦，韞匵藏諸。究厥體用，時其卷舒。不遑聞達，自溢聲譽。乃煩臺檄，促赴皇都。爲養筮仕，就禄平湖。展教有條，垂訓有謨。三臨典舉，簡士有孚。九載遷秩，闕里是徂。嚴庠荐績，六館師謨〔一〕。歷佐襄藩，王化用敷。奏復武侯，風教實

〔一〕「謨」，疑作「模」。

扶。賢勞偉矣，忠耿昭乎！鑒懷明哲，謁告休歟。肆蒙聖睿，眷顧勤劬。榮褒特進，中順大夫。舟車給繹〔二〕，以返故廬。逍遥歸詠，六載云殂。遐不永期，大齡是拘。嗚呼！清霜松柏，寧不摧枯？白璧璠璵，瑕或掩瑜。惟翁顯晦，八十年餘，襟懷洞徹，秋月冰壺。始終一轍，罔有玷渝。嘉材樗櫟，學績荒蕪。濫從芹泮，徒屑衣裾。仰瞻宫墻，永嘆以吁。致命遂志，固守其愚。尚期鑽仰，求無愧夫？跽酒陳詞，敢告靈舁。尚饗。

劉光〔三〕

崇祀府鄉賢祠祭文

維嘉靖十二年歲次癸巳六月壬申朔二日癸酉，廣州府通判劉光敢昭告於特進中順大夫襄府左長史南川林先生曰：於乎！惟先生學尚無欲，道本自然，純而不駁，正而不偏，士論攸宜，景行惟先。公移學憲，崇登鄉賢。式涓今日，用妥祠筵。謹告。

〔二〕「繹」，疑應作「驛」。

〔三〕「劉光」二字原缺，據刻本目録補。

林功懋〔二〕

崇祀縣賢祠祭文

維嘉靖十三年歲次甲午九月甲子朔十日癸酉，東莞縣知縣林功懋等敢昭告於特進中順大夫襄府左長史南川林先生曰：惟先生潛心體道，篤信力行，碩德高風，始終一節。兹因士類推復，當道表揚，謹奉安先生木主於鄉賢祠。嗚呼！儀位有嚴，牲醴既潔。啟我後人，式昭前烈。謹告。

雜附

陳白沙

寶安林彦愈墓誌銘

君姓林氏，諱彦愈，字抑夫。所居室外種竹十數個〔三〕，自號曰竹齋君。上世閩之莆田人有

〔二〕「林功懋」三字原缺，據刻本目録補。
〔三〕《陳獻章集》收録此文，無「所」字。（陳獻章《陳獻章集》，上册，第八九頁）

諱喬者，宋紹定間爲廣州路別駕，卒於官。其子日新葬之寶安之茶園山，因家茶園。日新生慕昇，慕昇生可久，可久生茂賢，茂賢生信本，娶黄氏，君之考妣也。自別駕至君凡七世，世爲茶園人。君性快朗，贍於才而周於事。有忤之者，聲色爲突，然其消也，可立而待。少，衣食於賈。賈所至，勘耳目所接事好惡，久之，若有得者。手書小紙帖，示胤兒光曰「兒樹立宜如是」〔一〕，乃范文正畫粥長白山時事也。復畀之全集，曰「是爲汝師」。居常於外，見一名文字時所稱者，亟手録與光。携錢入市買書，率爲光所欲得〔二〕，不問值多寡。光爲舉子業，夜分起讀，輒爲戒曰：「兒勿苦。吾聞亥子之交，血行經心，設令勩形神得官，於輕重計，不亦左乎？欲速不速，不欲速速之，非善爲速者也。」光既領鄉薦，未即仕，來與予遊，君益爲喜。光誅茅欖山，爲修業之所，君笠屐日至，視工築不少廢。暇時，爲光録《朱子語類》至四十二卷〔三〕，值板本出乃已。光感而歎曰：「父師覆育光〔四〕，光得一日於此，如得一月；一月，如得一年。不培不暢，不晦不光。」君聞而頷之。時論多弗合者，君視之漠如也。光既杜門欖山，同時士往往有紆青曳紫照曜閭里者，

〔一〕《陳獻章集》收録此文，無「兒」字。（陳獻章《陳獻章集》，上册，第八九頁）
〔二〕「率爲」，《陳獻章集》收録此文作「卒惟」。（陳獻章《陳獻章集》，上册，第八九頁）
〔三〕「四十二卷」，《陳獻章集》收録此文作「四十三卷」。（陳獻章《陳獻章集》，上册，第九〇頁）
〔四〕《陳獻章集》收録此文，無「光」字。（陳獻章《陳獻章集》，上册，第九〇頁）

親舊以光落莫告君裁〔一〕，君爲不省答，徐呼光，謂曰：「汝學如是，欲有立。即汝能立，吾啜菽飲水，死瞑目矣。」蓋父子間自爲知己，人莫能間也。君虔於事死，遇宗族内外有恩接，小夫孺子常情所不屑者，君惟恐小拂其意〔二〕。治家不遺細碎，庭宇必潔，畚帚必親，田圃樹藝之事，與童僕均勞逸。身所服用，非極敝不忍棄〔三〕。至承祭祀、接賓客，則儼然明盛也。嘗以仲秋天日清朗〔四〕，携諸子壻暨後生可意者數輩往遊羅浮，登飛雲頂〔五〕，坐磐石，引葫蘆酌酒，徜徉信宿而後返。君亦好奇也哉！〔六〕君娶游氏，生二男子四女。曰明者，光弟也。孫男一人，曰仲孺，尚幼。君卒之前一日，植菊數本、石竹一本，與客行酒，笑語竟夕。凌晨將起就盥，倏逝去，實成化己亥四月廿日也，春秋六十五。光卜以其年十二月九日葬君於銀瓶嶺之原。狀來乞銘，乃序而銘之：先世英，自莆田。少服賈，困魚鹽。徽弗長，積乃宣。誰其徵，在欖山。成化十五年己亥冬十月。

〔一〕「光」，《陳獻章集》收録此文作「其」。（陳獻章《陳獻章集》，上册，第九〇頁）
〔二〕「拂」，《陳獻章集》收録此文作「咈」。（陳獻章《陳獻章集》，上册，第九〇頁）
〔三〕「敝」，原作「弊」，據《陳獻章集》所收録此文改。（陳獻章《陳獻章集》，上册，第九〇頁）
〔四〕「清」，《陳獻章集》收録此文作「晴」。（陳獻章《陳獻章集》，上册，第九〇頁）
〔五〕「飛雲頂」前，《陳獻章集》收録此文有「黃龍」二字。（陳獻章《陳獻章集》，上册，第九〇頁）
〔六〕「亦」，《陳獻章集》收録此文作「所」。（陳獻章《陳獻章集》，上册，第九〇頁）

祭林竹齋文

維成化十五年，歲次己亥，冬十有一月乙未，古岡陳獻章謹遣學生容貫、犬子陳景雲〔一〕，以柔毛酒果致奠於茶園竹齋丈人之靈曰：嗚呼！林光，吾友也，志同道合，是爲丈人之子。吾知光，斯知丈人矣。於乎哀哉！尚饗。

羅一峰修撰、林彦愈竹齋同日訃至詩

庭裏沾裳羅一峰，門前又報竹齋翁。一年氣運天何似，兩哭交情日未窮。它夜忽如英爽接，此心先遣夢魂通。茶園香樹湖西月，飛到愁人淚眼中。〔二〕

與寶安諸友書

章衰年矣〔三〕，齒髮日變於舊。亡兄屬纊之初，老母哭之欲絶，積憂之餘，面足俱腫。由某獲

〔一〕「容貫」，原作「容貴」。白沙先生有弟子名容貫，字一之。因改。

〔二〕此詩，《陳獻章集》題爲「挽竹齋」，其詩云「屋裏沾裳羅一峰，門前又報竹齋翁。一年氣運天何極，兩歎交情日未窮」。僅此四句，收入「七言絶句」。（陳獻章《陳獻章集》，下册，第六七〇頁）

〔三〕《陳獻章集》收録此信，無「年」字。（陳獻章《陳獻章集》，上册，第二一八頁）

罪於天，不死，延禍同氣，以上累於高堂，痛徹骨髓，如何可言！諸君不遺老朽，慰之連尺，撫狀不勝悲哽傾感之至。子逢別紙，具得平湖履任之詳，可歎可歎。彭澤不折腰於督郵，平湖不屈膝於當道，樂則行之，憂則違之，古今一揆也。數日前，閲甲辰舊詩，改《贈平湖》章云：「偶從道路得行藏，南北東西又此鄉。滄海一身堪自遠，平湖數口爲他忙。江山舊宅香株老，籬落西風荳角長〔一〕。小與先生分出處，扶留窗下細抄方。」又改次章頷聯云：「到手閑官如處士，從頭詩卷又江湖。」去秋，與〔張〕進士唱和絶句云〔二〕：「不求老馬在長途，誰道乾坤一馬無？伯樂未來幽薊北，憑君傳語到平湖。」諸詩漫爾，豈遂爲之兆乎！諸君其亟椽欖山之室，南川之歸無日矣。景暘今秋不免隨俗應試〔三〕，非得已也。家貧不能日給，無可仰干於人，一也；祖母年高氣衰，悼往憂來，懷抱作惡，希得一解〔可以慰解〕〔四〕，二也；是兒賦分已定，責之以越常之事，必不能堪，三也。功服不得科試，程子據禮言之當如此，亦古人常事耳；在今日，可以望於賢者而不律衆人也。若曰祖父喪在淺土，雖服已除，亦不應試，此又過今之人遠甚，子逢自量力爲之。孟子

〔一〕「西風」，《陳獻章集》收録此信作「東風」。（陳獻章《陳獻章集》，上册，第二一九頁）
〔二〕「張」字原缺，據《陳獻章集》收録此信補。（陳獻章《陳獻章集》，上册，第二一九頁）
〔三〕「景暘」，原作「景陽」，據《陳獻章集》收録此信改。（陳獻章《陳獻章集》，上册，第二一九頁）
〔四〕「可以慰解」四字原缺，據《陳獻章集》收録此信補。（陳獻章《陳獻章集》，上册，第二一九頁）

曰「持其志，無暴其氣」，爲之而力弗逮，反暴其氣［矣］〔一〕。秉之在獄安否？禍變之成，非一朝夕。今日之事，不知秉之平生費多少麯蘗醖釀來也。爲我謝［平湖］〔二〕。秉之雖窮，使甘心觚翰如藏用輩〔三〕，低徊於里塾，寧有此？惜哉！

紫菊吟，寄林時嘉

嚴霜百卉枯，三徑挺秋菊。緑葉明紫英，微風迎寒馥〔四〕。芳情謝桃李，雅望聯松竹。懷哉種花人，杳在江一曲。遺我盎中金，南窗伴幽獨。時無續《騷》手，憔悴誰當録？且脱頭上巾，茅柴今可漉。

雨後示劉宗信、林時嘉

一雨變新涼，炎埃洗除盡。廬山昨夜燈，已照劉宗信。

〔一〕「矣」字原缺，據《陳獻章集》收録此信補。（陳獻章《陳獻章集》，上册，第二一九頁）
〔二〕「平湖」字原缺，據《陳獻章集》收録此信補。（陳獻章《陳獻章集》，上册，第二一九頁）
〔三〕「觚翰」，原作「瓢翰」，據《陳獻章集》收録此信改。（陳獻章《陳獻章集》，上册，第二一九頁）
〔四〕「迎」，《陳獻章集》收録此詩作「遞」。（陳獻章《陳獻章集》，上册，第二九六頁）

秋來亦淫潦，日月閟其光。乾坤丈夫事，千古空堂堂。

和林子逢至白沙

一樣春光幾樣花〔一〕，乾坤分付各生涯。如今着我滄江上，只有秋香撲釣槎。

送林時嘉

南川夢裏舊清湖〔二〕，何處青燈一榻孤。留取幽禽守花月，隔林還與盡情呼。

林子逢至白沙，作示之

舊雨還君紫菊詩〔三〕，秋風過我白龍池。應看衰俗人情破，肯放中流柱脚攲。弄影果誰非稚子，請纓正自不男兒。人間若問逍遥化，紫極宮中有一碑。

〔一〕「春光」，《陳獻章集》收録此詩作「春風」。（陳獻章《陳獻章集》，下册，第六一七頁）

〔二〕「清湖」，《陳獻章集》收録此詩作「青湖」。（陳獻章《陳獻章集》，下册，第六二一頁）

〔三〕「詩」，原作「時」，據《陳獻章集》收録此詩改。（陳獻章《陳獻章集》，下册，第四六六頁）此所謂「紫菊詩」，當指白沙先生《紫菊吟，寄林時嘉》一詩。林時嘉，字子逢。

悼林琰

清湖山下抱琴回〔一〕，人道藩籬自此開。澡雪果嫌身抱柱，甘眠真有鼻呼雷。塵埃滚滚荒書課，鴻鵠翩翩落酒杯〔二〕。多謝急難兄弟好，爲收遺骨葬蒿萊。

扶胥早寄坐中身，晚入黌宫忽四春。放意自名狂者事，到頭誰是醉鄉人？世緣可徇聊同俗，習氣難除每喪真。聞道平湖歸漸近，相逢空有一沾巾。

題石泉，爲林永錫

蟹眼不絶西坡陀〔三〕，涓流直下成江河。君釣石泉歌不得，江門漁父爲君歌。

〔一〕「清湖」，《陳獻章集》收録此詩作「青湖」。（陳獻章《陳獻章集》，下册，第四三一頁）

〔二〕「翩翩」，原作「翻翻」，據《陳獻章集》收録此詩改。（陳獻章《陳獻章集》，下册，第四三一頁）

〔三〕「西坡陀」，《陳獻章集》收録此詩作「西陂陀」。（陳獻章《陳獻章集》，下册，第六八六頁）

圖書在版編目(CIP)數據

南川冰蘗全集／(明)林光撰；黎業明點校．—上海：上海古籍出版社，2021.12
(嶺南思想家文獻叢書)
ISBN 978-7-5732-0139-3

Ⅰ.①南… Ⅱ.①林… ②黎… Ⅲ.①古典詩歌—作品集—中國—明代②古典散文—作品集—中國—明代③書信集—中國—明代 Ⅳ.①I214.82

中國版本圖書館 CIP 數據核字(2021)第 247098 號

南川冰蘗全集
林 光 撰
黎業明 點校
上海古籍出版社出版發行
(上海市閔行區號景路 159 弄 1-5 號 A 座 5F 郵政編碼 201101)
(1) 網址：www.guji.com.cn
(2) E-mail：guji1@guji.com.cn
(3) 易文網網址：www.ewen.co
上海惠敦印務科技有限公司印刷
開本 890×1240 1/32 印張 25.5 插頁 4 字數 490,000
2021 年 12 月第 1 版 2021 年 12 月第 1 次印刷
印數：1—1,100
ISBN 978-7-5732-0139-3
B·1237 定價：98.00 元
如有質量問題，請與承印公司聯繫